Heibonsha Library

〈3

にか

平凡社ライブラリー

Heibonsha Library

〈3・11〉はどう語られたか

金井美恵子

平凡社

本著作は、『目白雑録5　小さいもの、大きいこと』（二〇一三年、朝日新聞出版）、『日々のあれこれ　目白雑録4』あとがき」（二〇一一年、朝日新聞出版）、「平成は終わる　うやうやしく――令和に寄せて」（二〇一九年五月二日、朝日新聞掲載）に加筆、修正したものです。

目次

小さな神話、大きな神話

本書を入稿するために、スクラップしておいた連載の文章に手入れをしている最中、昼食後の一休みをしながら居間でウツラウツラしていた時、その後、東日本大震災と命名された大地震がありました。

相当に強い揺れが長く続いて、ひどく驚きはしましたが、積み重ねて玄関に置いてある本の山が崩れ落ちた程度で、被害というようなものはありませんでした。都内のＪＲや私鉄、地下鉄がストップしたせいで外出先きから歩いて帰ったというようなこともなく、普通に買い置きしてある食品や日用品がありますから、買い溜め行動に走った消費者のせいでスーパーから商品が消えた（とも報道されましたが）ことに泡を喰ってショックを受けることもありませんでした。

この買い溜め行動を、メディア上で買い占めと書く記者や著者もいましたが、いかになんでも買い占めというのはオーヴァーで、それは穀物先物取引とかの市場での経済行為のことでしょう。3・11が金曜日だったせいで、共働き家庭や単身家庭でも週末のまとめ買いをする土日と、メディアで言うところのパニック行動とやらが重なってしまったという面も少なからずあったでしょう。

原発事故による東電の計画停電も、東京都23区内で実施されたのは荒川区と足立区だけ（両区長が、なぜ両区だけが、と怒りの記者会見をしていたのをテレビで見ました）でしたから、私のところでは直接的な被害は何もなかったのです。

大震災から十日後の新聞に、ある学者は、不規則に停電を繰り返す東京の自宅を出て、PCの電源を求めて場所を変えながらこの原稿を書いている、という文章から、今回の震災が日本人にとって都市型の阪神淡路大震災と異る経験であるかを書きはじめています。

大震災のショックは、「知」の学者に、PCの電源を求めて場所を変えるより、そうした場合には、ペンなりなんなりの、昔ながらの人力筆記用具で原稿を書いたほうが効率が良いし、第一、荒川、足立の二区を除いて停電などなかった、という、極めて単純《シンプル》な事実をすっかり失念させてしまう程のものでありました。

直接的な被災者でない限り、私たちの大部分の者たちはあらゆる大災害をメディアを通じて知ることになります。想像を絶する災害を、テレビの映像や新聞、雑誌の写真、そして災害について様々な立場の様々な経験が語られる言葉を通して知るわけです。そして、メディアで文章を書いているような者たちにとっては、これはまさしく「いざ」という時なのでしょう。大震災と史上初の規模の（と、言っても原発の歴史などそう長いものではありません）原発の大事故が同時に起きてしまったのですからこの突然の「いざ」にあたって多少の冷静さを欠いてしまうのは当然のことでしょうが、「いざ」というのは何はともあれ、この事態について「発言する」ことが、ある強度をもって求められているということです。いわば、メディアで批評的言説を書いている者にとってこれ程の大事故、大災害について語ることは、知識人とか学者の「責務」といわれる類いの概念に強く作用するのでしょう。

様々なレベルで、痛切な経験を語る時の決り文句としての言葉で大震災を語る言葉が、いわば液状化現象のように噴き出しましたが、それも当然のことでしょう。その一つの傾向として、原発について深く考えもせず黙認してきたことが、自分より若い世代へのツケとなってしまうことへの「強い自責に似た思いと感情」（高橋源一郎）というものがありますし、放射能汚染を怖れて、東北地方だけではなく東京からも、関西や外国へ危機に対する強い感受性と不安のせいで、いち早く逃れた人たちもいて、私と私の周囲の人々はそうした行動に冷淡な反応を示しましたが、彼等や彼女等は本当に深刻のようでした。パニックはむしろ災害の現場から離れたところでおきるかのようです。巨大な神話であった原発の安全について、少しは気になっていたが、知識人であるにもかかわらず、きちんと考えてこなかったことについての反省めいた言葉が語られ、戦争や原発といった国策を通りこして国是とでもいうべき事象になってしまっていた危険な殺人の巨大装置に対して我々は（知識人である書き手やそれを読んでいる読者）なぜ「反対」を貫けなかったのか、という問いも問い直されます。

同時に湧き起ったのは、誰が考えたのか、「日本は強い国」や「がんばろう日本」「日本はひとつ」「大丈夫、みんながついている」「つながろう」といった様々な小さな神話ともいうべき標語であり、あの時以後、何かが決定的に変った、もう元には戻れない、という言説がいろいろなところから挙ったことです。そして、むろん、ボランティア活動も寄附も盛んにおこなわれました。

こうした熱烈な言説の、あふれた善意と興奮の液状化現象については、専門家（この言葉をこの二カ月ほど頻繁に耳にしたことがかつてあったでしょうか）である社会学者なりなんなりがいずれ分析することでしょう。

連載の最終回でタイガーマスクとランドセルの寄附について語られた言葉を幾つか引用し、ある種の論者にとって「ランドセル」は、かたくて四角い重い革製背負いカバンであるその物というより「何かの象徴」なのだろうと書きました。もちろん、その「何か」は無限の未来の可能性として何かを学ぶ子供たちです。「立ち入り禁止措置が取られる30時間前の4月20日午後、福島第一原発から10キロに位置する福島県浪江町中心部を訪れた」東浩紀は、地震発生時に子供たちが避難した時のままの小学校の教室で、背負う間もなく残されたランドセルを見て（小学校の教室の写真も掲載）衝撃を受け「なるほど、浪江の子に新しいランドセルを贈ることはできよう。しかし、警戒区域内に放置された「あの」ランドセルを送り返すまで、はたしてどれほどの時間が必要とされるのか」（東浩紀寄稿「原発20キロ圏で考える」朝日新聞4月26日）と書きます。

もちろん、ランドセルは、「象徴」ですから、被災地の津波で何もかも失った小学生たちに時をおかず贈られたことが新聞の記事には載ってますし、4月26日の朝日新聞のコラム「記者有論」は、被災児童にランドセルを贈ろうと呼びかけているし、記者は「被災児童たちのランドセルへのこだわり。あの革のかばんは、3月11日に断ち切られた、かけがえのない日常の象徴なのかもしれない」と書いています。ところで、小学生のかけがえのない日常にはもう一つ、スクールバッグというものが必要らしいのです。4月10日の朝日新聞には、手作りのスクールバッグを子供たちにとどけようという財団法人「日本手芸普及協会」の呼びかけに、一気に一万枚のバッグが集ったという記事も載っています。「きっと必要になると思って、募集前から作っていた」と百枚を持ち込んだ人もいたそうです。

ランドセルは今や、象徴どころか小さな神話になったと言えるのですが、かつて社会学者が何もかもが平板化して先細って行くダルくてベタな日本を「終りなき日常」と言っていた3・11以前、散歩の途中で見る、私立大附属小学校の半ズボンの制服から太った股を出した育ちすぎの小学生がポンポンつきの小さな帽子で小さなランドセルを背負っている子供の道化師的不自然さも含めて、また、子供が通っている水泳教室のある日、プール用のリュックに水着や学校の道具を一緒に入れて通学したところ、担任から「リュックではなくランドセルでお願いしますとというメモを受け取ったという「声」欄の投書も含めて、ランドセルは、「みんな一緒」や「未来」や「学習」や「小学生」という小さな神話として、まだ小さな低学年の子や、育ちすぎの子供の肩に背負わされているものなのかもしれません。

二〇一一年五月

『日々のあれこれ　目白雑録4』のあとがき

絵・金井久美子

「原発はバクハツだ!」そして、様々な神話

二〇一一年六月

福島第一原発が爆発した今年が、たまたま岡本太郎生誕百年の年にあたっていなかったら、果たして「原発はバクハツだ!」という赤瀬川原平の岡本に対する辛辣なパロディを思い出したかどうか。と言うより、生誕百年の年に原発爆発があったからこそ、岡本太郎がテレビのコマーシャルで叫んで、知識階層に白々とした軽蔑と失笑をひきおこした「芸術は爆発だ!」といういかにも古風な、先行する岡本太郎の言葉を思い出したと言うべきなのかもしれない。

戦後の五〇年代に小学校生活を送った世代に、その頃名前を知っていた日本の画家は誰だったかという、あまり意味のない質問をしてみるとすれば、かなりの高い割合で、山下清と岡本太郎の名前が挙げられるはずである(自由が丘や目白に住んでいたり、またはそこに住む親類から

お土産にケーキをいただいたりしていれば、包装紙の絵を描いている東郷青児も知っていたかもしれない）。

外国の画家では、という質問ならば、もちろんピカソとマチスとゴッホの名が挙げられるだろう。戦後という言い方で現在の時代が語られていたこの頃、子供でも名前を知っていた有名画家はいろいろな意味で正統的《アカデミック》なリアリズムから外れた画家たちだったわけである。子供たちは、ではどのようにしてそうした画家の絵を目にしたか？　ピカソとマチスとゴッホはカレンダーか雑誌のグラビア口絵で、東郷青児はケーキ屋の包装紙でなのだったが、山下清の場合は大規模な展覧会が全国を巡回していたから、学校の視聴覚授業として鑑賞したというケースも多かったはずである。

では岡本太郎の場合はどうだったかといえば、絵描きというよりは『今日の芸術』（'54年）、というベストセラーになった啓蒙的芸術論をはじめとした思想論的エッセイの影響のせいではなかっただろうか。何年か前、ここのところの岡本太郎復権のきっかけとなった論文を発表した赤坂憲雄は岡本をただの絵描きではないと評価したものである。日本中の一家に一冊という程でもなかったが、アメリカ人ジャーナリストの敗戦国日本での滞在記、マーク・ゲインの『ニッポン日記』（同じ版元から浅田彰の『逃走論』〈'84年〉が上梓された時、同社の編集者が「マーク・ゲイン以来のベスト・セラーだ」、と感動した、というエピソードがある）を買った読者であれば買ったタイプの本で、たとえば、小学校の若い情熱的な青年教師（戦後、教師になった）がそれを読んで岡本太郎の芸術観に影響されて自由な図工の授業をやったというようなケースも多かったかもしれない。チマチマと器用に鉛筆で下がきしたところからはみ出さないようにオドオドとクレヨンなりクレパスなりを塗った絵や、マンガの真似をしてリンゴに光のあたった艶を窓の形で表わしたようなセコセコした絵は、子供の描く絵ではない、と、『今日の芸術』にすっかり感動した教師が言ったのも、岡本太郎の書いているヤヨイ式よりずっとエライ、ジョーモン土器の写真を見せてくれたのも覚えているし、ほぼ同じ時期、クロード・岡本という天才少年画家（しかし、どういう絵を描いていたのか見たこともないし、その後彼がどういう大人になったのかもまるで知らない）というので一時マスコミで話題になった子供がいたのだったが、後年、同世代の何人かの知人との会話から、クロードを太郎の息子だとその頃（中には、それが話題になっている今の今まで）思っていたのは私だけではなかったことが判明したくらいで、岡本太郎は戦前、いち早くバタイユやバシュラールの思想を日本へ（というか母親のかの子に宛てた手紙で）紹介したし、シュルレアリストの一人だったが、フランスのコマンドゥールももらっていないし、映画も撮らなかったのだが、ある時期からの美術や芸術といった概念についてのボケた自己愛的なズレ方が北野武に似ていたかもしれない。

現在の日本で美術批評的言説にたずさわる者や美術家が、北野のフランスでの大展覧会（カルティエ現代美術財団での展示作を写真で見るかぎり、困惑ものである）について何かを語っているのかどうか知らないが、まあ、ほとんどは無視するように、'70年の大阪万博の「太陽の塔」以前から、日本の現代美術の作家たちも批評家たちも、岡本太郎に対して批判的というよりも時代からズレてしまった退屈な過去の前衛として無視していた（註・一）。

当の岡本にはそんな下世話な評価など最初から興味など無いわけで、ウイスキー会社のテレビ・コマーシャルで、ウイスキーの景品として付いてくる底に自身のデザインした顔（おなじみの自分にそっくりなしかめっ面である）を加工したグラスを持って、グラスに顔があったっていいじゃないかっ！　と叫ぶように主張するのも、かつての作品、座ることを拒否する椅子の惨めな焼き直しにすぎないのに、まるで本気で世間の常識的思考にとんでもなく異なる意見を突きつけているようだったし、'81年にビデオカセットのコマーシャルとして作られ大ヒットした「芸術は爆発だ！」はパロディというわけではなく本気だったのである（註・二）。

しかし、芸術というか、すくなくとも絵画は爆発ではないということは本人も知っていたはずで、国立近代美術館に収蔵されていたシュルレアリスム時代の初期の大作『傷ましき腕』の細部を何度も美術館を訪ねては手直ししていた時期があったという話を、瀧口修造氏から伺ったことがある。大きなエンジ色のリボンをつけたテーブルに顔を伏せた頭部とその手前の大きな腕という単純で力強い構図と印象的な色彩のこの絵は、いわば、押し殺した号泣に太くたくましい腕とリボンが震えているとでもいった一種の繊細さを、意外なことに持っていて、岡本太郎の数多い作品群の中で唯一好きな作品なのだが、描かれた後で何年も手直しされつづける必要があるとはとても見えないタイプの絵なのだ。自分でも深く気に入っていたこの絵を、多分再び自分のものだと確認するために、筆でそっと腕の上をなぞってるんでしょうね、と、瀧口さんは岡本太郎の物悲しいエピソードを詩的な批評で結んだのだった。

'81年のNHK日曜美術館で岡本太郎にインタヴューをしたのは、このおよそ岡本のイメージと異なるエピソードと母親の岡本かの子に宛ててパリで書いた手紙のことを、テレビのコマーシャルで見ている限り、ボケが疑われもする老画家に訊いておきたかったのだったが、何を質問しても他人の言うことは一つも耳に入らないらしく、部屋の隅に立っている養女で秘書の敏子さんの方を不安そうに見ながら、あらかじめ決めておいたことを虚ろに喋るだけなのには、驚いたのだった。パリからの手紙にあるバシュラールの名はもちろん、岡本かの子が自分の母親だということさえ忘れているような印象を受けたのはショックではあったけれど、やっぱり、というのが本音で、かの子の小説は好きだけれど、もともと一枚の絵のみを評価していただけの存在だったから、ぎくしゃくとしたインタヴューの録画を終えてアトリエを出た瞬間に、岡本太郎というものを忘れてしまったと言ってもいいだろう。

赤瀬川原平のパロディは、もちろん'79年のスリーマイル島の原発事故を踏まえていたわけだが、さらに’73年のオイル・ショック以後（というか、それをいいことに）新設・増設される原発と、当時過疎化する地方の山村部のいわゆる村おこしとして提唱された政府主導の「一村一品運動」を結びつけた痛烈なパロディとして「一村一発運動」というのもあったのだったが、岡本太郎がビデオカセットのCMフィルム上で、芸術は爆発だ！　と繰り返していた時代、芸術上にも原発にもさしたる爆発はなかったものの、’80年には貧しい寒村出身の失業者が新宿駅西口でバスにガソリンをまいて放火し、炎上した車内で六人が死亡した衝撃的な事件があったし、’81年には国策によって棄民にされた中国残留日本人孤児の第一次調査団が戦後三十六年にして初めて来日し、敦賀原発では放射能漏れが発見され、十月には夕張新鉱でガス突出事故で九十三人が死亡、坑内の火災を消火するために五十九人の安否不明者を残したまま坑内注水が行われたのであった。’86年にはチェルノブイリで原発が爆発する。

六〇年代の「前衛」としての一連のシリーズ作品「模型千円札」が通貨及証券模造取締法違反容疑で起訴された赤瀬川は、『櫻画報』や『宮武外骨・滑稽新聞』のキッチュ的パロディ批評とでもいうべきセンスで爆発的に岡本太郎と原発と反原発の広瀬隆を結びつけた（『科学と抒情』’89年　青土社）のだったが、毎日毎日テレビで繰り返し流される「芸術は爆発だ！」の情報的総量に比べれば、赤瀬川の「原発はバクハツだ！」は当時もわずかな読者の爆笑を誘っただけだったのかもしれないし、日本の原発はチェルノブイリの爆発を経た後「安全」と結びついた「神話」へと変貌することになる（註・三）。

「戦後」の「前衛」の亡霊を、万博やウイスキーやビデオテープのコマーシャルといった大衆消費社会の制度がなぜあれ程までに気に入ったのだろうか。

むろん、万博に参加した芸術家や建築家は展示プロデューサーの岡本太郎と基幹施設プロデューサーの丹下健三だけではなく、磯崎新、黒川紀章、手塚治虫、横尾忠則、武満徹、安部公房、宇佐美圭司、山口勝弘、一柳慧、等の戦後の「前衛」的芸術家として「錚々《そうそう》たる」とでも言うべきメンバーが並んでいるのだが、その当時の私たちの感覚では万博（延べにすると六カ月の期間中、国民の二人に一人が、ようするに、国民の半分が万博を見物したそうだ）は芸術的には古めかしいうえに、当然資本主義べったりに見えていたのだったが、しかし、この時期をはっきりとした境として最先端の芸術《アート》は資本主義と完全に一致して差異化・細分化されることが（アメリカの現代美術の市場のように）あたりまえのことになるのである。

そして、「原発はバクハツだ！」のキッチュの旗手、岡本太郎以上にただの絵描きではない赤瀬川原平は同じ年、尾辻克彦名義で書いた小説で芥川賞を受賞し、路上観察を通して徐々にたくましい優雅さで老人力をたくわえはじめるのであった。

さて、4月6日、東日本大震災からもう少しで一カ月の朝日新聞朝刊の文化面には、「真の岡本太郎探す冒険　生誕百年で過熱気味」という見出しの記事が載っている。思想家としての岡本を評価する「京都市立芸術大の建畠哲学長」の意見（絵画はあまり評価しない）や、「21世紀の芸術家として位置付け直すべきだ」と語る「多摩美術大の椹木野衣教授」の監修した力作本『岡本太郎　爆発大全』は旧弊な画壇を中心とした戦後美術界でアウトサイダーだった太郎を、メディアを駆使したアンディ・ウォーホルやヨーゼフ・ボイスと比べることを狙った書物として紹介し、椹木の「太郎の存在自体がメッセージであり作品性を持っている。晩年の不遇をひき起こした「芸術は爆発だ」のCMすら、作家のイメージを今に伝える重要な役割を果たしている。いわば存在そのものが最高傑作ともとれるのです」（傍点は引用者）という微妙な言葉を引用して西田健作記者は記事を結ぶ。椹木は赤瀬川の「原発はバクハツだ！」を念頭に発言したのだろうか？

　その隣にはドナルド・キーンがコロンビア大学の教壇を去って今後は東京に住まいを定める、という記事が載っている。第二次大戦中、米海軍の日本語士官から戦後は日本文学の研究者となり、退職後は東日本大震災で大きな被害を受けた日本に永住して日本国籍を申請したいと願っていることを、有難そうに伝えるニューヨークからの記事である。

　その下のコラム「甲乙閑話」は、宮城県沿岸を震災後電気が通った四日目に訪ねた記者が「空襲後の写真に入りこんだような絶望感だった」と書き出す。記者はむろん実際の空襲の焼けあとを目のあたりにした世代ではないのだから、それは映像でしか見たことのないあの焼けあとの、「写真に入りこんだような」非現実的で強烈なショックを受けたのである。焼けあとを知らない記者たちも、実体験をしてそれを記憶になまなましく刻みこまれたものたちも、メディアで大震災について語る時、戦後と震後という言葉をまるで歴史的で自然なことでもあるかのように使うのだ。多くの者が「3・11の前に私たちは戻れない」とも言う。

二十世紀末に美術批評家として登場した椹木は「21世紀の芸術家として位置付け直すべきだ」と岡本太郎を歴史の上で置き直すのだが、椹木よりずっと以前の私たちの世代にとって岡本は戦後的な前衛啓蒙家の悲惨でもあり滑稽な過誤として印象づけられている。

だからこそ、NHKは松尾スズキが太郎を演じる伝記ドラマ「TAROの塔」（'11年）を、驚くべきストレートな無邪気さで戦後の日本のヒーローの一人として、岡本太郎のイメージを作り出す。

ドナルド・キーンという存在も、日本人にとってアメリカに占領されていた戦後の記憶を思い出させる名前である。日本人より古典的日本を知っている「碧い眼の太郎冠者」として日本でデビューした彼の名前を見ると、なぜかまだ日本はアメリカに占領されている戦後なのだという気分になってしまうと言う、私より年長の世代の人々もいるのだが、この4月6日の「文化」面に先立つ3月30日夕刊beアート面には、〈原発事故で「原爆展」中止に〉という記事が小さく報じられ、その上には、戦後の50年代に美術批評家として登場して活躍した中原佑介、針生一郎、瀬木慎一の三人の訃報が相次いで伝えられたことに触れながら現在の「前衛精神が過去のものとなり、美術の動向が多極化して、どこが先端というのでもない状況」で批評的営為を維持することの困難について詩人でもある京都市立芸術大学学長の建畠晢が書いている左横の紙面では、ある種の日本人にとって戦後のヨーロッパ哲学と芸術の見事な合体として崇拝されたジャコメッティ（１９０１〜１９６６）のチューリヒ美術館での展覧会が海外通信として報じられているので、私たち（この場合、姉と私）は60年代はじめにタイム・スリップして美術雑誌を見ているかのような気分になるのだった。

同じ紙面にはごく小さく、有楽町の東京国際フォーラムが震災の避難者の受け入れ施設に指定されたため、様々な画廊が集って作品を展示販売する「アートフェア東京２０１１」が延期されたという記事も載っているのだが、目黒区美術館で４月９日から開かれる予定だった「原爆を視《み》る　１９４５―１９７０」は、震災後目黒区および美術館を運営する同区芸術文化振興財団で協議して「放射能への不安が広がる中で（被災者など）影響を受けている人々の心情に配慮して中止を決めた」のだそうである。

ここでもまた戦後と震後とが入り混じって液状化のように噴出して人々の思考を奇妙に麻痺させているようだ。

註・一　本書二〇五ページ「水撒く人々と「ありふれたファシズム」」を参照。

註・二　『金井美恵子エッセイ・コレクション［1964―2013］1　夜になっても遊びつづけろ』（'13年　平凡社）収録の「いたましいグラス」を参照。

註・三　絓《すが》秀実『反原発の思想史』によれば、赤瀬川原平は一九七八年「反原発新聞」の題字を書いている。この新聞を発行した西尾漠は、『高木仁三郎著作集』全十二巻の全巻解題を担当しており、一九七五年八月に結成された「反原発運動全国連絡会」の中心的存在として「京都で全国初の反原発集会」を開く。「科学者ではなく、アドマンの職を捨てて、反原発運動に加わった」人物である。

様々な神話、さまざまな液状化現象

二〇一一年七月

神話という言葉は、メディアの中でどのように使用されてきたのだろうか。それほど大きなメディアの中でなければ、というか、ある種の小さな言説の中ではこの言葉は、たとえば「神話作用」というものとして、八〇年代まではロラン・バルトの名前と共にメディアが作り出し、その受け手たちとイメージを共有しあうことになる曖昧で正体がよくわからないにもかかわらず、誰でもが熟知しているかのようなディスクールや現象というほどのことを意味していたはずである。

現在でも、モードやプロレスといったバルト的主題を少壮学者が論じた研究本の書評には、バルトの名がしばしば援用されるのだが、三月十二日の福島第一原発でおきた最初の爆発以後のある期間、「原発安全神話の崩壊」という一つづきの、いわば見出し語的な決り文句として

「神話」という言葉は盛んに使われ、それ以外の分野にも「神話」という言葉が何かの「崩壊」と対に使われはじめる。

たとえば、スポーツ記事である。

戦後、岡本太郎と山下清によって「芸術」と「美術展」という概念を知った子供たちにとって最初に知ることになるスポーツ選手の名といえば（野球と相撲とレスリングを除けば）、水泳の「フジヤマのトビウオ」古橋廣之進なのだけれども、スポーツ方面のことは、日本語というか、メディアが命名し、あるいは誰かの発語を取りあげて流行させることになる言葉としては不世出の英雄《ヒーロー》やスター、伝説、名人、ロマン、ドラマ、戦い、歴史、といったカテゴリーに属する言葉が選ばれてきたはずなのだが、4月4日、朝日夕刊のスポーツ面には、リーガ・エスパニョーラのレアル・マドリッドのスター監督について「モウリーニョ神話、崩れる　9年間ホーム無敗、150試合でストップ」という見出しの記事が載ることになる。

別の日には、サッカー日本代表チームにザッケローニが就任して1年、彼の指揮下で行った試合の結果について（0＝0のドローも含めて）「不敗神話」と書かれているのを眼にすると、他の分野と違ってスポーツについての言説や記事を読むようになって、せいぜい三十年程しか経ってはいないのだが、しかしその間、「神話」という言葉が使われるのは初めて見たような気がする。スポーツジャーナリズム界で使われるヒーローの名誉や奇跡を表わす用語は、「レジェンド」でいいではないか。神話は「崩れる」と対になって（日本代表チームの「不敗神話」はむろん遠からず崩れるのに決っている。'13年六月現在、ＦＩＦＡ・コンフェデレーションズ・カップ・ブラジル大会のザック・ジャパンは三戦全敗）いるのだ。

国策だったのだから、七〇年代に加速する原発建設と同時進行した政府主導の学校教育や社会教育と電力会社の大量宣伝（もちろん、各メディアと歩みを一つにした）の中で、「安全神話」という、中性的で公正な事実が数字で明示されているかのような印象を与えてしまい、たとえば福島市に住む女子高生は被曝の恐怖におびえながら新聞に投書し、「安全神話とは、こういう時に安全性を発揮してこそ、そう語れるのではないのですか」と、神話が絶対安全を意味しているように誤解してしまう。

もう一つの別の政治的神話である北朝鮮の拉致被害者家族で元東電社員の蓮池透は、教師だった父親の勧めで就職した東電の赴任地である福島第一原発の現場で「原子炉の炉心損傷が起きる確率は年間で10のマイナス7〜9乗、つまり1千万年に1回程度と説明された」と語っている（4月30日朝日新聞朝刊「私の視点」）のだが、こうした人工建造物の安全性について、言ってみれば天文学的数字を持ち出して説明されたところで証明のしようがないわけで、むろん、原発の安全性に科学的データをもとに疑問を投げかけて反原発を訴えていた学者もいたのだから、「安全神話」という言葉には、誰がそう言いはじめたのか知らないのだけれど、原発の

「安全」を不可侵の「神話」の領域――戦前的には天孫降臨の高天原神話が国史の一部でもあった神国日本である――へとまさしく国策で言いくるめたものであると同時に、証明しようのない1千万年に1回という数字（しかし、それは'71年に稼働を始めた福島第一原発でたったの40年で間違っていたことが証明されてしまった）への腰のひけたジャーナリズム的ささやかな批判と揶揄が含まれていたのかもしれない。

ロラン・バルト的な繊細でしかも優雅な分析の手続きを行うまでもなく、ごく普通の国語辞書的レベルで、神話が民族的宗教的な説話である他に、比喩的用法として、根拠や実体なしに神格化されて不合理に人々から自由な思考や行動を奪う事柄や習慣や物語や人物や団体をさして使われる言葉であることを誰もが知っているはずだ。

しかし、「崩れた」と伝えられるにしてもそもそも国際フットボール界に「モウリーニョ神話」などというものがあったとは思えないし、これは日本のスポーツ・ジャーナリズムの方言にすぎないのだ。「不敗神話」は戦前の皇軍を戦後ジャーナリズム的に、自分たちが加担したことは伏せつつ批判する際に使われた言葉だろうから、これは「安全神話の崩壊」以後の使い方なのかもしれない。

赤瀬川原平『科学と抒情』（'89年）という一冊全体が奇妙に魅力的な脱力感に浸されたエッ

セイ集に収められた「世界の重みが顔面に作用する」は'87年1月号から'88年12月号まで「ユリイカ」に連載されたうちの、'88年9月号に載ったものである。その中に〝原発は、バクハツだ!〟というフレーズが登場するのだった。

この二年間がどういう時代だったかと言えば、「自粛」という言葉を流行させた天皇の病気と死による「昭和の終わり」の時代でもあり、'86年はチェルノブイリ原発事故（人為的ミスが原因とソ連は同年七月に発表する）があり、本の上梓された'89年の十一月九日にはベルリンの壁が崩壊して、東欧の共産主義体制が次々と崩壊して行く時代である。

ちなみに、去年の大ベストセラーだったもしドラ（『もし高校野球の女子マネージャーがドラッカーの『マネジメント』を読んだら』岩崎夏海著　ダイヤモンド社）と略語化され涼宮ハルヒだか初音ミクだか女子マネだかなんだか区別のつかない無気味な萌え系アニメキャラで装画された本の書名を見て、私は八〇年代に流行したコンピュータゲームらしい「ドラクエ」という名前を思い出し、このドラも物知らずをいいことに、そうかドラッカーのことだったのね、と納得しかけてしまったのだが、それはそれとして、文章をメディア上に書いて発表するほどの（とりあえずインテリ階級に属しているかのようでもある）者の、ほとんど全てと言ってもオーヴァーではない者たちが、原発に反対せずに過してきたことへの複雑な「自責」の念を持ったと表明する現在である。ジャーナリスト的時代感覚と要領の良さでまとめて見るならば「自責」や

「反省」は典型的にはつぎのように語られるだろう。
「今、原発について多くを語ってこなかった知識人の間でも原発への懐疑が広がっている。／加藤陽子・東京大教授は、毎日新聞のコラム「時代の風」（3月26日）で、大岡昇平が戦争と軍部の暴走を許容していた自分と、そのことへの「反省」を前提として文章を書き続ける考えを表明した言葉を引き、そこに「原発を『許容していた』私」を重ね合わせた。／大岡にならった加藤氏の自戒を共有したい。原発を推進、容認してきた政治家とともに。」（4月10日毎日新聞コラム「反射鏡」論説委員岸本正人）
推進派も、黙って容認して来た者も共に、「自戒」を共有したいというのだから、まさしく、あの、戦争責任を曖昧に平板化して「国体」を護持した戦後体制の「一億総懺悔」である。大震災後、いちはやく「戦後が終って災後がはじまった」という標語を語り出した政治学者がいたけれど、たとえば、サントリーのトリス・ウイスキーの宣伝チームは、戦後ではなく戦時下へと、いとも機敏にタイムスリップして国家総動員体制下に作られた漫画家岡本一平（あの岡本太郎の父親である）の隣組を推奨讃美する国民歌謡（とんとんとんからりと隣組……）を流したりするのだが、それは都知事が震災・大津波天罰発言の「反省」の後で、地域コミュニティの協力が災害時にいかに力を発揮するかと虚しく語りながら、なんだったら隣組を復活させればいいいいいじゃないいか、と言っていたことにも通じている。

「自責」や「反省」と共にメディアで文章を発表する者たちがいて、加藤典洋の悲愴感にあふれた文章（「一冊の本」5月号）を引用しながら、「同じような、強い自責に似た思いと感情が、わたしにもある。たとえば原発問題を、心の中では気にかけていたのに、結局、何もしなかった」と、高橋源一郎は論壇時評（朝日新聞5月26日　傍点は金井）を書きはじめるのだし（この文章に高橋が付けたタイトルは「非正規の思考」で、これと並んだ見出しは「原発もテロも広く遠く」なのだが、新聞における時評の特質はもちろん、広く浅く――それでも大変なことである――がその本質だろう）、4月5日の朝日新聞夕刊には、様々な言葉が去来するなか、「ぼくは「なじらない」と「あおらない」を当面の方針とした」と池澤夏樹は書き、「今の日本にはこの事態への責任の外にいる者はいない。我々は選挙で議員を選び、原発の電気を使ってきた（沖縄県と離島を除く）。反原発と言っても自家発電だけで暮らすことを実行した者はいなかった。」と真実を突く。

　そして、4月28日付論壇時評で高橋源一郎は、三月十一日から何日か後、東京発の新幹線に乗ってある情景を目撃した人から聞いたという、不思議なエピソードから書きはじめる。

　乳母車《ベビーバギー》が通路に何台も置かれ、母子の団体が乗り込んだのかと思われるくらい車両は赤ン坊を連れた母親ばかりなのだが、そういう訳ではなく、偶然、同じ列車に乗り合わせただけで「母親たちは、手短に情報を交換し、「義援金を送ったわ」といい、それから、目的地に着くと、

「ごきげんよう」と残る母親にいって降り立った。破壊された原発から流出した放射性物質による汚染を恐れて「疎開」する母親たちだ。その人は、母親たちが、情報を鵜呑《うの》みにすることなく、自分の「身の丈」に従って取捨選択し、行動している様子を、好ましい、と感じた」と続く。

何台ものベビーバギーと若い母親の集団がどこかへ一斉に向おうとしている謎めいた少し薄気味悪いムードの漂うSF短篇小説のあら筋の、さすが小説家だけにかなり上手な紹介のように書きはじめられた文章は、「そうわたしに話してくれたのは、66年前の3月10日、東京大空襲で10万人が亡くなった時、炎の中を逃げまどい、かろうじて生き残った人だった」という見事に感動的な、ウムを言わせぬオチがついているので、この印象的なエピソードは、まるでわざわざ美しく仕上げられた虚構であるかのようにさえ読める。

だから、「生き残った人」の耳に、「身の丈」に従って行動する若い母親たちの別れの挨拶が、普通にはめったに使われることのない、昭和のある階級的用語である「ごきげんよう」と聞えたのか、それとも高橋のSF短篇あら筋紹介風文体の筆がすべったのかは判断の他だけれど、たった一つの「ごきげんよう」という、私の知るかぎりでは、かつて上流階級の挨拶用語といわれていた言葉のせいで、この時宜にかなった美しいエピソードは、空々しいものとなってしまっていることに、文芸時評はもちろん、論壇時評の書き手にもふさわしい機敏な時代感覚を持つ批評家としてというより、小説の書き手として高橋源一郎は気づいているのだろうか、と余計なことを考えてしまう。

「ごきげんよう」という言葉で若い高収入家庭専業主婦である母親同士が挨拶をかわすことが最近ではあたりまえのことなのかもしれないが、この言葉のせいで私などにはここで語られている美しいエピソードは、経済的余裕のある高学歴で意識の高い専業主婦の母親という、そう多くは存在しないクラスの「身の丈」にあった放射能汚染からの「疎開」に見えてしまう。

4月28日の毎日新聞朝刊の「再生への視点」に、宮台真司は「原発の放射能を恐れ、終業式前後には東京近辺でも多くの子らが縁者を頼って疎開」し、「私も別荘にヨソの子らを疎開させた」のだが、「ネット縁のごときでは無理。コストをかけ絆を培った者しか絆の恩恵にあずかれない」、と「恩恵」のヒエラルキーについての厳しい現実をさり気なく突きつけ、5月3日の産経新聞にはジャーナリストの池誠二郎が「東京でも放射能汚染の不安から、身近な人も含め西日本や国外へ脱出する人が相次いだ」が、事故から一ヵ月半が経って「収束は遠いが、事態は幾分沈静化し、脱出者の多くは再び東京に戻った」と書いていて、どうやら、放射能汚染を恐れる人々(そうした人々が、どの程度の人数だったのかは不明だが)の行動は「疎開」とも「脱出者」とも呼ばれるらしいのである。

4月22日の朝日生活面には、こうした、逃げる母子(あるいは父子)の現象を「避難指示圏から遠く離れた仙台市や首都圏から」の「自主避難」として報じているが、最初にこうした事態があることを知ったのは（なにしろ、ネットを見ないので）「現代思想」（'11年5月号特集・東日本大震災／危機を生きる思想）の早尾貴紀の「原発大震災、「孤立都市」仙台脱出記」と矢部史郎「東京を離れて」によってだった。

　女性たちが「逃散」を始めたのはパニックでも冷静さを失ったからでもなくむしろその逆だ、と矢部は書き、三月十四日、放射能汚染を恐れて小学生の子供を連れてそうそうに仙台を脱出し、山形空港で満席の飛行機のキャンセル待ちの長い行列に並んだ早尾は、三号機が爆発したニュースをテレビで見た後だったので、整理券を握りしめ祈るような気持ちになり「このとき頭をよぎったのは、第二次大戦中にホロコーストから逃れるユダヤ人たちであった」と告白するのだが、早尾の脳裡にあったのは、ホロコーストの場である強制収容所へと向う列車の順番を待たされているユダヤ人たちではなく、ナチスの占領地から亡命するユダヤ人一家の姿というほうが理解しやすいだろう。

　高橋の文章がまた聞きによるSF小説だとしたら、早尾の「脱出記」を読みつつ私の頭をよぎったのはホロコーストから逃れるユダヤ人というより、通俗的な物語が神話化されて語られる時に、その名を思い出さずにはいられないアメリカの映画監督スティーヴン・スピルバーグの、自らの命を守るためには「戦い」が必要だと告げる『宇宙戦争』の、子供を連れて逃げる自助的民主主義者というか、自由主義者の父親、トム・クルーズである。「本当に幸運なことに、最後のギリギリになって私たちの番号が呼ばれた。私たちの後に搭乗したのはわずかに二人だけであったと思う。子どもを三号機爆発の直後に、その放射能が届く前に出すことができた。搭乗したときには、ただそれだけしか頭になかった」と緊迫感にあふれる、「仙台脱出記」を読み進み、矢部の泡を喰ったように切迫した文章（「逃散」という、日本の中世以後の農民闘争の一形態で、村をあげて村民が耕作を放棄して逃げ出すことを意味する言葉が、東京の一部の意識の高い若い母親たちの行動について的外れに使われることからも理解できる。小学生の子供を東京から脱出させようとする矢部は、子供になぜ他の家の子供が一緒ではないのか、と質問され、それに対して自分が答えられなかったことを率直に書いてはいる。）を読んで、'99年のＪＯＣ東海事業所の核燃料加工施設での臨界事故（作業員が被曝で死亡した）の時、いちはやく東京を離れて関西方面へ逃れた、『完全自殺マニュアル』の著者のことを思い出したのだった。

「世界の重みが顔面に作用する」というタイトルのエッセイの中で赤瀬川は、テレビの「原発の討論会」番組に出演している広瀬隆の顔について「原発は人の命を脅かす。人の命は地球より重いという。その何億人分もの重みを広瀬隆は一身に背負う顔になっていた」と書く。この文章が書かれたのは'88年だが、番組は'87年のもので、前年にチェルノブイリの大事故のあった年なので「原発推進の話にイキオイが」なく「いまは人々の情緒は原発反対の方にウエイトが動いているから、それを受けて推進派の及び腰がはっきり見え」そうした危機を感じてか「最近原発側の新聞一ページ広告が目につく」というのである。そうした時代を背景に、赤瀬川は原子力発電による電力を利用して開発された大阪万博の巨大なアイコン「太陽の塔」の制作者岡本太郎を矮小化し愚かしい芸術家として、言葉だけで神話化してみせたのだったが、今年の五月一日、若手美術家集団「Chim《チン》↑Pom《ポム》」が、渋谷駅構内の展示されている岡本の壁画「明日の神話」に小さな神話をつつましく付け足して話題になった。

様々な言葉、言葉……　1

二〇一一年八月

5月25日の朝日新聞朝刊文化欄は、ナイーヴなだけではなく、わかりやすくカジュアルなので、読者が少年少女に想定（限定とまでは言わないが）されているのかもしれないという気のする、斎藤美奈子の文芸時評と、西岡一正記者による岡本太郎の渋谷駅構内に設置された「原爆が爆発する瞬間を描いたとされる」壁画「明日の神話」への美術家集団「Chim《チン》↑Pom《ポム》」が原発の絵を付け足した騒ぎについての記事の他に、横書きの小さな情報記事（『アントニオ・ダス・モルテス』のブラジルの映画監督グラウベル・ローシャの三本の未公開作品がユーロスペースで六月十八日から上映される）の三つが載っていて、これだけはあたりまえに文化情報を伝える記事を読みながら、久しぶりにローシャの映画を見てもいいなと思っていたところ、六月のはじめ交差点を渡ろうとして段差のところで足首をねじってくるぶしを骨折してしまい、現在もリハビリテーションに通っているくらいだから外出はまだままならない状態なのだ。

それはともかく、「Chim《チン》↑Pom《ポム》」のメンバーは「福島の原発事故で時代が更新したので、それを付け加えた。岡本太郎は超リスペクトしている」と語っているのだそうで、それはたとえば、椹木野衣監修による『岡本太郎　爆発大全』（河出書房新社刊）のストレートでナイーヴな岡本評価と同じように、こちらとはどうも価値観が異なるものとして、岡本太郎が生誕百年にして〝爆発〟と共に蘇ったということなのだろう。

『『お騒がせ集団』と見られがちな」Chim《チン》↑Pom《ポム》（しかし、この、短小包茎の男根主義とも言うべきチャーミングなネーミングはどうだろう?）の新作展で発表された映像作品を「したたかな戦略を描いていた」と評価する記者といい、斎藤が文芸時評でとり扱う「詩壇を超えて話題沸騰」の和合亮一のツイッター詩〈放射能が降っています。静かな静かな夜です。〉といい、金子みすゞの「赤い鳥」的童心主義の嫌味なパロディといい、川上弘美のクマさんの登場する原発爆発後の世界のパロディのリメイク寓話といい、ある種の人々はわかりやすく単純《ナイーヴ》で力強い《ストレート》ものに感動する魂を取り戻したようである。

和合本人が「これまで20年間、詩を書いてきて、こんな未熟な言葉を使うことはなかった」（5月30日毎日新聞）と、いわば確信犯的に未熟と拙さの持つ力強さを擁護する。未熟な言葉というものは、それが「詩人」の口から発せられると、洗練された言葉よりもなぜかどこかで何度も聞いたシンプルでストレートな言葉があたかも深い真実を語ると言っているようで、人をたじろがせ、ギョッとさせるのだが、和合の詩については後にまた触れることになるはずである。

さて、二十世紀の前衛美術家グループ、ハイレッド・センター（高松次郎、赤瀬川原平、中西夏之の頭文字を並べたもの）の活動の後、風刺画やエッセイ、小説と多才な才能を一種優雅な悪趣味さで発揮する仕事をしていた赤瀬川は、短小包茎の男根主義という言葉を連想させる21世紀の美術家集団のように岡本太郎をリスペクトするだけではなく、あまりのことに笑わずにはいられないのだが、'88年当時、安全を訴える「原発側の新聞一ページ広告が目につく」ものの「広告に力がない」時代で、テレビの討論会で「推進派の原発関係の人々がぜんぜん面白くない」のは「人々の情緒は原発反対の方にウエイトが動いている」せいもあって「あくまで推進派のCMに出て〝バクハツだ！〟とやるところに爆発力」があり、あの受難者の顔を持った広瀬隆の〝東京に原発を〟と同じで、岡本が「目玉グリグリでやるところを、広瀬隆はマジメな受難者でやっている。それだけの違いで、どんでん返しは同じ」なのだと言う。

赤瀬川はこうしたことを（ようするに、広瀬隆のような憂い顔で原発に決然と反対してこなかったことを）今、高橋源一郎や加藤典洋や加藤陽子や池澤夏樹のように自省や反省しているだろうか（彼が'78年「反原発新聞」の題字を書いていたことは「「原発はバクハツだ！」そして、様々な神話」の項の註・三参照)。赤瀬川は〝東京に原発を〟から、当時の大分県知事が提唱していた一村一品運動という村起こしの標語を思い出し、一村一発、という言葉を編集者のNさんとお喋りしながら閃くように思いつき、本当に原発が安全ならそういうCMが出来てもいいはずだと考える。「一村一発のCMは、まず原発の建物を中心に村役場や公民館が立ち並び、村道に原発のお蔭で街燈がずらりと並んであかあかと光り、農家の全部の部屋にクーラーがついてがんがん冷やしている」というものなのだが、〝バクハツ〟の方が単純で絶対的で「パロディというのは相対的」なのでかなわないだろう、と結論づけるのだった。

そうした原発CMこそ流されはしなかったが、「3・11」以後、それ以前の日本の電力を湯水のように使う姿として、様々な人々によって何度もこうした光景が(もっぱら、〝村〟ではなく〝都市〟のものとしてだが)語られたのだったし、広瀬隆とはまったく立場の異なる石原慎太郎都知事は推進派として「東京に原発を持ってくればいい」と言っていたのだが、四月二十八日の定例会見では「人間の技術で完全にコントロールできれば、どこへ造ったっていい」のだけれど「ただね、今回の福島なんかにしても、想定外のことが起こったわけ」と、ほとんど意味をなさないことを喋るのだし、原発の爆発のせいで、'79年の初版以後ほとんど忘れられていたかのような『原発ジプシー　被曝下請け労働者の記録』(堀江邦夫　現代書館)は「講談社文庫版が削除した問題点、全て収録」の増補改訂版が出版され、毎日新聞5月12日「ザ・特集」

の「漫画・映画・音楽　改めて注目　原発依存への警鐘」には、原発と原爆を扱っている映画として、黒澤明の『夢』（'90年）と『生きものの記録』（'55年）について、映画評論家佐藤忠男のコメントを紹介するものの、チェルノブイリ原発事故の前年（'85年）に「原発ジプシー」が森崎東によって（『生きてるうちが花なのよ死んだらそれまでよ党宣言』）映画化されていることには触れず、むろん、池田敏春の特異な暴力的反原発映画『人魚伝説』（'84年）に触れることもない。

福島原発事故後の「映画芸術」（'11年春号）の編集後記には、この二本の映画をどこか映画館で上映すべきではないかと、映画関係者としてごくあたりまえの提言が書かれていたのだったが、佐藤忠男は、黒澤の『夢』について「生煮えで、必ずしも成功していない」「戦争映画なら、ドラマの定型があり、泣かせることもできる。ホラー映画にも定型がある。けれど核、放射能の問題は、怖いといっても目に見えないし、ドラマとして非常に処理しにくいのです」と、きいた風な事を言っているが、森崎東や池田敏春の映画のことは思い出しもしなかった、と言うより知らないのかもしれない。

同じ記事中には、インターネット上で無料公開されて三月二十五日から五月はじめまでに60万回を超えるアクセスのあった山岸凉子の漫画『パエトーン』に触れ、山岸が福島原発の事故について「（原子力が）誰にも消すことのできない『神の火』であることを目の当りにして恐怖している」と語っていることを紹介する。原子力を神の火と喩えるあたりが、中沢新一の一神教と原子力を結びつける「日本の大転換」（「すばる」'11年6月号）を連想させもするのであるが、中沢という名は未だに私にはニュー・アカという言葉と時代を思い出させるところがあって、山岸涼子という漫画家の名前を書きうつしたせいもあり、あのニュー・アカの時代いかにもとがっていた玖保キリコの漫画『シニカル・ヒステリー・アワー』（ビートルズの「マジカル・ミステリー・ツアー」のもじりである）の子供たちのことを思い出してしまう。シニカルでヒステリックな態度をすっかり反省して大人になり（'11年の三月十日まで）、東電のでんこちゃん（内田春菊描くキャラ）、ペンギンやカッパと一緒に電気事業連合会のエコでファンタジックな原発推進コマーシャルで活躍していたのも奇妙《ミステリー》といえばいえるし、原発のマジックといえば言えるだろう。

'88年の「広告に力がない」時代から二十一世紀の地球温暖化問題の時代となり、'05年には京都議定書が発効し、'08年から'12年の間に温室効果ガス排出量を6%削減（'90年比）という数字が確認されてからは、クーラーがガンガン部屋を冷やしたり村道があかあかと街灯に光っているという赤瀬川の考えた映像は原発によるものではなく、悪しきCO_2の排出源である化石燃料的なものとなって、地球温暖化のせいで氷が溶けて住む南極から日本の小学校へ疎開（放射能汚染から身を守るために疎開する子供のように）してきたかわいそうなペンギンのためにも原発のクリーン・エネルギーが必要なのだとソフトに、'11年三月十日まで訴えられていたのであったが、ふと、かつて、とがった前衛志向の若者にも認められていた玖保キリコのことを、CMを見ていて思い出したこともあったものの何度も繰り返されるうちに慣れすぎてしまって、途中からよく似た絵を描く（ようするにキリコの絵のパクリの）別の者の描いたアニメなのかとも思ったほどである。

と、それで思い出したのだが『日々のあれこれ　目白雑録4』の「ミッフィー、ボーイズ、タイガーマスク」の回で、サンリオのうさぎのキャラクター「キャシー」が、「ミッフィー」の作者ディック・ブルーナに模倣だと提訴され、オランダの裁判所が「キャシー」に販売停止命令を出したという'10年10月21日の新聞記事について書いたのだから、その後の成り行きについても、ここに書きとめておくことにしよう。

6月8日の毎日新聞に二羽のウサギが仲直りしたという記事が載っている。

ウサギという動物はふわふわした全体は可愛いのだが、草食動物の特質として眼が顔の正面ではなく側面についているせいで、どう見ても――絵本の擬人化されたウサギたちの眼は顔の正面についているけれど――利口そうに見えない動物なのだが、「和解成立義援金1750万円」の新聞記事上の図版でも、二羽のキャラ・ウサギのどちらがより強くとは言えないが、つくづく見ると、決して物を考えたことはない、という顔をしていることに改めて気づかされる。

〈サンリオによると、両者は「訴訟継続に費用をかけるよりも、東日本大震災の被災者支援に尽くすべきだ」との考えで一致〉したのだそうで〈キャラクターの著作権を互いに尊重することで合意。サンリオは権利侵害を認めていないが、キャシーを使った新製品を今後販売しない〉のだそうである。

大震災がおきなかったら二羽のウサギのオリジナリティーを争う裁判はどういう結末になったのだろうかと気になるところだが、まあ、おそらくこの和解とまったく同じで、和解金を子供のためのNPOなり何なりに寄附、キャシーの新製品は今後販売しない（ということは、言うまでもなく、侵害を暗に認めたということである）という結論だろう。

ミッフィーの次はボーイズ、なのだがとりあえず、「タイガーマスク」である。6月19日の朝日新聞書評ページに『児童養護施設の子どもたち』（大久保真紀　高文研）の小さな紹介が載っていて、その書き出し「昨年末来、タイガーマスクの主人公「伊達直人」を名乗る人物が、各地の児童養護施設にランドセルや文房具を贈る〝美談〟が続いた」という文章を読んで、あの、「運動」や「現象」「事件」などとマチマチの言葉で好意的に評論家に語られたあれは、そうそう、いささか古風に〝偽善〟と同じ響きのある、いわば死語とも言える〝美談〟という言葉こそふさわしかったのではないか、と思ったのだったが、「ミッフィー、ボーイズ、タイガーマスク」（『日々のあれこれ』）を読みかえしてみると、赤木智弘がこの一連のタイガーマスクのランドセル報道を〈美談として伝えられて〉いると書いていたのが引用されていて、もちろんこの赤木の文意には、鈍重な〝偽善〟の意味が含まれていたのであった。

そしてさて、この日の書評欄の同じページには、インテルのサイドバック長友佑都の『日本男児』（ポプラ社）の広告が載っている。ガイズとインテルのコーチが呼びかける少年たちを、番組のタイトルであえてボーイズと呼びかえるNHKの番組について、ミッフィーとタイガーマスクともども触れたのだったが、そうそう、日本では昔から、「男子」とか「男児」について辞書的に言えば②の意味として、大人の男性とか、ますらお、屈強の男、といったマッチョ・イメージがこめられていたのだった。

「一心不乱に駆け続けた男が、世界最高のサイドバックへ」と『日本男児』のコピーにはあって、フットボール選手をチーム関係者がインタヴューなどで褒める時には、かならず枕言葉としてポジションの前に「最高の」とか「世界最高の」と付けることに決っているし、そもそも本の宣伝用コピーである。NHKの使うボーイズがそのまま、男子や男児のますらおや醜男《しこお》を意味するわけではないが、〝男子〟といえば、文学は男子一生の仕事に非ず、の二葉亭四迷の言葉もあったし、そもそもそれ以前に「男子一生の仕事」という決り文句があったうえでの、それに非ずである。

男子《ボーイ》は、日本において一人前の男なのだ。だから、長友の『日本男児』の新聞広告には「そこらへんの25歳が吐いたら空疎に聞こえるに違いないクサいセリフが感動的な格言になってこっちの心に届いてくるのは、その言葉を紡ぎ出した人間の魂が、宝石のように純粋だからなのだ。すごいぞナガトモ」という、小田嶋隆のクサい書評が転載されている。そこらへんの25歳（派遣だったりする？）は男の子であり、長友は日本男児である。

言葉を発する主体《たましい》の重さや誠実さや真摯さやらの真価が、問われる、といったジャーナリストや通俗批評家が便利に常用する結語の決り文句が、戦時下や大災害時下では沸きおこるように繁茂するのだ。

たとえば朝日新聞編集委員の曽我豪は「記者有論」（3月31日）を「言葉の力に日々驚き励まされる」と書きはじめる。選抜高校野球の選手宣誓の「生かされている命に感謝し全身全霊で正々堂々とプレーすることを誓います」や「あるいは天皇陛下のメッセージ」である「これからも皆が相携え、いたわりあって、この不幸な時期を乗り越えることを衷心より願っていま す」の二つを並べ、編集委員《ジャーナリスト》は「誓いであり、祈りである。短くて平易であたたかく強い言葉が心にしみてくる」と書き、政治家にそのような言葉がない、と菅直人首相の「果たしてこの危機を私たち日本人が乗り越えていくことができるかどうか、それが一人一人、すべての日本人に問われていると、このように思います」という会見の言葉を引用し、「誓いでも祈りでもないこれは、問いかけなのか？　何かの問題設定なのか？　ちっともわからない」と書く。

ジャーナリストは、首相の言葉の何がそんなに不満で、ちっともわからない、と幼児のような言葉づかいで語るのか。読んでいるかぎりでは首相の言いぐさが、ほぼほとんどの新聞記事の結語とそっくり同じ文章で出来ていることへの（多分、無意識の）気恥しさの含まれた苛立ちのせいだろうか？

様々な言葉、言葉……　2

二〇一一年九月

ジャーナリストの書くことは、と言うよりジャーナリズムと呼ばれるメディアに書かれる文章は、と言い直したほうが良いのかもしれないのだが、どれもこれもよく似ている。

大災害の死者たちと災害を生き延びた人々を前に、「誓い」や「祈り」といったいわば宗教的な言葉が「短くて平易であたたかく強い言葉」として印象づけられるのは、そうした言葉が様々なレベルでの「リーダー」の言葉としてふさわしいものと考えられているからなのだろう。

3月21日毎日新聞の記者によるコラム欄「発信箱」には、「ジョン・スタインベックの小説『怒りの葡萄《ぶどう》』が好きだ。」と笠原敏彦が書く。

大恐慌時代のアメリカ中西部の農民が銀行に土地を奪われ、職を求める放浪の旅に出てカリフォルニアの果樹園の安価な労働力の季節労働者（かつての黒人奴隷のように農園の付属物ではなく使い捨ての、いわば現在の日本の派遣労働者に良く似た立場の）になり、やがて社会主義的な労働者の権利に目ざめるという資本主義批判の小説は、小説よりもむしろジョン・フォードの映画の方が知られているかもしれないのだが（と言うより、今は両方とも忘れられているのかもしれない）、毎日新聞欧州総局の笠原記者にとって「ずっと心を離れない」のは「土地を追われていく小作農の家族」が「それでもくじけずに生きていく人々を描いた」場面である。それは、「女たちも子供たちも、どんな不幸だって、男たちさえしゃんとしているなら、けっして耐えられないほど大きくはないということを心の奥の深いところで知っているのだ」（新潮文庫、大久保康雄訳）というものであり（傍点は金井）、欧州総局の記者は、「困難に直面したとき、「大黒柱」「リーダー」の姿勢がどれほど周囲を安心させたり、逆に、不安にさせたりするものか」と続ける。

しかし、映画史上、長らく名場面の名台詞として語りつがれてきたのは、社会主義の労働運動に目ざめたトム・ジョード（ヘンリー・フォンダ）が、逃亡者となって家族のもとを離れる時、ママ・ジョード（ジェーン・ダーウェル）に語る、自分はここを去るけれど、どこか、そしてどこでも苦しんだり飢えたりしている者たちがいたら、そこにはいつでも私がいる、というアメリカ映画の中で初めて発せられた共産主義宣言ともいうべき言葉だろう。「未曽有の危機克服の責務を少数の政治指導者の肩に負わせるのは酷だとは思う。それでも、菅首相らには「しゃんとした」姿勢で国民に信頼感を与えてほしいと願わずにはいられない」欧州総局の記者は、同時に「英紙の記者が東日本大震災の現場から報じて」いることを伝えてもいる。

「がれきの中でも被災者らはあいさつを忘れず、記者はユーモアで迎えられた。漁協の組合長は「将来のことは考えられない。現状に向き合うだけだ」と話し、その気丈さを不思議がる記者にこう答えた。／「顔で笑って、心で泣いて」」というものなのだが、震災から間もない時期（テレビ各局がCMを入れない報道特別番組の編成をしていた時期）、この漁協組合長が施設の全てが壊滅状態の漁港でジャーナリストたちを前にそう答えているテレビ番組を見たのを覚えているが、テレビのリポーターもイギリス人ジャーナリストとまったく同じに（と言うか英国人ジャーナリストはテレビを見て記事を書いたのだろう）その気丈さを不思議がって質問し、組合長は少し芝居がかった調子で、（職種を問わず、リーダー的立場にいる日本の中年以上の男が、ここという時——たとえば、自分の認めていない男と娘が結婚式を挙げた時や、支持する政治家が落選した時——に発するおさだまりの言葉である）「顔で笑って、心で泣いて」と答えるのだったが、そうした決り文句以前に、テレビの画面に映し出されている風景は想像を絶し、壊滅的に破壊されたものであり、震災直後の想像を絶する放心状態の後で、何から手をつけていいかわからない、という状況から少しだけ脱した者たちは「将来のことは考えられない。現状に向き合うだけだ」と答える以外にないではないか。

毎日新聞の記者は菅首相には欠けている、「リーダー」の「しゃんとした」姿勢を求め、朝日新聞の記者は「誓いであり、祈りである」言葉を求めるのだが、副知事とはいえ都政の「リーダー」であるのだろうし、都の主催する〈「言葉の力」再生プロジェクト〉の文字通り「リーダー」であり、作家という肩書きも持つ猪瀬直樹も、菅直人首相には「心に残る言葉や勇気づける言葉がない」と考えている点では同じだ。

しかし、ジャーナリストのように、引用するのには少々ピントがずれているかのように見える経済大恐慌時代の土地を奪われた農民と季節労働者を扱ったスタインベックの小説の引用などはせず、「わが国には文学の歴史があるんだから、その文学の歴史から拾ってきた言葉を使えばいい」のだし、そのためには人の知恵を貰えばいいのだ、と文学的利発ぶりを見せびらかすように発揮して語る（猪瀬直樹氏インタビュー「週刊読書人」4月15日）。

「百人一首に清原元輔の「契りきな　かたみに袖を　しぼりつつ　末の松山　浪越さしとは」（わかち書き表記は記事のまま）という歌があるけれど、「あれは津波の歌」で、「「末の松山」は宮城県の多賀城市辺り」だから「一番端の松山までは波は越えないだろう」「男女の心変わりの歌なんだけど、あなたの気持ちは末の松山を越えることがないでしょうね、という歌」で、「八六〇年頃に陸奥の辺りで地震があって津波があったんですよ」というようなことを思い浮かべながら菅さんが演説すれば、もっと気持ちが伝わる対応をする」と猪瀬は語るのである。

さて、日本の古典文学に、まるでと言っていいほど知識も教養もない私なのだけれど、清原元輔が清少納言の父で、この百人一首の本歌は『古今集』の東歌「君をおきてあだし心をわがもたば末の松山波もこえなむ」であるという程度のことは、ウロ覚えなりに、なんとなく知っている。

本歌の意味は、あなたを裏切って浮気心を持ったりしたら、大波が末の松山を越すだろう、ということは従来の解釈では、私があなたを裏切ることは決してない、末の松山を越すような大波があり得ないように、ということになっている。しかし、「末の松山」という歌枕は男女間の心変りを詠む時に使われるもので、波が越し
た場合に使われるのだ。

百人一首の清原元輔の歌の大意は、東京都副知事で東京都の主催する「言葉の力」再生プロジェクト・リーダーの解釈「あなたの気持ちは末の松山を越えることがないでしょうね」では、もちろんなくて、常識的には、「お互いに心変りしたりなどしない、と何度も涙ながらに確め誓いあったのに、あなたの心は変ってしまったのですね」である。波は末の松山を越さない＝絶対心変りしないという歌枕を踏まえて、男が心変りした女に「よくもまあ、あんなことを心をこめたように言ったものですね」と不実をうらんで責める歌で、百人一首の解説書であればどんな本にでも載っていることなのだけれど、元輔は注文に応じて「心変れる女に遣はす人にかはりて」この歌を作ったのだから、首相の演説について「それなりの文章力がある人物

にスピーチライターを委嘱したほうがよい」と考える猪瀬直樹としては、その点では、引用した歌の選択を間違えてはいないのだが、歌の解釈をする「言葉の力」と常識的知識がやや弱い傾向にあるようだ。

かりに、猪瀬の言うように、首相が元輔の心変りをした女を怨んでなじる歌を引用して、「日本の島国の文化は津波をはじめ天変地異と共に生きてきた文化であって、それを乗り越える勇気を一緒に持ちましょう、と。我々の文化には深い知恵が刻まれているんだから、その知恵を出しあいましょうね、と言えば印象に残る」という演説をしたら、どうだったろうか。

三月十一日の地震発生の当日、もちろん災害規模の全容も明らかにはなっていないにしても、これが大変な大地震だということは直後に発表されたマグニチュード8・8（後で9に訂正されることになる）という数字から、概念的には理解できるだけではなく、まさにテレビではあの、息を飲む津波の映像がえんえんと流されているという時、特別番組に専門家としての解説を求められて出演していた東大名誉教授の地震学者が、日本列島の大地震のメカニズムを説明しながら（予知できると大々的に喧伝されていた東海地震について、誰でも何度も耳にしたり眼にした程度の）、落着き払ったにこにこ顔で、今回のように大きなナマズさんがあばれると、それにつられて内陸部の地下で小さなナマズさんたちが何匹もあばれだすということがおこります、と、翌十二日にも出演して語り、さすがに、テレビ局の男女のアナウンサーもずれっぱなしの地震学者に対してむっとした顔をしているのに、学者は個人レベルでの防災が大切であることを説き、妻の友人の家は五百万だか六百万円をかけて耐震構造に改築した、と穏和なニコニコ顔で説明するのだった。（付記・日本地震学会の臨時委員会は、東日本大震災から一年二ヵ月後の'12年五月十一日付で「反省」の論文と提言の意見集を学会ホームページに公開した、という記事が毎日新聞5月12日朝刊に載っている。「反省」は、既存の理論に過度に依存した「思い込み」のせいで学会内の議論が不活発であり「研究成果が教育やメディアの現場にどう伝わり、使われているか無自覚、無邪気であった」というものである。「提言」は「さらに議論して難局を乗り切りたい」というもの。同年九月十九日に発足した原子力規制委員会には、ナマズ発言の地震学者も参加していて、'13年五月現在、関西電力大飯原発の敷地内を走る断層が活断層であることを二年前とはうって変った憂い顔で断定している）。

その後、たとえば「SWITCH」5月号の特集「世界を変えた3日間、それぞれの記録」を読んだりするとなにしろ、震災と原発事故は、世界を変えた、と、直接災害に直面したわけではなくとも考える人々が大半以上存在しているのだし、保守派的言説では戦後最大の「国難」の最中である。

ナマズは民俗信仰の文化と歴史の中で地震と深い関係を持つ神話的魚類ではあるけれど、しかしこれはもしかしたら想定外の強度の地震によるショック（とりあえず専門の学問上の）で頭がおかしくなったのかもしれない、という奇異な印象を誰もが受けつつ、「無自覚、無邪気」な専門家に対して言いしれぬ怒りをおぼえたはずである。

　あの地震と津波の後で、首相が「契りきなかたみに袖をしぼりつゝ末の松山なみこさじとは」などと演説中に引用するようなことがもしあれば（「あなたの気持ちは末の松山を越えることがないでしょうね」という珍解釈で「八六〇年頃に陸奥の辺りで地震があって津波があったんですよ、というようなことを思い浮かべながら菅さんが演説すれば、もっと気持ちが伝わると思いますよ」と、副都知事の言う）これはやはり、何が伝わるといって、かつてない大災害の「国難」の最中《さなか》、首相は発狂したということが伝わると判断する以外にないだろう。

　さて、末の松山は歌枕として「波が越すか越さないか」とかならずセットになって、恋愛上の心変りを詠む時に使われるのだが、この歌には東北地方の大地震と巨大津波の歴史的事実が記憶されているのかもしれないという説を、環境水理学者河野幸夫が「歌枕「末の松山」と海底考古学」（'07年12月「國文學臨時増刊　百人一首のなぞ」）で述べていることを小峯和明（「災害と〈予言文学〉——過去と未来を繋ぐ」「図書」'11年8月号）が紹介している。

「河野氏は多賀城市八幡の沖合の海底調査で発見された大根大明神の祠を、巨大津波により陥没したものと推定、それがまさに『日本三代実録』貞観十一年（八六九）五月二十六日条の記述にかさなる」と考え、『古今集』の東歌「君をおきてあだし心をわがもたば末の松山波もこえなむ」はこの貞観地震にかかわり「その時の記憶が「末の松山」を「波が越す」表現に刻み込まれたのではないか」と考えた説を「貞観一一年の地震と遺跡と和歌を、ゆらりとした糸で繋いでみた」「遊び心」だと言うのだが、「貞観津波の解析は河野氏の研究に限っても、九〇年代から二〇〇〇年代に進められていた」のであり、首相が演説に使うべきは、この点であり、原発立地条件や建造物の強度を設定する際に、マグニチュード9の地震を想定外にすべきではなかったということであろう。

政治家は、たとえば来春の百人一首競技大会に呼ばれて挨拶の言葉を語るような場合なら、血相変えて格闘技さながら札を奪いあうだけではなく、時には歌の意味を考えてみよう、と、末の松山の歴史を語ってもいいかもしれないが、しかし、いかがなものか。

それはそれとして、小峯和明は「海底考古学による遺跡調査と地震津波の分析と和歌の解釈とが融合した、まさに学際的な結実で、和歌を和歌だけで研究することの限界を教えてく」れさらにこの河野氏の「論文こそが〈予言文学〉ではないか、と思われてならない」と書いているるのだが、予言などはむろん、どうでもいいのである。問題は研究によって明らかになった事実の解釈をどう未来に反映させるかだろう。

さて、次に私が疑問に思うのは、取るに足りないささやかなことだが、東歌版「末の松山」の意味である。

末の松山を波が越えることがないことがまず前提で、私があなたを裏切ることも同じようにあり得ないのだから、心変りをしたら、末の松山を波が越すだろう、といったニュアンスで従来読まれてきたのであり、この解釈によって歌枕は成立している。とはいえもとより、恋愛に心変りはつきものだから、元輔の歌をはじめ、他の類歌も、末の松山は本歌以外では常に波が越すものとして詠まれるのである。

昔、この地方に大地震があり、巨大津波が押し寄せて「末の松山」を飲み込んだときの恐ろしい情景がこの歌のなかに「記憶」されて残ったのではないか、と考える河野氏の立場で東歌を読んでみると、末の松山を波は越えないという前提（「彼の山に誠に浪の越ゆるにはあらず」と、すでに元輔の時代の都では考えられていた）は崩れて、もしあなたを裏切ったら覿面《てきめん》（天罰のよう）に大津波が末の松山を越えるだろう、というまじない的な誓いの言葉の意味になるのではあるまいか。とすると、この本歌の東歌のほうを演説に引用するのは首相ではなく、大地震を日本の私利私欲に走る社会への天罰だと発言した石原慎太郎都知事がふさわしいということになる（註・一）。

貞観地震（八六九年）で末の松山が波に飲み込まれてほぼ百年はたたない頃、清原元輔（九〇八―九九〇年）が歌枕に詠んだ時代、それはすでに忘れられていて「彼の山に誠の浪の越ゆるにはあらず」という比喩的表現となり、契って誓いあった男女の心変りについての歌枕になってしまうということはどういうことなのだろうか。忘れやすいとはいえ、大津波から百年もたってはいないのである。

猪瀬直樹がインタヴューの中で和歌と伝統と首相の演説について語っていた条《くだ》りについての違和感と同じかどうかは別として、「歌」や「詩」という共通の言葉で語られるものとして（和合亮一の言葉が圧倒的に受け入れられたのだったが）、東日本大震災後、それが引用され、朗読されるのがいかにもふさわしく当然で自然なことであるかのように、宮沢賢治の「雨ニモマケズ」がある種の人たちによって、いわば祈りや勇気の言葉として語られもしたのだった。

註・一　石原慎太郎のような猛々しい物言いをする保守派だけでなく、宮沢賢治のエコロジー的自然観を愛し尊敬する作家（石黒耀「グスコーブドリの夜」「ユリイカ」'11年7月号特集・宮沢賢治）も柔和な口調で「現在、日本列島は再び地学的動乱期に入っており、宗教的な表現を用いれば、関東首都直下地震や南海トラフ地震といった地変神の最終審判を待つ状態です。日本人は審判に耐えられる行いをしてきたでしょうか？」（傍点は引用者）と、天罰だか神罰という発想を持って書くことになる。

マッカーサーと「雨ニモマケズ」

二〇一一年十月

二〇一一年九月二日の朝、朝刊を開いて、見開きページ全面のマッカーサーの写真を見て、唖然とした者も少くなかったはずである。

敗戦から半月の'45年八月三十日、厚木飛行場に到着した連合軍最高司令官マッカーサー元帥が、レイバンのサングラスにコーン・パイプを咥え、正式な軍装ではなくカジュアルな軍服姿で飛行機のタラップを降りて来る映像は、写真としてもニュース映画の映像（なぜか、ナチスを思わせる「ワルキューレ」が画面に流されていた記憶があるのだが）としてもあまりにも有名で、その三日後の九月二日にアメリカの戦艦ミズーリ号の艦上で行われた降伏文書調印式の映像よりも、昭和二十年九月二十七日、小柄な現人神昭和天皇と大きなマッカーサー元帥が並んで撮られた写真と同じに、この映像は日本人に衝撃を与えたはずである。とは言え、戦後六十六年の今、マッカーサーという名前など知らない者の方が多いかもしれない。

見開き二頁を使ったこの写真には大きく横書きで「いい国つくろう、何度でも。」というコピーが入っていて、他に印刷されている文字は、写真提供がヴァージニア州のダグラス・マッカーサー記念館であることを記す英文と、「東京都千代田区一番町25番地」と住所だけが記された「宝島社」という社名だけなのだが、マッカーサー記念館の広告というわけではなく宝島社の広告なのだろうということは、かろうじてわかる。

この宝島社の広告が、「忘れてはいけない敗戦の記憶を鮮明に呼び覚ます」という天野祐吉(「CM天気図」9月7日朝日新聞)は、マッカーサーの姿が、「子どものぼくらには」「アメリカのパワーの広告であると同時に、武器を持たない平和のイメージの広告でもあった。いま見ても、すごい広告写真だと思う」と感嘆し「その日から、一面の焼け野原の上に「いい国つくろう」という動きが始まった」と言う(註・一)。

「で、軍事大国から経済大国へ、この国は鮮やかな変身をとげる。」「ま、宝島社の広告をどう見るかは人それぞれだし、人それぞれでいい。」「が、「いい国」ってどういう国か」「成長を支える陰の力」である原発が「今度はこの国をめちゃくちゃにした」時、戦後の日本が本当に「いい国」だったのか、「そこをしっかり見定めてかからないと、敗北や失敗が生かされぬまま終わってしまう気がする」天野祐吉は、マッカーサー元帥のパワーというかリーダーぶりが

「いま見ても、すごい広告」をありがたそうに抱きしめて、「本当はこの広告も「いい国つくろう、今度こそ」と言いたかったんじゃないのかな」と、最終的には宝島社を抱きしめる（同社の複雑な文化的歴史について興味のある方は絓秀実の『反原発の思想史』第5章「反原発としての「宝島文化」とその背景」を参照してほしい）。

しかしもちろん、この見開き二頁の大広告に使用されたマッカーサーの写真を見て、『拝啓　マッカーサー元帥様――占領下の日本人の手紙』（袖井林二郎　岩波現代文庫'02年、原本は'85年大月書店）を苦々しく、あるいはあきれ果てつつ想起した読者もいたはずである。タイトルからも窺うことの出来る「困難に直面したとき」の権力者《リーダー》へのあまりにも子供っぽい信頼――。「マッカーサーは、日本の「文化英雄《カルチュラル・ヒーロー》」となった」（ジョン・ダワーによる文庫版解説　袖井林二郎訳）のであった。

文庫版の解説を書いてもいる袖井氏の畏友ジョン・ダワーは、占領期の日本人について、「敗北を抱きしめて」いたという緩和的表現を使うが、袖井は、推定五〇万通に及び一三〇人に一人の日本人（政治家から小学生まで、あらゆる階層と年齢の）が書いたことになる占領軍総司令官に書き送った手紙（マッカーサー記念館とワシントン・ナショナル・レコードセンターに保管されている）について「プロローグ」で敗戦と軍事占領が「日本人の国民性の深部までを明るみにひき出す、すさまじい経験」であったが、「世界史に数多い占領の歴史のなかで、外来の支配者にこれほど熱烈に投書を寄せた民族はない」と書く。

「もともと人間は権威によりかかりたがる動物だが、日本人にはその傾向が民族性といっていいほど強い。そして敗戦によっていっさいの権威が崩壊した彼等の前に現われたのは、「慈悲深い」権威主義者のマッカーサーであった。」（傍点は引用者による）と、それを紹介するにあたって民族性を持ち出して自虐的に書きはじめずにはいられない、日本人の書いた数々の、支配者にちぎれんばかりにしっぽを振る手紙が紹介されている。

戦後六十六年目の今年、宝島社の広告の掲載された九月二日が、まさしく降伏文書の調印式の日であったにせよ、なぜ、今、マッカーサーの厚木飛行場到着の写真が「いい国つくろう、何度でも。」という意見広告（?）に選ばれたのかと考えれば、おそらく三月十一日のかつて経験したことのない規模の大地震とそれに続く原発事故とが、戦後史が専門の政治学者によって、ごくあたりまえのように「災後」という造語（?）で語られ、戦争や空襲を実体験として経験した人々だけではなく、後に歴史として映像や言葉としてそれを知る者たちにも、即座に戦後＝災後という特別な体験であることが了解されたからだろう。

マッカーサーの名前こそ語られはしなかったが、「東日本大震災の爪痕をみると、空襲で破壊し尽くされた66年前の光景に重なり合う」（4月29日朝日新聞　ジョン・ダワーのインタビュー）ことは国民的に共有し得る事態であり問題なので「第2次世界大戦の破滅から立ち直る日本人の姿を描いた」『敗北を抱きしめて』の著者ジョン・ダワーのインタビューがごく当然のことのように、さっそく掲載される。

ダワーはアメリカで日本の「じっと耐えている被災者の姿や、パニックを起こすことなく、規律を守っている様子が、尊敬の念を集めている」と語り（海外での東日本大震災の報道を伝える日本のメディアは、被災者たちを勇気づけ励ますかのように、暴動も起こさず、規律正しく耐える日本人の姿が尊敬され賞讃されている、と伝えたものだ）、被災地での若者たちのボランティア活動を、宮沢賢治の「雨ニモマケズ」の「質実で献身的な精神」に喩え、「日本社会のしなやかな強さ」を讃美する。

ダワーは、東北の被災者を助けるボランティアの献身的な精神に賢治の詩を重ねあわせるのだが、4月5日の朝日新聞の震災特別編集頁「ニッポンみんなで」には、「雨ニモマケズ響く」という大見出しで、この「宮沢賢治の代表作」が「大震災の惨禍に打ちひしがれる人たちへのメッセージとして、国内に、そして海外に、広がっている」（傍点は引用者による）ことが大々的に紹介されている。

俳優の渡辺謙と人気脚本家の小山薫堂とが開いたユーチューブの「ｋｉｚｕｎａ《きずな》３１１」に、渡辺が「雨ニモマケズ」を朗読する動画が配信され（他にも香川照之、竹中直人らの朗読あり）、新潟出身で東北人の役も演じてきたハリウッド在住の俳優渡辺が「被災地域の空気感や、そこで『生きていく』ということを実感してきた」し「大震災の後、何を投げかけられるだろうと考えたときに、この地で生まれ、この地から表現していた賢治の『雨ニモマケズ』しかないと思いました」とコメントしていることや、被災地の岩手の小学校の卒業式で校長がこの詩を朗読したことがこの記事で語られている。

昭和六年に病床で書かれた「雨ニモマケズ」は、詩というよりは病床の詩人の書いた日蓮信仰についての信仰告白のようなものだろう。戦時下、禁欲的に耐え忍ぶことの重要さの象徴として広く読まれたというか、耳にタコ的に聞かされた「雨ニモマケズ」に対して嫌悪感を持った人たちは多く、当時のリベラルという程ではないまでも常識的なセンスのある者であれば、全国から公募で選ばれた戦時愛国標語「欲シガリマセン勝ツマデハ」を作った小学生を、こまっしゃくれたいやなガキだ、と思ったのと同じだったはずである（この章の註・一及び「非常時にはことばが失われる。」の註・二を参照）。

4月5日の紙面には囲みで「雨ニモマケズ」の全文が大きく載っていて、改めて読めば、この宗教的禁欲がファシズムと同根の戦前の日蓮主義的内容を、被災者に向けて朗読するというのは、気が狂っているとしか私には思えない。ジョン・ダワーのように、まるで設立された当時のフランチェスコ修道会の規則でもあるかのようないわばファナティックな信仰告白の「雨ニモマケズ」をボランティアの若者の献身的精神に結びつけるのも、常軌を逸していかにも非現実的だし、戦後の日本史はともかく、戦前の宗教とファシズムの歴史に無知なのだろうとしか思えないではないか（註・三）。

'38年生れで、実際には敗戦直後の日本を見たわけではない研究者ジョン・ダワーのインタビューが載るのだから、空襲をうけて焼野原となった東京に若き米海軍日本語士官として足を踏み入れた経験を持ち、日本の古典文学の深い知識につちかわれて日本を愛する日本文学研究者のインタビューが載らないわけはない。

まして、ドナルド・キーンは震災後に日本永住を決意し、日本国籍も取得すると言うのだ。「特集ワイド」として組まれたニューヨークの山科武司記者（毎日新聞夕刊5月18日）による記事には、キーンの決意を伝えるニュースが「震災に打ちのめされた日本人の胸に響いた」と、「文化英雄」を抱きしめる調子で書かれ、もちろん、キーンもダワーと同じように、大震災に直面した被災者たちが、我慢強く行列に並んで礼儀正しく避難生活に耐える姿に世界中が尊敬の念を持った、と語る。

記者はキーンの著書『日本人の戦争』（'09年）の中で語られている高見順の日記を引用する。東京大空襲の避難民で混雑する上野駅での光景と、前年に中国で目撃した光景を比べ「〈…そうした喧《やかま》しい中国人に比べて、おとなしく健気《けなげ》で、我慢強く、謙虚で沈着な日本人に、高見は深い感銘を受ける。『私の目に、いつか涙が湧いていた。…私はこうした人々と共に生き、共に死にたいと思った』〉／「私も今回、高見とまったく同じ気持ちになりました」とキーンさんは言う。」

記者の引用するキーンの著作中に引用された高見順の日記の、そうした喧しい中国人の前の「…」に、どのような事態が書かれていたのかはともかく、「私も今回、高見とまったく同じ気持ちになりました」とキーンに同一化されている高見も、そしてキーンも、それを記事にして伝える記者も、空襲や壊滅的災害に遭遇した時、喧しい者たちとその反対の健気で我慢強い者たちとが、属する国によってわけられる、と考えているようだ。

テレビ・ニュースの海外のインタビューに答えて日本の被災者について語る一般の人たちや、キーンやダワーといったアメリカの知日インテリも、日本の被災者の礼儀正しい我慢強さが特別のことであるかのように語り、新聞の読者投書欄などには、この辛い体験を外国人にそう言われて日本人として誇らしい、と被災者ではない自分も思うのだから、そうした外国人の賞讃の声はさぞや被災者に勇気を与えるだろう、という、下品に言えば、身銭はビタ一文もきらず（投書用の切手代を除いて）、体を動かしもしないでボランティア気分の投書があった。

3月20日毎日新聞の書評欄に極く小さく紹介されていたレベッカ・ソルニットの『災害ユートピア』（高月園子訳　亜紀書房）によれば、一九〇六年のサンフランシスコ大地震以来の様々な災害のケースを検証し、ほぼすべての被災地で見られるのは、無数の利他的な行為であり、人々は見知らぬ相手にも思いやりを示し相互扶助の共同体的ユートピアを作ることが述べられている。書評者はそうした共同体を「壊すのは「人々は野蛮になる」と信じ、パニックに陥るエリート層だと指摘」していると紹介するのだが、近年、世界でおきた様々な大災害の報道を思い出しても、通常の状態とはるかにかけ離れた無秩序な野蛮状態が被災地でおきたという報道や報告は聞いたことがない（通常の状態で起きている犯罪と同じくらいの犯罪行為はあったにしても）のだが、しかしもちろん、'23年の関東大震災では朝鮮人と中国人が暴動をおこしたという流言飛語によって日本人による虐殺が行われたことを忘れるわけにはいかない。

そして、大規模な自然災害によって壊滅的に破壊された広大な瓦礫の山の廃墟から人々に喚起されるものは、実際の空襲の焼跡を体験しているいないにかかわらず、もちろん空襲による虐殺と破壊を技術化した「戦争」なのだ。

町全体を埋めつくしていた津波によって破壊された瓦礫の山が、家の建っていた区画ごとに山積にされた、非現実的な光景を目のあたりにした被災者の女性（年配とはいえ戦後生れに見える）は、テレビの画面の中で、呆然と立ちつくし、それが現実とは思えないあまり、テレビで見た戦争映画の風景のようだとつぶやくし、ジャーナリストは「空襲後の写真に入りこんだような絶望感」（「甲乙閑話」4月6日朝日新聞）と、松島を訪ねた体験談を語り、そして、たとえば、古井由吉は、大津波の押し寄せる「惨景」に「映像ながら、身も心も追いつけない」のは「戦災の時に、頭上に落ちかかる敵弾の切迫へ、防空壕の中からたえられるぎりぎりのところまで耳をやった。その恐怖心のなごりらしい」「あれだけの広域にわたり、あれだけ徹底して破壊された。敗戦の年の空襲以来のことです」（「古井由吉→佐伯一麦往復書簡」4月18日朝日新聞）と実体験した恐怖心のなごりという言葉を使って書くのだが、私たちにとって映像による記憶とは何なのだろう。

阪神大地震後にも「地震がもたらした廃墟が、第二次大戦後の精神状態を強く喚起し」「人々はこのとき、戦争と、戦争に帰結した近代日本の歴史をふりかえった」と柄谷行人は言い（「地震と日本」「現代思想」5月号特集・東日本大震災　危機を生きる思想）、レベッカ・ソルニットの言う「パラダイス」（『災害ユートピア』の原題 A Paradise Built in Hell）災害地の中で生れる「自生的な秩序、相互扶助的な共同体」は、しかし、長く続かず「それとともに、戦争の記憶もまた消えてしまった」と嘆息する。

阪神にしても東日本大震災にしても、それを実際に経験することはなかった者でも、そして戦争を知らない者も、「戦争」によってもたらされた廃墟を思いおこすことになるだろう。実際に経験したのではなく、映像として見たことのある戦争のもたらした焼け跡となった廃墟である。

震災の廃墟（もちろん、柄谷自身は廃墟にいたわけではないが）から「人々はこの時、戦争と戦争に帰結した近代日本の歴史をふりかえった」と、あくまで抽象的に書く柄谷行人とは正反対に、阪神の震災を「私の近隣の被害はさほど甚大ではない」地域で経験した丹生谷貴志は、次のように書く。

「被災地でテレビ中継を見るというのは、経験したことのない者にはうまく説明できないほど奇妙な体験である。丘陵を越えた地区の被害は凄まじく、私たちはその紫の煙を山の上に見て過ごした……そしてそれをテレビで見た。煩瑣を避けて簡単に言おう。私たちは、私たちにとって未だ透明な表象の中に収まるべくもない現実がテレビの映像や「現地特派員」たちの言葉によって凄まじい勢いで表象の中に取り込まれて行くさまを目撃し続けた。」（「天皇と文学　村上春樹／中上健次と「崩御」以後」『天皇と倒錯——現代文学と共同体』一九九九年）

そして、五月のビンラディン殺害を正当化させる対テロ戦争の口実となった、十年前の「同時多発テロ」を「もうひとつの「11日」」として「脳裏に浮か」べるジャーナリストもいる。

東北の被災地は「3月11日から1週間後に」上空から、ニューヨークの現場は2週間後に、目撃した朝日新聞コラムニストの若宮啓文は4月3日の「ザ・コラム」に、「テロと天災という違いはあるが、今度もCG映像かと見まごうようなテレビの画面が世界に衝撃を広げた点でよく似ている。」「ともに、その日から世界が変わってしまったような歴史の境目でもあった」

と書く。「戦後の廃墟から国を再建した日本の力は信じたいが、あのときは占領体制の下で強引な改革からスタートできた。ベビーブームの活力もあり、人口はどんどん増えた。いまはまったく事情が違う」と若宮は言うのだが、では、震災からの復興を主題としているらしい宝島社の全面広告はなぜGHQによる占領体制の第一歩を表わしていた「文化英雄」マッカーサーの写真を使うのだろうか。

註・一　たとえば、'13年6月9日の「朝日俳壇」には、大正八年生れの金子兜太が「マッカーサーより始まりしサングラス（川西市）上村敏夫」という句を選び、「あの将軍《ママ》、なかなか颯爽としていましたなあ。」と評しているが、日本ではマッカーサーの称号は「元帥」と書かれるのが普通だろう。General がアメリカ軍の最高司令官を意味するのだから、ジェネラル・マッカーサーは、日本語に訳すなら将軍ではなくて、元帥であるし、日本では歴史的にそう呼ばれている。大正八年生れの男子も平成二十五年ともなると軍隊の階級称号などは忘れてしまうのかもしれない、と書きながらふと気がついたのだが、季語は「マッカーサー」ではなく、もちろん「サングラス」なのであろう。

手許に本がないので記憶で書くのだが、石川淳は闘う国歌（ラ・マルセイエーズ）と主《あるじ》をほめそやす国歌（君が代）を対比させたエッセイ（確か「歌ふ明日のために」）の中で、'51年トルーマンにマッカーサーが解任されアメリカに帰国するというニュース映画を見て、「マ元帥おかわいそうに」と言っている女性を目撃したことを、呆れて書いていた。「マ元帥」というのは、当時の新聞の見出しが文字数を省略するためにそう表記されていたからである。「おかわいそう」にも、むろん呆れるが、「マ元帥」という略語を話し言葉に使うというのも、相当に変で、同じエッセイの中だったと思うが、石川淳は相撲見物の折に（どういう取り組みだったのか、外掛けか内掛けだったのだろう）、足を使って相手を蹴るような動作の力士を評して女性客が「あんなにお蹴りになって、あの方、馬みたい」と、妙な敬語を使っていたことを書いていたのを思い出すのだが、妙な敬語というか丁寧語といえば、テレビのアナウンサーやリポーター、そして民主党の大臣が「派遣村」に集まる人々に対して使用した「ホームレスの方々」というものにつきるかもしれない。

註・二　宮沢賢治が大正九年日蓮主義の信仰国体国柱会に入会（同じ年、後の関東軍参謀で東亜連盟の指導者石原莞爾も入会）したことは良く知られた伝記的事実である。

「日蓮主義」とは「在家仏教教団・国柱会の田中智学によって一九〇一（明治34）年に造語された言葉であり、伝統的な日蓮仏教が再解釈・再編集され、体系化された、ナショナリスティックな近代仏教思想」で、この理念や説教は田中智学や「伝統教団・顕本法蓮宗の本多日生らの活動により、明治後期から大正期にかけて、日本社会に広く普及し」、それは高山樗牛と本多が組織した知識人たちの社会的ネットワークとして機能し、宗教家のみならず、政治家、弁護士、軍人、国家官僚、官吏、検事、教育者、医師、評論家、ジャーナリスト、実業家、美術家、小説家（村上浪六や幸田露伴）」等の含まれた社会上層階級からなるネットワークから「全国各地に群生した日蓮主義サークルが日蓮主義普及の社会的基盤となった。」（大谷栄一「超国家主義と日蓮主義」『宗教とファシズム』水声社）

こうした背景の中で、たとえば血盟団によるテロ事件の指導者井上日召の思想は形成されたのであり、智学の著作を通じて「授受的な法華シャーマンが、日蓮主義による理論武装に努め出した」のだ。橋川文三は日召の自伝的記録を「ある異常なテロリストの回想というより、むしろ当時の青年にひろく認められた人生論的煩悶や疑惑の典型的記録といってよい」と書いていることを引用し、大谷栄一は、近代化による日本社会の様々な規範解体によって生じたインテリ階級の悩みの代表として語られる一九〇三（明治36）年に藤村操（井上日召と同年齢）が、華厳の滝で投身自殺したことを挙げ、日召が「煩悶」を「普遍・絶対・唯一者への宗教的関心」の末の神秘的体験によって克服した体験によって得られた「日蓮主義」が「自分のアイデンティティを探しあぐねていた若者たちに受け入れられた宗教的思想であり」、「理想の日本国家像（国体像）を明示した宗教国体論でもあった」としている。

昭和二十四年B級戦犯として刑死した元東海軍司令官陸軍中将岡田資《たすく》の裁判記録を読みこんだ大岡昇平は『ながい旅』（'82年）を書いている。もともとは新潮社のPR誌「波」の「多くの文学者がその共鳴する日本人一人を選んで書いた」シリーズ「私の中の日本人」に大岡は岡田中将を選び「その事績の概略を」記していたこと（昭和四十八年一月号）から『ながい旅』執筆がはじまるのだが、岡田中将は「法廷で勇敢であっただけではなく、スガモ・プリズン内でも態度が最も立派であった、と多くの人が言う。」と大岡は書いている。岡田資は日蓮主義者であり、処刑前に笹川良一（競艇で知られた右翼だが、当時は衆議院議員で、A級戦犯不起訴組だった）宛の遺書には、「後の青年たち」にむけた「通俗仏教の手引を完成出来なかった事が唯一の遺憾事です」と書き「私の宗教信念は大宇宙の平等観には立ちますが、諸法観に於ては、一応民族国家の国境は無視出来ません」と書いている。

註・三　賢治と日蓮主義の同時代的背景を無視して、震災被害者のために「雨ニモマケズ」を朗読してやるプロジェクトとは、もちろん、歴史的無知が原因ではあるにしても、一体何なのだろうか。反原発運動のニューエイジ・エコロジー派（見田宗介、津村喬、高木仁三郎）と宮沢賢治との関わりについては『反原発の思想史』で絓秀実が批判的に触れているのを参照してほしい。

　絓は、幅広い層に影響をおよぼした見田宗介の賢治論が賢治の「ファンタジックな、「国民化」に貢献」しただけではなく、ニューエイジ的な方向へ解き放ったと論ずる。「見田の本には、アインシュタインの相対性理論が、宮沢賢治の言う「四次元」に相当し、それが童話「インドラの綱」において、ヒンドゥー仏教的に解明されているといった、『タオ自然学』にも似た記述も見られる。」と書いている。（前掲著「第4章　ニューエイジ・宮澤賢治・アナキズム」）

マッカーサーと「ジェロニモ」1

二〇一一年十一月

七月十五日の定例記者会見で、サッカー女子ワールドカップの決勝戦で日本代表がアメリカ代表と対戦することについての感想を求められた都知事は、「とにかく最後に、アメちゃん（米国）にだけは勝ってもらいたいな。そうしたら、やっぱり日本人は留飲下げるよ。（中略）俺なんか古い人間だから、65年の遺恨っていうのがあるわけだよ、戦《いくさ》に敗れてからの。君ら、全然痛痒《つうよう》を感じてないだろうけどさ」（朝日新聞7月18日）と、持ち前の権力者カジュアルとでも言うべき下司な口調で語る。

この記事には「アメちゃんに勝って」と「なでしこ決勝へ」という二つの小見出しが付いていて、石原都知事の発言中のアメちゃんには、（米国）と意味の補いがカッコの中に付されているのだが、これはジャップがジップやエイプと同じレイシズムの蔑称であるのと同じに、米国という意味ではなく、占領国のアメリカ人に対して使われた敗戦国民の自嘲的コンプレックスの混った蔑称である。しかし、都知事発言のように「65年の遺恨」と並べて使用すると、占領国であった米国というニュアンスになるわけで、「なでしこ」が日本代表であるならば、「アメちゃん」はアメリカ代表であり、共に国家を代表する者たちということになるだろう。ところで「ジャップ」と「アメちゃん」（アメ公とも言ったものだが）を手もとにある四種類の辞書で調べてみると、前者は載っているが後者は数多い「アメリカ」関連項目語の中になぜか採用されてはいない。

ある一定の年齢以上の者たちには、「第三国人」（都知事がかつて都内在住外国人の犯罪について触れながら使用したものだが）と同様に聞き覚えのある、レイシズム的差別とコンプレックスとある種の怒りの感情と媚びと強がりの混った印象の強い蔑称であるものの、この「アメ」にはアメフトやアメ車といった言葉にこめられている羨望と憧れと尊敬の的であり希望や平和や文化でさえもあった「文化英雄《カルチュラル・ヒーロー》」のマッカーサー元帥の思影が浮かぶニュアンスがあってこその、石原慎太郎の「アメちゃん」である。

都知事にとって、震災と津波は、自分のことしか考えずに無縁社会を作ってきた日本人への天罰だったにせよ、多くの人々が戦争による惨状を想起したように、石原もまた「戦《いくさ》に敗れ」た記憶を思いおこしたのだろう。そうでなければ「65年の遺恨」と結びついた「アメちゃん」

という甘ったれた子供っぽい差別語（敗戦時の小学生に戻ったような）は出てこないだろう。

たとえば、各地に伝わる、しがなく、かつ力強い伝統芸の探索や自ら演じる芝居公演を通してなじみのあった東北についてお見舞いの言葉を語りながら（朝日新聞4月24日「ニッポンみんなで」）小沢昭一は、自分のような大年寄り（'29年生れ）には、今回の被災地の光景が広島の焦土や戦後の焼け跡の光景とダブって見え、それまでの「鬼畜米英」「一億一心」の価値観から「民主主義」「自由」にガラリと変った「茫然自失」から「今度こそ貧乏をバネに俺の好きな生き方をしよう」と「一人ひとりが独立心を持った」自由に触れる。

ほぼ同世代の古井由吉は、戦時中からではあったものの、戦後一段と「血縁・地縁」の束縛がゆるんだことについて、たとえば若い男女の恋愛を例にあげ、「いまやそれぞれ自身のことを「何処の馬の骨とも知れぬ」者と突き放すことによって、お互いに自由の身となった。もう一度言いますが、解放でした。しかしその分だけ「無縁」に」なり「家屋もだんだんに土から離れて、土の湿気と臭気の、うっとうしさからまぬがれた」（「古井由吉→佐伯一麦往復書簡」9月19日朝日新聞）と書くのだが、こうした感覚を通した経験を持つ者たちが、被災した人々につつましい礼儀正しさで見舞いを述べつつ、敗戦後の焼け跡の茫然たる自失と重なった「解放」や「自由」の感覚にともなった痛みを語る言葉は読む者をある思索に向かわせるだろう。

しかし、端的に言って、9月2日の朝刊見開きの厚木飛行場に降り立つマッカーサーの写真入り広告の「いい国つくろう、何度でも。」というコピー入りの宝島社の広告は、なぜか、かつての敵国人の「鬼畜」を「アメちゃん」という言葉で呼んでみるのと同じたぐいの不快な軽薄さの印象を与えるのである。

そして、「一致協力」や「絆」などというものが強調されると「いつかまた、あの忌まわしい「一億一心」への逆戻りの道」になりはしないかと気になる小沢昭一の世代の人間ならずとも、大規模な空襲の焼け跡を思い浮かべてしまうあの無惨な壊滅的な被害を受けた被災地の人々（「大震災の惨禍に打ちひしがれる人たち」と、まるで物語の中の人々のように、新聞紙上で呼ばれる）に向って、さらなる我慢を自己犠牲的に受け入れるように求めるかのような「雨ニモマケズ」を「メッセージ」として読み上げるという鈍重な無神経さは、いったいどこから生れるのだろうか。ジョン・ダワーのインタビュー（「歴史的危機を超えて」4月29日朝日新聞）のタイトルは「いたるところに／雨ニモマケズの心／しなやかな強さ」である。

ダワーやキーンといった戦後の知日派文化人だけではなく、「文化英雄」であったアメリカ占領軍総司令官さえもが、震災後の新聞というメディアに招喚（解任されて権力の座を追われ帰国した時、日本人の多数の崇拝者に衝撃をあたえたマッカーサー元帥の場合は元占領国への召喚と言いたくもなる）されるのだから、去年、テレビの白熱講義（以前、一種のテレビ的ギャグとして流行した〈究極の選択〉のサンデル版ともいうべき内容の哲学）が大評判だった人物が招喚されないはずがない。「東日本大震災後の日本、そして世界のあり方をどう考えるのか――。」今、多くの人が「この人に聞きたい」と思う人の一人が、米ハーバード大学の白熱授業で有名なマイケル・サンデル教授だろう。「NHKが四月十六日に放送した「マイケル・サンデル　究極の選択」は、時宜を得た番組だったと思う」、と4月22日朝日新聞のテレビ番組紹介面の「記者レビュー」で記者は書いている。冗談やからかいではなく、真面目にNHKはサンデルと「究極の選択」を結びつけるのである。

サンデルの講義にインターネット中継で参加したアメリカと中国の学生たちの反応が印象深かったのは「被災後も冷静に振る舞った日本人の精神性の高さを口をそろえて称賛した」ことで「では、日本人と他国の人の違いはなぜ生じるのか。」と記者は書きすすめる（傍点は引用者）。文脈上、「他国の人」の精神性は日本人と異って低いという違いに読めてしまうのだが、番組の短評は「話は深まり「個人主義vs.共同体意識」というテーマにまで及ぶ。最後にサンデル教授が、日本人に対する共感の輪が世界に広がっていることに触れ、「コミュニティーの境界線が広がりつつあるのでは」と結んだ。」と究極の楽天主義で続ける。

しかし、コミュニティーはそう簡単に美談として成立したりはしない。様々な矛盾をかかえながら試行錯誤を繰りかえすものだろう。この記事の二日前（4月20日）の朝日新聞には「転入者は放射線検査証明を」というタイトルで、原発事故後に福島県から避難して来た転入者につくば市の職員が求め「抗議受け発覚・撤回」という記事が載っている。

3月27日の朝日新聞の一面のトップ記事は、被災地から内陸部への集団疎開（県が用意した温泉地の旅館への）が進まない理由を、地元の共同体への愛着と同時に気がねであることを伝えている。

ある避難所の責任者は、内陸部の旅館に移る人から、家に戻って掃除をする時にはまたこの避難所に泊めてください、と言われたけれど「我々を捨てて出て行って、都合のいいときだけ泊めてくれなんて」納得できない、と語り、県の現場担当者は「避難所の中には、自治組織が『出て行ったヤツは、戻ってこないでくれ』と明確にしているところもある」（註・一）と言うのだが（傍点は引用者）、それは自治組織の閉鎖的体質を示してはいるかもしれないが、同時に県の指導する統治的集団疎開の、たった15分にすぎない性急な説明が被災者に正しく伝わるはずもないことを証明しているのだ。

また、6月4日朝日新聞には、埼玉県に役場を含めて避難した被災町民の一人が児童買春・児童ポルノ禁止法違反容疑で逮捕され、事件発覚後県民から「役場ごと埼玉から出て行け」という苦情メールが複数寄せられ、住民集会で町長が義援金を辞退すると発表し、町民たちが反発、町長は発表のやり方の乱暴さは認めたものの、「町は行くところがなく、埼玉にお世話になっている立場。お金のことより（地域との）結びつき、心情面を大事にしたいと思った。町民全体で規律を守らなければならない。」と語っているという記事が載っている。

こうした地縁や血縁のムラ社会的な共同体を国家的規模の「一億一心」へと統治した戦争が終った時、食べるものもない貧困のなか「一人ひとりが独立心を持った。後に私の唱えた「貧主主義」が芽生えるのです」と小沢昭一（共同体に伝わる——あるいは伝わりそこなっていた——伝統芸能の探索を通して共同体に触れながら）が語り、血縁や地縁から「解放」された分「無縁」になったと古井由吉が語る時、奇妙なことに被災地ではムラ社会と呼ばれた共同体の閉鎖的な規律がムラのリーダーから語られるのだし、メディアは何より、国策として行われた原発を含めた原子力政策を実行する巨大な組織のことを、たとえば、戦勝国である超大国のアメリカを、敗戦国たるコンプレックスのかん高い裏声でアメちゃんと呼ぶのと似た、対象を卑小化して、同時に幾ばくかの抵抗心（もちろん、無駄な抵抗、という場合のであるが）も表わそうとするように「原子力ムラ」と、この期に及んで否定的ニュアンスで呼ぶわけである。

「ムラ」という言い方には、前近代的な閉ざされた、戦後的用語で言えば封建的で迷信深く神話を共有するし、「村八分」も行う共同体という批判的な意味が含意されているわけである。

もともとは「ムラ」は「ふるさと」とも重なっているはずである。

8月14日の毎日新聞社説は「大震災と終戦記念日」というタイトルだが、「「ふるさと復興」

総力で」という見出しの方がずっと大きな文字が使われ、和合亮一の「あなたにとって故郷とは、どのようなものですか。私は故郷を捨てません。故郷は私の全てです。」という詩（というより、相当以上に出来の良くないコピーとか標語のようだが）が引用される。ここでも故郷＝共同体は、「捨てる」か「捨てないか」の問題として（それも、詩人によって）語られるのだが、社説は「被災地を思い、励ます歌として唱歌「故郷（ふるさと）」がすっかり定番にな」り、「生まれ育った土地」だけではなく「自然や街、なじんだ顔、取り戻したい大切なもの」として「戦後の高度成長の陰でともすれば軽んじられてきたもの。市場価値では測れないが人生に欠かせないもの。それらが「ふるさと」という言葉に凝縮されているようだ。人のつながりを示す「絆」にも通じる」と書く。

論説委員は、まさに、小沢昭一が、「「絆」という、「一致協力」や「一億一心」と同じように戦時下のメディアで繰りかえされた言葉は自分たちの世代にとって「耳にタコ」で、こりごりしているけれど、若い人たちには初めての新鮮な言葉なのだろう」と語っていた「若い人」なのだろう。

ところで「被災地を思い、励ます歌」として定番になったという『ふるさと』（高野辰之作詞岡野貞一作曲）だが、私の住んでいる豊島区では、十七年前に越してきて以来、夕方（彼岸を境にして秋冬期は五時、春夏期は六時）防災無線を通して毎日この唱歌のメロディーがカリオンの演奏で流されている。隣接する新宿区では『夕焼け小焼け』で、他の区がどうなのかは知らないが、この二つの選曲は「（いつかは、あるいは夜になったら）家（ふるさと）に帰る」という意味に還元されるだろう。

日本ユニセフの難民の帰国支援を訴えるテレビCMでは、アフリカの難民たちが夕暮れの大地を行進する姿に重なって、難民たちは絶対に一度も聞いたことがないだろう日本の『ふるさと』のメロディーが流れ、これは専らユニセフに寄附をする日本人の故郷への心情に訴えようということだったのだろうが、「若い人」でなければ、この歌に戦前の立身出世主義と家父長制度のひびき（『仰げば尊し』の身も蓋もない立身出世主義がここでは抒情的に歌われるわけだが）を感じるはずだし、「雨ニモマケズ」が「耳にタコ」の「我慢」と「絆」だったのと同時に甘美で抒情的な感動を催させられる詩の言葉によって作られているのと似ているだろう。

さて、『ふるさと』（'14年・大正三年）の詞を書いた高野辰之は長野県出身の国文学者で、浄瑠璃研究で知られてもいるが、文部省小学校唱歌教科書編纂委員であり、当時一般的だった「オトッツァン、オッカサン」といういわば古くさくて庶民的すぎる呼び方を「オトウサン、オカアサン」と改めて、国語国定教科書に載せた委員の一人でもあったことを、何年か前の朝日新聞土曜日の「be」欄の連載企画「うたの旅人」で読んだのを思い出し（調べてもらったところ'09年10月24日)、その時、長野という地名と「志をはたして／いつの日にか帰らん」という歌詞から小津安二郎の『一人息子』('36年)のことを思い出したのだった、と書きながら、もう紙幅も少なくなっているのに、今回のタイトルにある「ジェロニモ」関連のことにまだ一行たりとも触れていないことが気になるのだが、これはもちろん、五月のはじめアメリカ海軍特殊部隊がアルカイダの最高指導者ウサマ・ビンラディンを殺害(暗殺といったほうがいいだろう)したことが報道され、殺害作戦に「ジェロニモ」という暗号名が使われたグロテスクとも言える奇妙さについて書くつもりだったからなのだけれど、それは次回に延ばすことにして、「ふるさと」についてもう少し書くことにしよう。

小津の『一人息子』は、長野の製糸工場で働きながら女手一つで田舎では出来の良かった息子を東京の学校に送り出し、東京で就職した息子は立派に立身出世したと考えている母親(飯田蝶子)が、しばらく連絡の途絶えている一人息子(日守新一)に会うために上京し、立身出世の夢が呆気無く現実に敗れているのを見るという映画である。

戦前の小津映画で大学生やサラリーマンを演じた都会的軽妙さを持ったスマートなタイプでもある斎藤達雄や岡田時彦とは違って、あくまでしがなく気弱な、出世などとは無縁な地方出身の下級サラリーマン役の日守新一が演じる一人息子は、本来ならば高野の『ふるさと』に涙しなければならないはずだが、オカアサンではなくオッカサンと呼ぶ田舎の母親には何も報告しないで、すでに結婚していて、昭和十一年当時、とっくに都市の下層市民の間に核家族と無縁が通常化していたことがわかるのだ。母親は下級サラリーマンの息子に連れられ映画館で、理解も出来ないドイツ映画を見せられ（映画の冒頭は、映画館で上映されている『未完成交響曲』の金髪女優のクローズ・アップである）、息子にすすめられてチャルメラを吹きながら売りに来る屋台のラーメンをすすり込む。絶望したり怒ったりする気力も失せて、戻った工場でまた働いている老母の姿のバックに流れる音楽は、ここでも、『ふるさと』ではなく、死者たちが自分の名を天国から呼んでいるのに答え、自分もすぐに死ぬと歌うフォスターの『オールド・ブラック・ジョー』のメロディーである。

註・一　仙台で幼い息子と暮していた歌人の俵万智は震災五日後「原発がおかしなことになっているという危機感に、つき動かされて」あてもなく「西へ向か」い、とりあえず、一首を詠む。

子を連れて西へ西へと逃げてゆく愚かな母と言うならば言え

そして、「避難を知った人からは「東北を見捨てたんですね」「自分さえよければいいのか」

「あなたが動くことで、東北が危険だと思われる」など、否定的な意見もされた」と書いている。（『いまこそ私は原発に反対します。』日本ペンクラブ編　平凡社　'12年三月一日刊）
故郷を捨てるとか捨てないといった言説には、そこから離れない決心をしたり、あるいは現実に離れることの不可能な者たちによって、離れて行く者を逃げる者や捨てる者として扱う感情が深い断絶として広がっている、と考える思考が存在しているのだろう。

付記
高野辰之作詞『ふるさと』については、'13年5月12日の、毎日、朝日両紙の日曜書評欄のコラムを引用しておきたい。
長野市出身の作家小林照幸は「昨日読んだ文庫」（毎日新聞）欄に、「東京都知事でもあ」り「高校、大学の大先輩でもある猪瀬氏」の『唱歌誕生――ふるさとを創った男』を挙げ、二十二歳の時に読んで四年後の九四年に出た文庫を再読し「取材力、資料の精査力、構成力に唸《うな》った。それは私が書き手の眼を持ったからだろう。九二年より、私も一人の書き手」となって折々この「文庫を開いて今日に至っている」のだが、二〇〇一年、元ひめゆり学徒隊の女性に沖縄戦の体験を聞く機会を得る。当時十六歳だったこの女性は「三人の学友と自決用の手榴弾《しゅりゅう》の使用を決意し、海に向かい、人生最後の歌として『ふるさと』を合唱する。」彼女は歌ったことで我に返り、「もう一度学校で勉強がしたい、家族と暮らしたい、と」思い、二日後に米兵に保護されたと語る。

小林は続けて書く。

「戦場で唱歌『ふるさと』は生きる力を与えていた……私の中で沖縄と郷里・長野が繋《つな》がり、自然な所作として『唱歌誕生』を再読した。／それから十年後、東日本大震災が発生。避難所で子供たちが『ふるさと』を歌い、大人たちは涙ぐみつつ、津波や原発事故で失われた「ふるさと」への思い、復旧への志を抱く報道が多くあった。里山のイメージが強い歌詞でも「ふるさと」の言葉が持つ普遍性と、人の心に訴えるこの唱歌の力を私は改めて学び、本文庫を開いたのである。」

同日の朝日新聞「本の舞台裏」は、『石巻市立湊小学校避難所』（竹書房新書）の紹介である。同名のドキュメンタリー映画（藤川佳三監督）を見て「本にしたいという意欲がムラムラ湧いてきたという」竹書房の辻井清氏の作った本である。

「2年にわたり積み重ねた190時間分の映像を基に」、藤川氏が避難所の実態を「さらにきわどく描いた」と紹介している記事はつづく。「湊小の校庭で「夢は今もめぇぐっ～りぃて」と「ふるさと」を歌う支援のコーラスに「夢もなにもないよね。ふざけんなだよ。我々はここがふるさと。がれきの中」と被災者が怒るシーンが映画には出てくる。映画には入っていないが、被災者が支援者にかぶりものをあてがわれ、「アンパンマンのマーチ」を歌う映像も残っている。」

マッカーサーと「ジェロニモ」2

二〇一一年十二月

志を果していつの日にか帰らん、と歌われた故郷に、都会のしがない下級サラリーマンである「一人息子」は戻るつもりはないのだし、老母が働いている故郷の製糸工場のシーンには、同年輩の女たちしかあらわれないので、職場というよりは養老院のようで、まるで今日問題化されている少子高齢化社会の行きつくなれの果ての限界集落のようだし、小津の戦後の作品『早春』(’56年)では、丸の内のサラリーマンである池部良の地方出身者の同僚は肺結核で会社を長く休み(結局、死ぬことになる)、田舎から母親が看病のために息子の下宿に来ているのだが、農婦で寡婦でもある母親の口から語られる地方出身者の息子のこころざしは、モダンな都市の丸ビルに会社のあるサラリーマンになることなのだった(註・一)。

夕刻の定時に防災無線から無防備な垂れ流しのように流れるカリオンの『故郷』のメロディ

を耳にすると、毎度毎度というわけではないけれど、反射的に小津の二本の映画の中で、すでに失われている故郷を想起するのだが、それはそれとして「ジェロニモ」である。

同じ場所で語る必要など特にありもしないのに、9・11と3・11という日付に同じ11という数字が並び（と言っても時差があるから9・11は日本では九月十二日である）大人数の人命の失われた大惨事と廃墟化した都市の繰り返しテレビで流される映像（それ以後、世界が変った、とも称される）という、言ってみれば連想が、十年前のアメリカの同時多発テロの記憶を呼びさましたという言説はさまざまな場所《メディア》で何度も眼にしたのだった。

その9・11の国際テロ事件の首謀者とされるウサマ・ビンラディンがアメリカ海軍特殊部隊によって殺害され、この五月はじめに行われた掃討作戦が「ジェロニモ」という暗号名で行われたことの奇妙さと違和感に触れた文章には、西谷修「二〇一一年、二つの「歓呼」」（「現代思想」9月号）と今福龍太の「グアンタナモ、死との舞踏」（「新・群島世界論　ジェロニモたちの方舟2」「すばる」9月号）以外眼にしたことがないのはなぜだろうか。もちろん、私のごく限られた狭い読書と情報量の中でのことにすぎないのだが（註・二）。

日本時間では五月二日の午後からテレビや新聞で、米軍がパキスタンで、国際テロ組織アルカイダの最高指導者、ビンラディン容疑者を殺害したとオバマ大統領がテレビ緊急演説を行ったことが数日にわたって大々的に報道されたが、その作戦名が「ジェロニモ」と名付けられていたことを知ったのは、5月4日毎日新聞朝刊の一面の「秘密作戦の詳細が米メディアによって明らかになった」ことを報じる六百字程度の記事によってだった。

ビンラディン容疑者を指す暗号名「ジェロニモ」に「白人の侵入に抵抗した先住民族アパッチ族の戦士」という、記者による説明が付され、5月8日の朝日新聞朝刊では「ビンラディン容疑者殺害の舞台裏」として伝える一連の記事の最後に「ビンラディン容疑者の作戦上の標的名は、白人に抵抗した米先住民の戦士にちなんで「ジェロニモ」とされた。ジェロニモの子孫ら先住民から「極めて侮辱的だ」などと批判が出ている」と書かれている。

マッカーサーの名前を覚えている世代（書き忘れていたが、彼は占領軍総司令官として日本に君臨していた時、日本人の精神年齢を十二歳と発言したことがある）の者たちにとって「ジェロニモ」は、ハリウッドの西部劇映画を通してアパッチという部族名と共にその悪逆な恐怖の野蛮人として良く知られたインディアンというか、日本ではむしろ個人名が知られている数少いインディアン（最近では、ポカホンタスというインディアンの女性の名が、無垢の誇り高き大自然と野性の象徴として語られるテレンス・マリックやウォルト・ディズニー・ピクチャーズの映画にもなって知られているし、古い世代の文学好きの老人はシャトーブリアンの小説のタイトルでもある『アタラ』というキリスト教に改宗したインディアン娘の名を思い出すが、『ラスト・オブ・モヒカン』のインディアン青年の名も、そう知られてはいない）と言うべきなのかもしれない。

六〇年代、ハリウッドでの西部劇映画の製作本数が激減し、マカロニ・ウエスタンと呼ばれるイタリア製西部劇が全盛をむかえるのだが、マカロニ・ウエスタンの多くの時代設定は、「白人抵抗戦に身を投じたこのインディアンの伝説的闘士」（今福龍太）であるジェロニモがアメリカ軍に最終的に降伏した一八八六年以後、インディアン戦争の終了と目された年以後なので、西部劇映画の中かあるいは、インデアンカレーという名のカレー粉の容器に、堂々とどの部族とも知れないアメリカ・インディアンの戦闘用羽飾りを付けた横顔の絵が使われているというグロテスクな倒錯（アメリカ・インディアンを、ネイティヴ・アメリカンと言いかえ、日本語ではアメリカ先住民と言いかえることが定着した頃、ある芥川賞作家は、つい間違ってしまったらしく、ネイティヴ・アメリカンのつもりで、ネイティブ・インディアンと書いてしまうほど、この倒錯は深いのだ）を、不思議に思いもせず、なんとなくあたりまえのこととしてアメリカ・インディアンを知っていたほとんどの日本人にも、ジェロニモの名は忘れ去られていたわけである。

東日本大震災の衝撃から小松左京の『日本沈没』を思い出す人々は大勢いただろうし、七月に小松氏が亡くなられた時の識者によるコメントも、時期が時期だけにこれを氏の代表作として挙げる者は多かったが、かつて怪作として評判の高かった『日本アパッチ族』（'64年）の名を挙げる者がいなかった（私が眼にする狭いメディア内でだが）ことからも、ジェロニモという名が日本人的にはいかに時代遅れかということが推測される。

大阪のクズ鉄商（クズ鉄を食べてしまう強烈な生命力を持った連中なのだ）達が反乱を起こす現代文明批判の小説『日本アパッチ族』のリーダーである二毛《にもう》次郎はアメリカ人記者の書く記事の中でジロー・ニモウ＝ジェロニモと報じられ、それが通称となるのだったが、ビンラディン殺害作戦の標的名が「ジェロニモ」だったことが、新聞紙上にそう大きな扱いとしてではなかったけれど載っていたにもかかわらず、メディアではほぼ誰も、『日本アパッチ族』のことも、アメリカ・インディアンのアパッチ族の戦士ジェロニモのことも思い出さなかったのである。

しかし、考えてみれば、ハリウッド映画について書かれた文章以外の場で「ジェロニモ」という名前を眼にしたのは西江雅之の『伝説のアメリカン・ヒーロー』（'00年　岩波書店）以来、（今年の五月の新聞紙上の記事、そして今福龍太の「すばる」に連載中の「ジェロニモたちの方舟」なのだから）十一年の年月が流れていたのである。『伝説のアメリカン・ヒーロー』には、〝ルイス＝クラーク探検隊〟によるアメリカ大陸西半分の地域の大踏査（一八〇四―〇六年）に赤ン坊を背負って同行したショショニ族の若い女サカガウェア（小さな〝野性の女〟として、アメリカで最も多くの銅像が建ち、詩や絵画のモデルとなり、様々な歴史物語の中でヒロインとして語られた存在なのだが、日本ではもちろんポカホンタスの方が有名である）をはじめ、数多くのインディアンが登場するが、もちろん文化人類学的な知の論考や研究書として書かれたのではなく、「周辺の人々が寄ってたかってでっち上げた人物」としての「ある土地の英雄」について語られたエピソード集である。

「英雄」たちは「過去に向かって探求された自分たちの文化の理想像なのではなくて、人々が理想とする未来の文化像が顕わに表現されたもの」で、おまけに何が重要なのかといって「そこに見られる理想の素晴らしさとは、それが別の時代、他の世界では正しいとは限らないという点にある」という立場から語り直されたアメリカの様々な伝説的ヒーローたち、ジェロニモでありアパッチ族であり、ブラック・インディアン（ジョン・フォードの『馬上の二人』〈'61年〉に、ウッディ・ストロードがブラック・インディアンと思われる役で登場するのがハリウッド映画では初めてだったかもしれない）やセミノール族や、一九一一年に発見された〝野生のインディアン〟ヤヒ族の最後の生き残りイシのエピソードである。

ところで私たちは、アメリカ・インディアンについて、そのほとんどを戦前から戦後の五〇年代のハリウッド西部劇を通したイメージとして知ったはずで、手短かに言えば、ゴダールが『東風』（'70年）の中であきれかえるばかりの図々しい単純さで図式化してみせた、征服者と支配者・支配される被征服民であり、大衆的物語の構造上では凶暴でおぞましく、戦闘的でもちろん野蛮な悪役である。

クリスチャンで文明化された白人たちとは決定的に違う、野蛮であることと残忍であることが重なった悪逆なインディアン像が安手の大衆小説やそれを原作とした西部劇映画によって広まり、そうしたイメージは時にいささかグロテスクで悪趣味な喜劇となって、インディアンごっこでインディアンになって大人の男の頭の皮を剝ごうとする（あるいはモヒカン刈りにしてしまう）手におえない悪餓鬼（ハワード・ホークスの『モンキー・ビジネス』と、O・ヘンリー原作の『赤い酋長の身代金』。後者は小津安二郎も映画化〈『突貫小僧』〉したが、こちらにはインディアンのイメージはむろん使われていない）の遊びとして非現実化されもしたのだった。

コロンブスがそこをインドだと思い込んだために後にインディアン（あるいは、本当のインド人と区別をつけるためにアメリカ・インディアン）と呼ばれることになり、二十世紀の半ば過ぎには、彼等の土地のアメリカ政府による強奪と差別を反省したかのようにアメリカ先住民と名称を改められ、差別語を過剰な形式主義で自己規制する日本のテレビ・メディアの放映では、右翼のセシル・B・デミルの映画の中の白人中心主義者カスター将軍までが自動的無自覚さで自粛し、先住民と言うようになるのだったが、そもそも、大陸の発見者アメリゴ・ベスプッチの名から付けられた西洋的観点からアメリカという土地＝国の名に先住民と付けたからといって、それが彼等に何をもたらしたのかは疑問である。

『伝説のアメリカン・ヒーロー』の中で語られる「ジェロニモ」「アパッチ族」によれば、アパッチ族は現在一万五〇〇〇人ほどが幾つかのインディアン保護区域で生活しているのだが、一五三四年にアメリカにやってきたスペイン人が、同じ地域で生活していたズニ族にとっての

〝敵（アパチュ）〟と呼んでいた名前をそのまま使ったことから生じた呼称で、アメリカと呼ばれるようになった土地には様々な名称と文化を持つ多数の住民はいたけれど、アメリカ・インディアンもアメリカ先住民も存在しなかったわけである。

十九世紀末まで続くアメリカのインディアン戦争によって、「ジェロニモはアメリカで、そして世界中で、その名を聞くだけで体が震えるような人物」「悪漢、殺人鬼、残虐非道の野蛮人、等々となった」のだが、一八八六年にアメリカ軍に最終的に降伏して以後、第一次世界大戦後の新しい二十世紀文化の繁栄の中「一九二五年ごろになると、ジェロニモに関する評価は変わった。〝戦争は遠くなった〟のである。彼は勇者、自由を求めて戦う戦士、平和のための使者と呼ばれ始めた」（『伝説のアメリカン・ヒーロー』）というのだが（ターザンの原作者、野性児好きのバロウズの書いたジェロニモ小説の影響などがあるらしい）、しかし、再び戦争がはじまり、終った第二次世界大戦後の五〇年代のハリウッド西部劇の中でジェロニモは野蛮な、文明化されていないナチとでもいったふうの残忍な戦闘好きの、名前だけでも充分に人々に恐怖を感じさせる殺し屋に変貌する。

たとえば、どこからどう見てもブラウンの髪と瞳の大柄でハンサム《イケメン》な白人男にしか見えないロック・ハドソンがアパッチ・チリカワ族の族長ターザ（！）を演じ、白人を憎悪する弟とジェロニモたちの反乱を騎兵隊と協力して鎮圧する『アパッチの怒り』（’54年　なんと！　あの素晴しい女性映画の数々を撮ったダグラス・サークの監督作品）という映画がある。インディアンには良いインディアンと悪いインディアン（良《グッド》いインディアンは死《デッド》んだインディアンというだけではなく）がいたわけで、ロバート・アルドリッチの『アパッチ』（'54年）では、バート・ランカスターがアパッチ族の中で最後まで白人に抵抗して戦ったインディアン（とは言え、ジェロニモではない）を演じるのだが、捕虜になるところを逃げのびた彼は、なんと、メキシコの村でトウモロコシが畑で栽培されているのを初めて見て衝撃を受け、こうした農業という文化さえあれば、アパッチだって略奪や殺戮をせずに平和に暮せるはずだと目ざめるのであった。これではまるで、凶悪な終身犯のランカスターが刑務所内で鳥を飼うことによって小さな生き物に対する「愛」と生命の「知」に目ざめ、鳥類の研究家になるフランケンハイマーの『終身犯』（'61年）と同じである。

未開と無知から文明と知への進歩。この映画ではアパッチは穀物の栽培を知らない石器時代と同程度の未開で野蛮な戦闘集団ということになっているのだが『伝説のアメリカン・ヒーロー』の「ジェロニモ」の章によれば、「かつて彼らは農民であり、かつ狩猟民」であり「季節に応じて山地にも砂漠にも移り住」み「アパッチ以外の人々との商売にも携わ」り、「その上に、他の部族を襲う掠奪の民でもあった」のである。また、ロック・ハドソン同様にインディアンには見えない、テレビ西部劇のシリーズ『ライフルマン』のヒーローだったチャック・コナーズがジェロニモを演じた『酋長ジェロニモ』（'61年）は、悪役だったアパッチの闘士の真の姿を描く映画として制作され「ジェロニモ率いるアパッチ一族は白人政府によって荒れはてた居留地へ追いやられるが、必死の戦いにより政府にその非を認めさせる」（『キネマ旬報　アメリカ映画作品全集』による解説）ということになっているが、原題が単に「ジェロニモ」であるところに、現在ではインディアンという言葉以上に使用が不可とされる「酋長」という言葉がわざわざ付けられている。「ジェロニモが族長であったことは一度もない。彼は戦闘集団のリーダーで」「一般用語で〝シャーマン〟と呼ばれる人物」として「仲間から畏敬の念をもって慕われ、自らの地位を際立たせていた」（西江雅之）はずなのに、いつの間にかジェロニモは、少し前まで安保条約反対の反米デモで沸き上っていた国で「酋長」になってしまい、テレビのウエスタン・ヒーローのライフルマンであるチャック・コナーズの演じるジェロニモはアメリカ政府と和解する。

『伝説のアメリカン・ヒーロー』の伝えるジェロニモは、セオドア・ルーズベルト（帝国主義的政策によってカリブ海域にアメリカの勢力を拡大した）の大統領就任式典（一九〇一年）にアメリカ政府によるインディアン文明化政策の証し「白人の友である本物のインディアンということで、頭を羽飾りで飾り、パレードに参加し」その着飾った騎馬姿が大統領以上の人気を集めたと言う。

二〇一一年、米海兵隊による「ネプチューンの槍」作戦のビンラディンの標的名として、なぜ、「ジェロニモ」という名が選ばれたのか？　それは「ジェロニモ」がアメリカにおいてさえ忘れられた存在だからかもしれない。

註・一　小津作品の家族の解体のテーマとして取りあげられるのは決まって『東京物語』であるが、戦前から小津の映画には、いわゆる核家族や単身者、解体した家族しか登場しないのである。

ところで'13年6月1日朝日新聞日曜版「NIPPON映画の旅人」で扱っている『東京物語』について記事は尾道での老母の葬儀に集まった子供たちが帰り「残ったのは、妻を失った老父と夫を戦争で失った嫁だった。」と書かれているが、もちろん、老父は末っ娘の小学校教師（香川京子）と暮しているのだから、この記述は誤りとまでは言わないが、映画とはかなり違う印象を与える。

註・二　たとえば、朝日新聞論壇時評（'11年5月26日）では、「「3・11」の大きな影がおおう中、十年前、世界を震撼させた「9・11」の首謀者ビンラディンが米国の手で殺害された。それがもはや大きな話題にならないのは、どうやら日本だけではないようだ。」と高橋源一郎は論じるほどだ。東京外大の翻訳プロジェクトのサイト「日本語で読む中東メディア」で読むことの出来るアラブ民主革命とアルカイダの「古い」テロについてのエジプトの日刊紙のコラムやパレスチナ人作家のコラムを紹介している。「アルカイダの最大の危機は、ビンラディンの殺害によってではなく、アラブ民主革命から来るだろう」し、「テロリズムは、もはや「古い」のである。」誰も「ジェロニモ」を覚えていないのだ。

「ジェロニモ」と「アルカトラズ」1

二〇一二年一月

西部劇の中で野蛮で凶悪な敵の集団としてインディアンが登場することがなくなると、ジャンルとして異色作(異色西部劇)と呼ばれる映画の中で、白人俳優の演じるインディアンが登場するようになったことは前回でも触れたが、アメリカ・インディアンには生やす習慣のない口ヒゲをたくわえたままチャールズ・ブロンソンがインディアンを演じる『チャトズ・ランド』('72年)や、ダスティン・ホフマンがインディアンに育てられ、両方の世界をトリックスターのように行き来する百二十一歳まで生きた白人にしてインディアンの男を演じたアメリカン・ニューシネマの『小さな巨人』('70年)といった映画が撮られた後、インディアンは、アメリカ映画の中に登場する時には、ポカホンタスや『ダンス・ウィズ・ウルブズ』('90年)といったエコロジー映画の中で、大地や空や野生動物といった自然と一体化することになる。

国際先住民年だった'93年、テレビのドキュメンタリー番組でネイティヴ・アメリカンの歴史や置かれた現状を伝える番組が放映されたが、むろん、そこで「ジェロニモ」という名が特別な存在として登場するわけではなく、先住民を文明化させる同化政策と、かつてのインディアン戦争終了後、彼等にアメリカ政府から与えられた荒れはてた土地（インディアン保護区などと訳されていた）で二十世紀末、政府の認可する特区としてカジノ経営（場末感がひしひしと伝わる虚しい輝きの電飾が施され、客もまばらな）が紹介されるのであった。

ネイティヴ・アメリカンがニューメキシコで土産用に作っていたインディアン・ジュエリー（トルコ石）と銀細工を組みあわせたアクセサリーやコンチャ・ベルトや派手な色彩と柄のブランケットが日本でもちょっとしたブームだったこともあったが、アメリカの人種差別侵略戦争が論じられる時も、アメリカ・インディアン＝ネイティヴ・アメリカンのことが語られることは圧倒的に限られているのだ。

そして「ジェロニモ」である。彼の経験した多くの戦いの一つ一つが「善きにつけ悪しきにつけ誇張され、伝説となり、大衆小説となり、映画となった。（中略）単なる一人のアパッチの男、ゴヤクラ（ジェロニモの本名。アパッチの言葉で〝あくびをする者〟という意味を持つ）。それが戦いの開始とともに、悪漢、殺人鬼、残虐非道の野蛮人、等々となった。一九二五年ごろになると、ジェロニモに関する評価は変わった。〝戦争は遠くなった〟のである。彼は勇者、自由を求めて戦う戦士、平和のための使者と呼ばれ始めた」（西江雅之）のである。

テレビの連続西部劇で理想的父親像としての開拓者の役で人気スターだった『ライフルマン』のチャック・コナーズ（元メジャー・リーガーで、カブスとエンジェルスの選手でもあった）が演じたジェロニモがまさしく「自由を求めて戦う戦士」で、「平和のための使者」だったのである。この映画が撮られた時代、アメリカに支援された反革命軍がキューバに上陸してキューバ危機がおこり、ケネディ大統領は南ベトナムへの軍事顧問団の増強を決定し、ベトナム戦争は泥沼化して行くのであり、いわば、アメリカに抵抗する後進国との戦いの最中、未開人との戦いにアメリカ的文化が勝利した記憶を思いおこすためにコナーズの『酋長ジェロニモ』は撮られた映画だったと言えるかもしれない。

アメリカと和解した「白人の友」としてのインディアン、ジェロニモはその後どのような人生を送ったか。

アメリカの海軍特殊部隊によるウサマ・ビンラディン掃討作戦の暗号名が「ジェロニモ」と命名されていたのはなぜなのだろうか。考えてみれば、'11年の作戦遂行時、アメリカ軍の現役の将官はすでにウエスタン映画の「アメリカン・ヒーロー」としてのジェロニモのイメージなどとは（公式的な戦史として、学んで知っているにしても）、縁の薄い世代であろう。米軍の戦闘ヘリコプターの愛称に、敵に対しての勇敢さや獰猛さ、そして何より馬と一体化して疾走する騎馬集団の攻撃のスピード感を含意するものとしてアパッチやチェロキーやコマンチといった部族名が使われているのだから、ごく親しい〝名〟であり、アメリカ人はインディアンから土地だけではなく部族名も奪ったということになるわけである。

一八八六年、アメリカ軍に最終的に降伏したジェロニモたちのグループはニューメキシコとメキシコの国境のあたりから汽車でフロリダに送られ、戦闘に関係の無い者の住む土地で人々は「勇ましい戦士であり、かつ珍獣でもあるインディアン」を「観光商品として歓迎し、新聞はそのことを誇らしげに書」き、先祖たちの土地の乾燥と寒冷とは正反対のフロリダの熱帯気候のせいでアパッチたちの間にひろがったマラリアや肺病で何人もが命を失い、政府はアラバマに彼等を移動させ、さらに一八九四年にはオクラホマのフォート・シルに移動させるのだが、ジェロニモは一貫して「金の稼げる英雄」として「アメリカのどの商人もかなわない売り物」である〝ジェロニモ〟の名前で生きつづけることになる。

数々のインタビューに出演料をとって応じ、有料で観光客相手の写真を撮らせ、〝ジェロニモ〟のサインを売り、オクラホマの博覧会やセントルイスの世界博覧会に出演し、セオドア・ルーズベルトの大統領就任式典にインディアン文明化政策の成果の証しとしてパレードに参加し、好物になったアイス・クリームを裏庭でなめ、二十世紀に入った一九〇九年二月、ジェロニモはフォート・シルの保護区域で大酒を飲んで落馬し溝に落ちたが、溺れ死ぬことはなかったものの、それが原因で肺炎のために八〇歳という高齢で死ぬ。故郷の土地を取り戻す戦いの「目的」は達せられないまま、死後、ジェロニモの小屋には一万ドルという当時としては大金の額が記入された貯金通帳が残されていたそうである。

西江雅之の『伝説のアメリカン・ヒーロー』（'00年）の中で、私は何十年ぶりかでジェロニモという名と出あったのだったが、それからしばらくして（ようするに、「インディアン」が私の目前の映画や本の中から姿を消したまま）中谷礼仁の『セヴェラルネス——事物連鎖と人間』（'05年　鹿島出版会）の中で、クリント・イーストウッド主演の『アルカトラズからの脱出』（'79年　ドン・シーゲル監督）で知られるサンフランシスコ湾沖の元監獄の島を、'69年十一月、モホーク族出身の大学生リチャード・オークスをリーダーとする「全部族のインディアン」とUCLAからの参加者を含む約百人が、インディアンの持つ島の権利を主張し、'71年六月まで約一年と七カ月、島を占拠しつづけた運動があったことを知ったのである。

'69年のアメリカ文化史にどんなタイプの年代表にもかかならず記されているのは50万人とも75万人ともいわれる数の若者が全米から集ったという伝説の〝平和と音楽、そして愛〟のウッドストック（たとえば、今日でも「一九六〇年代に青春を送った者は、たとえどんなに意見が対立していてもウッドストックのことを思い出せば心がひとつになれる」（川本三郎）といったロマンチックで心地良い言説《うそ》が平然と書かれたりもする史上最大規模と称された音楽祭）であり、「全部族のインディアン」によるアルカトラズ島（スペイン語のペリカン）占拠という事件は当時も今も日本で知る者は多くはないだろう。

'34年から、サンフランシスコ湾沖の激しい潮流の中に岩《ロック》のように屹立する孤島の脱獄不可能なアメリカ連邦刑務所として知られるアルカトラズは、'63年に維持費と運営費の膨張によって刑務所としては廃止されていたのだが（廃止されたことは、テレビでも何度も放映されたドン・シーゲルの映画の最後のシーンに重なるナレーションだったか字幕で、少なくない《セヴェラルネス》数の日本人が知っていただろう）、アルカトラズ島を占拠した「全部族のインディアン」たちが発表した宣言書を引用することにしよう。

「偉大なる白き父とその同胞たち」に向って宣言者たちは「われわれはアルカトラズ島を、二四ドルに相当するビーズと赤い布地で購入するつもりである。これは三〇〇年前に白人がこの土地に似た島（マンハッタン島のこと。引用者。そして今、マンハッタン島のささやかな一区間が「99%」の若者たちによって占拠されているわけだが）を購入した先例にしたがっている」とアメリカ大陸発見時の発見者の権利を痛烈にパロディ化したかのような調子で書きはじめる。'63年に連邦刑務所が廃止された無人の島は、オークスたちが島を占拠した当時「ほとんどアメリカ人のなかから忘れ去られていた」土地なのであり、そうした土地と「全部族のインディアン」たちが「触れ合うべき必然性」が、彼等に宣言書の言葉を選ばせた、と中谷は指摘する。

「われわれはこのアルカトラズなる土地が、白人の定めた基準にしたがえば、インディアンの居住地として好適であることを認める。すなわち以下にあげる諸点において、この土地がインディアンの居住地に似ているとみなすのである。

1 現代的設備、適切な交通手段からの孤立。
2 新鮮な上水道を欠くこと。
3 不適当な衛生設備。
4 石油あるいは鉱物の採掘権がないこと。
5 産業がなく、失業率が極めて高いこと。
6 健康管理施設を欠くこと。
7 土壌は岩だらけで生産的でなく、けものの生息にも事欠くこと。
8 教育施設を欠くこと。
9 人口はつねに土地に対して超過していること。
10 住民はつねに囚人として、誰かに依存してきたこと。」

パロディ的な調子と同時にユートピア志向を持つ宣言文は彼らによる「土地利用計画」を語り、それは、建築史が専門の中谷の皮肉な言葉づかいでは「最近の建築コンペティションの初期条件とは比較にならないほど、実践的、緻密なものであった」し、島の占有後、ただちに領有民たちの組織化が始り、評議員が選出され、リーダーのオークスは「市長」的存在となったのだが、アメリカ連邦政府はインディアンたちに立ち退きを要求し、会合はもちはしても、評議会の決めた大学や文化センター設立の要求には返答さえせず、早急に島を立ち去るように命じ、その間、強硬な手段はとらず、彼らの自壊を待っていたのだった。

さて、アルカトラズ島からここでしばらく離れて、「ジェロニモ」の方へ戻ることにするのだが、その前に世界的ニュースであった、99％の貧しい者たちによるウォール街の占拠であり、アラブでのジャスミン革命であった。

高橋源一郎や池澤夏樹といった小説家であると同時に、真摯な親密さで、世界や日本の現在について読者が思いを巡らすように語りかける批評家でもある存在は、'11年の二月、前月から続いていた民衆の大抗議行動によってエジプトのムバラク体制が崩壊したことについて、昂ぶった調子で「独裁政権を倒した民主革命」が新しい時代を象徴するようにカラシニコフといった旧ソ連製の銃器ではなくフェイスブックやツイッターを手にして情報を瞬時に共有した若者たちによる無血の革命だったことに触れたものであった（註・一）。

ジャスミンのように匂い立つように新鮮な市民たちの民主主義革命を支えたフェイスブックとツイッターを賞讃する軽薄な文章や報道に対して、正当な苛立ちを記す西谷修は、ビンラディン殺害にさいしてアメリカの「レトリックとして使われるのはまたしても「インディアン狩り」の西部劇の枠組み」だと書く。標的のコード名に使われた「ジェロニモ」という名に反応し「合州《ママ》国に最後まで抵抗したアパッチ族の酋長の名だ。「アメリカ人」に奪われた白分たちの生活圏を守ろうと、勝ち目のない戦を最後まで続けたジェロニモにとっては、ビンラディンの暗号に使われるなど理不尽きわまりない不名誉だろうが、アメリカ人たちはいまだにインディアン殲滅の歴史を「文明の正義」のモデルとみなしているのだろう」と書く（二〇一一年、二つの「歓呼」」「現代思想」9月号）。

人類学／文化批評の今福龍太は連載のタイトルがそもそも「新・群島世界論　ジェロニモたちの方舟」だったので、ジェロニモ的存在について、格調も高い調子で「米軍および政府にとって、「ジェロニモ」の一言が、「テロ攻撃」に対するアメリカの十年来の強迫観念を最終的に鎮め、見えざる恐怖の呪縛を解く、なによりも力強い暗号として採用されたことはたしかであった。いや暗号というより、それは、いまだに領土拡張の神話を生きると嘯く国家にとって、自らの正義と潔白を再確認するための、ある種の魔術性をそなえた「呪言」そのものでもあったというべきだろう」と書く。

ジェロニモという名に不正確ながらもある種の記憶（西部劇を通しての）を持つ者たちにとって、時ならぬその名の不意の登場の持つおぞましさ（註・二）は、西谷、今福両氏の論じるとおりだろうし、今福氏は、第二次大戦期の米軍兵士がパラシュート降下をする時に叫ぶ掛け声として「ジェロニモ」が使われるようになったエピソード（'39年のパラマウント映画『ジェロニモ』でチェロキー族の怪優チーフ・サンダークラウドの演じたジェロニモに強い印象を受けた兵士が、空中へ飛び降りる恐怖心を乗りこえる雄叫びとしてこの名を絶叫することを思いつき、仲間たちも勇気を証明するためにこの名を絶叫するようになった）を記し「最強の敵の名を叫ぶことで自らの勇気を鼓舞するという倒錯した行動のなかで、「ジェロニモ」はアメリカの軍事的・大衆的呪文として収奪され、中身のない記号として完成されていったのである」と分析しているが、ビンラディンを指していたのか、あるいは殺害計画自体のコード名だったのか曖昧な「ジェロニモ」は、まさしくそのような武者震いの「中身のない記号」だったのかもしれない。

侵略や戦争ではなく文化的に、私たちは様々なメディアの中でインディアンという魅力的な記号を消費してきたのは確かで、頭の皮を剝ぐことにこだわる『モンキー・ビジネス』（ハワード・ホークス）の子供のような遊びはしないまでも、小学校低学年（三年生の頃）に西部劇を見て、何枚も何枚も馬に乗って疾駆するインディアンの絵を描いたものだった。主にジョン・フォードの騎兵隊三部作の記憶によって描かれたはずで、私はマッチョな小学生だったのだろうか？　フープの入ったドレスを着た娘たちの登場するダンス・パーティーの絵を描いたってよかったではないか？

アルカトラズ島を意表をついたやり方で占有した「全部族のインディアン」とインディアン以外の支持者たちはその後どうなったか。『アルカトラズからの脱出』を刑務所ものというジャンルの映画として見るならば、チェロキー族出身の肉体派スター、バート・レイノルズが、あえて刑務所を脱出しないことを選ぶアメリカン・フットボールの選手を演じた『ロンゲスト・ヤード』('74年、ロバート・アルドリッチ監督)の方が圧倒的に面白いのだが、それはまた別の話で、アルカトラズの占有者であるインディアンたちの自壊を待った当時のアメリカ政府の巧妙なずる賢さは、「大人のやり方」というものであろうか。

註・一　池澤夏樹は、高揚した調子で書く。「今のアメリカでいちばんの大物作家といえばトマス・ピンチョンだが」彼の初期作品に現れる、温室＝保守、街路＝開かれた活動の場という陳腐な大衆的比喩を引用し、エジプトのムバラク打倒が「温室対街路の戦いだったことがよくわかる。究極の街路としてタハリール広場があった。／そして、ケータイやインターネットは優れて街路的・広場的な道具なのだ。／森林から草原におずおずと出て直立した時以来、我々は不器用なコミュニケーションで互いの気持を確認し、グループを作り、生き延びてきた。やがて言葉というものを得て、ヒトは地上の最強の種として躍進した。ケータイはその延長上にある。(略) この先、ケータイはカラシニコフ以上の武器になるだろう。」(「終わりと始まり」'11年3月1日朝日

新聞）

しかし「ケータイ」についてはアラブ革命だけではなく、「大学の入試会場から携帯電話を介して書き込まれた入試問題にさえ、解答が即座に寄せられる時代なのだ。思えば二〇一一年三月十一日以前の私たちは、カンニング事件を思い切り誇張した報道に毎日ゲンナリしていなかっただろうか」（陣野俊史「空白と新幹線」文庫版『目白雑録《ひびのあれこれ》3』解説）という実態もあったのだ。私たちは、いつでも「忘れっぽい天使たち」（クレー）である。

註・二　「「駅馬車」（'39年）の冒頭、騎兵隊砦にはいってきた電信が不吉にとだえ、とどいた1語だけがよみあげられる。／「ジェロニモ……！」／これがすごく効果的で、インパクトのある伏線になるのは、だれもが（いや実は、いまのわかい人に関しては自信がないが）ジェロニモの何たるかを知っているから。／桐島なんて、だれも知らないよ。」（「宇田川幸洋の映評ジョッキー　映画とコトバの間にはふかくて暗い河がある？　ナンバー30『桐島、部活やめるってよ』」「キネマ旬報」'12年10月下旬号　傍点は金井）

まさしく、そのとおり、なのだが『駅馬車』の監督はジョン・フォードである、と付け加えたくなるのは、「キネマ旬報」'12年9月下旬号の細野晴臣（そう若くもない年齢のはずだ）の連載エッセイ「映画を聴きましょう」に、映画音楽の作曲家ディミトリー・ティオムキンに触れて「とりわけ『赤い河』（'48年）や『リオ・ブラボー』（'59年）といったジョン・フォード作品で名前を覚えた」と書いていたからである。

ハワード・ホークスはインタヴューで、西部劇ファンと称する人たちから「あなたの『黄色いリボン』のジョン・ウェイン、最高でした」と、よく賞讃されると答えていたが、もちろん、フォードも、「あなたの『赤い河』と『リオ・ブラボー』のジョン・ウェイン」と言われたのに違いないだろうと推測できるというもので、映画に作家主義などなかったのである。ピーター・ボグダノヴィッチによるフリッツ・ラングのインタヴュー集のタイトルが『映画監督に著作権はない』だったことも思い起こされるとは言え、長い歴史のある映画雑誌「キネマ旬報」としては、みっともないミスである。

「ジェロニモ」と「アルカトラズ」2

二〇一二年二月

アルカトラズ島占拠の首謀者であったモホーク族の青年リチャード・オークスは、かつてジェロニモがそのための伝説的な最後の闘いに挑んだ最大の要因である、白人に奪われた先祖の土地(いわば、約束の地である)の奪回ではなく占拠した無人の島、発見された土地という「アメリカ」の土地と国家の成立そのものについてのパロディと言える、土地の売り買いの提案を通して、アメリカにおける先住民の存在を際立たせたのだったが、結局アルカトラズ占拠運動は内部分裂や悲劇的な事故によって失敗に終る。

オークスたちは白人に不当に奪われた先祖の土地の返還を要求したのではなく、彼らの父である「偉大なる白人」たちのように、発見者の権利が土地の所有の権利を決める、というパロディのようにグロテスクな(非インディアンのアメリカ人にとって)論理をつきつけたのだ。占拠の余波の残る'71年、連邦政府は刑務所官吏の住居などの島の建物をブルドーザーで壊しはじめるが、'72年、国会がゴールデンゲート国立レクリエーション地区を創設し、アルカトラズがその一部に指定されたことから破壊作業は中止され、同じ年の九月に、インディアンの権利回復運動を続けていたオークスは三十歳の若さで白人男性に射殺される。「インディアンの漁業権回復をめぐる争いの過程で拉致されたインディアン青年を取り戻すために、サンタクララの田舎道を歩いている途上であったという」(「ペリカン島戦記」『セヴェラルネス——事物連鎖と人間』'05年　鹿島出版会　中谷礼仁)。

オークスがアルカトラズを占拠した'69年はウッドストック音楽祭のあった年で、その記録映画は翌年に公開されて大ヒットしたのだった。この時代の文化状況を説明するには、ベトナム反戦運動はもとより、ドラッグカルチャーやヒッピーなどと共にデニス・ホッパーの『イージー・ライダー』('69年)や、アーサー・ペンの『俺たちに明日はない』('67年)といったアメリカン・ニューシネマを忘れるわけにはいかないのだが、アルカトラズ占拠のインディアンたちの組織がはやくも混乱をきたしはじめた'70年、アメリカでそして翌年には日本でも、ニューシネマの過激さを否定するかのように、まるで何か趣味の悪い冗談かパロディのような俗悪な純愛映画(ワスプの富豪の御曹司で法科の学生がユダヤ系イタリア人のパン屋の聡明な娘と恋愛し結婚するが、娘はうまい具合に白血病で死に、身分違いの結婚は終る)『ある愛の詩』がフランシス・

レイの主題歌と共に大ヒットし、'72年にはイタリア系白人マフィアの父系的家族の自由主義経済的出世物語であるコッポラの『ゴッドファーザー』が、ニーノ・ロータの主題曲と共に、'68年革命で生じたアメリカ国内の世代間亀裂を修復するかのように大ヒットしたのだったが、アルカトラズ島はと言えば、'79年にドン・シーゲルがクリント・イーストウッド主演で『アルカトラズからの脱出』を撮ることになる。〈自由〉を求める不撓不屈の闘う精神と行動としていわば知的活動でもあるかのように語られるこの脱獄《アクション》映画は、中谷礼仁の「ペリカン島戦記」では、次のように分析される。

「この映画の一番の功績は、アルカトラズ島をインディアンたちによる「どこにもない国」づくりのイメージから、脱獄不可能といわれた「アメリカ史上最も堅固」な警備体制を誇る刑務所へと一八〇度変容させたことにあると思われる」のであり、「「偉大なる白き父とその同胞たち」はアルカトラズを、ようやく自らの事物として奪回し」さらにそこへ収容されたアル・カポネなどの有名犯罪者たちの名が記された歴史から十九世紀の南北戦争以来の軍事施設時代の「客観的」な歴史が専門家によって丹念に掘り起こされ「アルカトラズは最も堅固で最も閉ざされたアメリカの心臓として内地化されたのであった。」（傍点は引用者）。

　ドン・シーゲルとクリント・イーストウッドの『アルカトラズからの脱出』は知っていても、ほとんどの日本人（いや、今ではアメリカ人も）が、「全部族のインディアン」による一年七カ月に及ぶアルカトラズ島の占拠という事件を知らないはずだし、インディアン戦争終結後のジェロニモの消息も当然知らないはずである。

私の知るかぎりではメディア上で、ビンラディン殺害作戦の暗号名が「ジェロニモ」と命名されたことについて批判的に触れた文章は二つしかなかったのだし、この連載の三十代前半の担当編集者は、ジェロニモという名でまず思い出すのは子供の頃読んだマンガ(『キン肉マン』だったか『アンパンマン』だったか)に登場する、気の弱い喜劇的なキャラクターなのだそうだ。

三月十一日の東日本大地震で破壊された町を見て(映像によってであれ、その土地を訪れてであれ)、9・11のニューヨークのビルの瓦礫を思いおこすジャーナリストはいても、不思議なことに、'10年のハイチの大地震で31万人以上の人たちが死に、'04年の大津波の被害をもたらしたスマトラ島沖地震では22万人以上の死者がいたことを思い出さない者たちにとって、白人に抵抗した一介のインディアンの戦士の名が、9・11のテロの首謀者だとされるウサマ・ビンラディン殺害計画の暗号名として、ようするにビンラディンと同一視されていたことなどに、そう心を動かされることもないだろう。それ以前に、ジェロニモという名に何らかの反応を示すほどの記憶を持ってはいない年齢の者たちが現在のジャーナリズムの現場で記事を書いているということでもあるだろう。

むろん、「国際テロ組織アルカイダの最高指導者、ウサマ・ビンラディン容疑者」とメディア上で表記される存在は、すでに前世紀の初頭には死んでいた十九世紀の国内での領土拡張期の終りとして語られもした時代のアメリカの敵ジェロニモより、現在でははるかに知名度の高い極悪の国際的な敵としての存在である。同時多発テロの首謀者として、アメリカ政府はビンラディンを生死にかかわりなく捕えるか情報をもたらした者に高額の賞金を支払うと発表したのだったが、そうした「ウォンテッド」の手法は悪名高い野蛮な首吊りの私刑《リンチ》と並んで広大な無法地帯の西部にはつきものであった。

「白人の侵入に抵抗した先住民族アパッチ族の戦士」（毎日新聞'11年5月4日）という記述や、ビンラディンの標的名が「白人に抵抗した米先住民の戦士にちなんで「ジェロニモ」とされた。ジェロニモの子孫ら先住民から「極めて侮辱的だ」などと批判が出ている」（朝日新聞'11年5月8日）といった新聞の記事を読むと、今日の日本では、十九世紀末まで続いたアメリカにおけるインディアン戦争は、戦争ではなく、先住民の単なる白人への抵抗あるいは、白人の侵入への抵抗ということになっていることがわかる。米海兵隊のビンラディン殺害作戦の標的名として「ジェロニモ」の名が使われたことは、「最強の敵の名」が「アメリカの軍事的・大衆的呪文として収奪され、中身のない記号として完成されていった」（「新・群島世界論　ジェロニモたちの方舟2」「すばる」'11年9月号　今福龍太）結果というよりは、敵の矮小化であり歪曲して使用されたと言ったほうがいいかもしれないという気さえするほどだ。

独自の取材というより、アメリカのメディア上に発表された記事と大統領補佐官の記者会見のみをもとに書かれたような日本の新聞記事の中で「ビンラディン容疑者は女性を「盾」に銃で反撃を試みようとしたが、頭部を撃たれて死亡した」(毎日新聞、前同)と書かれる一方、5月8日の朝日新聞には、米政府が当初海軍特殊部隊との「銃撃戦が続いた」と発表しながら後に相手側からの発砲が一回だけだったと訂正され、銃を持っていない側近とビンラディンの息子を建物の一階と階段でそれぞれ射殺、三階で妻や子供と一緒にいた武器を持っていないビンラディンの胸と額を撃ち、この他に女性一人を射殺した、という「米メディアによる」記事を載せている。

ビンラディンの護衛にあたっていた兵士たちの部屋にはポルノ雑誌(むろん、非ムスリム社会で発行されたものであり、非ムスリム社会のメディアが、ムスリムの若い男たちの憧憬の天国というのはこういうものだ、と考えているイメージにあふれた)が散乱していたという記事も小さく載っていたが、そうしたアメリカのメディアを通して世界中に出所と根拠の示されていない小さな断片的ニュース(とは言え、朝日や毎日といった日本の大新聞というかクオリティー・ペーパーに載った記事である)が意図しているのは、アメリカ的世界にとっての「悪の権化」であり、ムスリム世界のテロリストたちにとっての反米の「英雄」が、十年の逃亡生活の末発見された隠れ家で特殊部隊の兵士たちに急襲され、女を盾にして自分を守ろうとするという、三流以下の西部劇やアクション映画に登場する最低の卑怯なアウトローと同じなのだという、なんとも陳腐で大衆的なメッセージだったのだろうし、散乱するポルノ雑誌については、聖戦で死んだムスリムたちが行くことになっている天国のイメージについて〈中学生が夢見るポルノ的世界〉とその幼稚な単純さをからかう言説の反映だろうが、そうしたことを信じるのは、狂信的リヴィジョニストたちだけというわけではないのかもしれない。

掃討作戦は、ホワイトハウス西館地下にある危機管理室で、大統領、国務長官、国防長官等の政府高官たちが「音声を伴う生中継で見つめていた」（毎日新聞'11年5月4日）のだ。ホワイトハウス提供によるその場の写真も載っている（クリントン国務長官は口もとに手を当て、古風な女性らしい仕草で驚きとショックを示しているが、他の高官たちの多くは上着を脱いでカジュアルな緊迫の中で特別な中継映像を見ているようだ）のだが、そうした事態（軍の特殊部隊によるアルカイダ指導者の暗殺を生中継で大統領以下が見るということ）についてほとんどの人間が驚いたり違和感を持ちはしなかったように思える。まるで、今日の映像と通信の技術力を持ってすれば、その程度のことが出来るのはあたりまえなのだから、ケネディ大統領の暗殺のニュースが日本初のテレビの衛星中継で伝えられた驚きにくらべても、特別に発言する程のことではない、とでも思っているかのようである。

パキスタンのイスラマバード近郊の軍事施設の集まる町のある建物の内部から、音声入りの生中継でワシントンのホワイトハウスの大型モニター画面に映し出された映像は保存されて、様々な政治や軍事の機密文書と同じように歴史的にほとぼりがさめたと目されるだけの年月を経て公開されるにもかかわらず、今のところ誰も見られない映像なのだから、一度伝えられたビンラディンの女を盾に身を守ろうとしたという（典型的というよりアメリカの低俗アクションテレビドラマ、というか最低の再現ドラマで三流以下の俳優の演じる悪役そのものといった）イメージは、アメリカの敵の実体として空虚に漂うのかもしれない（註・一）。

ジェロニモの子孫を含むインディアンたちから「ジェロニモ」という暗号名への批判がなされていることも朝日新聞の記事はごく短く伝えているが、むろん、彼等についての何の説明も解説もない。それがどのような立場から行われたかについては今福龍太の論考を引用しよう。

インディアン名辞のアメリカにおける軍事的遍在という事実は「インディアン戦争の隠喩の歴史を、もはやオバマ自身も、そして一般のアメリカ国民も、すでにまったく自覚できない状態」の中で、部族名や戦士の名は空白の記号となり「アメリカ白人の好戦主義の感情を満たすための容器としてのみ機能」することになったばかりか、「インディアンの知識人や政治活動家たちですら、ビン・ラディンへの「復讐」とその無法な「暗殺」を全面的に支持し、国民的連帯の感情に浸るなかで、ビン・ラディン殺害のコード名が「ジェロニモ」であったことに衝撃を受けているにすぎない。インディアン諸団体による非難の主眼は（中略）時代錯誤的なジェロニモの援用が、アメリカの軍事行動に貢献しつづけてきたインディアン諸部族に対する裏切りである、という点にもっぱら集中しているからだ。」

勇猛果敢であり、身体的な恐怖を乗りこえる能力に生れつき恵まれた戦士と目されたインディアンの男たちは（そうしたステロタイプを自ら受け入れもして）アメリカ社会で、空軍の戦闘機乗りや高層ビルや橋梁建設現場のトビ職、超高層ビルの窓ふきといった職業につくケースが多いことは良く知られているのだが、今福によれば、ニューヨーク州北部に住むモホーク族が一九六〇年代後半からはツインタワー建設に携わり、9・11直後には瓦礫を撤去する困難な任務を負い、ツインタワー破壊の首謀者ビンラディンが「インディアンにとっても許しがたい仇敵となってしまった」のだった。

私たちは、さきに'69年アルカトラズ島を占拠したモホーク族出身の大学生リチャード・オークスの行動を、中谷礼仁の文章によって読んできたのだったが、三十歳の若さで白人男性に射殺されたオークスの闘いのあの特異なユーモアさえ感じさせる本質的な行動方針と言葉は、いったいどこで失われてしまったのだろうか、という疑問を、新聞の小さな記事の中に、そう大した問題ではないといった感じで記されていた「ジェロニモ」の名がよびおこしたとも言えるかもしれない。

「ビン・ラディンを「卑怯なテロリスト」として糾弾し、ジェロニモとの本質的な違いを連呼すればするほど」(と、今福は書くのだが、むろん、その連呼とやらの声は私たちには少しも聴こえていないし、アメリカ国民にも届いてはいないのかもしれない。)「アメリカ国家のインディアン戦争への無意識の依存の構図は不可視のものとして掻き消され(中略)「アメリカ」の根底を流れる侵略のイデオロギーを覆い隠してしまうかぎり、インディアンの良識的な批判的総意は、アメリカにたいする本質的な言説の叛乱とは決してなりえないのである。」

それはもちろんそうなのだが、とりあえず私たちがここで思い出すのは、モホーク族のリチャード・オークスがアルカトラズ島を占拠した時の宣言書に登場するマンハッタン島の名である。

マンハッタン島でウォール街を占拠しズコッティ公園を占拠して排除された者たちの中の誰か一人でも、オークスのアルカトラズ占拠とその宣言文を思い出しただろうか――。

註・一　口に手をあてたヒラリー・クリントン国務長官の写真がホワイトハウスによって発表されたことの「その狙いについて」NHKディレクターの高木徹(「国際メディア情報戦8」「本」'13年2月号・3月号)は「この連載でたびたび登場を願っているPRエキスパート、ジム・ハーフ」の「明快な解説」を引用する。

「これは最高のメディア・ソレーションだ。閣僚たちの顔に不安が浮かんでいる。それをオバマ大統領も認めている。その正直さが人々に強い好感を与えている」のであり、高木によれば、オバマはビンラディン殺害という大きなリスクのともなう決断をし、「そして勝利を得た、というメッセージを全世界に「売る」ための写真公開」なのであり「それは見事に成功した」ということになる。

さらにオバマ政権がこの時に実行した「国際メディア情報戦」が「オサマ・ビンラディンという名前が持っていた巨大な「カリスマ」を完膚なきまで破壊しようという狙いが込められ」ていてその一つが「大量のポルノビデオを隠し持っていたという情報」で、オバマ政権が「ビンラディンのカリスマ破壊という目的をピンポイントで狙った情報戦を展開し、それに成功したのだ。」と結論づける。劇画が原作のテレビドラマのような分り易すぎる分析（？）と結論である。常識のあるテレビ視聴者は、NHKのニュース番組が政府の広報にすぎないことを知っているが、NHKディレクターはアメリカ政府のメディア戦略について、ようするに、それがいかに日本政府とNHKと違って洗練されていて嘘もつかない、と言いたいらしいのである。

様々なる意匠《げんそう》、あるいは女であること 1

二〇一二年三月

「アルカトラズ」にせよ「ジェロニモ」にせよ、そうした地名や人名について語る時、私たちはハリウッド映画に触れないわけにはいかないのだが、そこからどのようにして、スーザン・ストラスバーグの家族的マリリン・モンロー論とも言うべき、たとえば『若草物語』のルイザ・メイ・オルコットが二十世紀のニューヨークのカルヴァン主義のユダヤ人有名演劇一家に生れたら、このように書いたのではないかと思われる読みごたえのある魅力的なエピソード満載の自伝、『マリリン・モンローとともに——姉妹として、ライバルとして、友人として』(山田宏一訳　草思社　'11年)へと移動が可能だろうか?

マリリン・モンローについては、3・11以後、原子力発電が少女マンガ家に、どのようなイメージのものとしてどんな意匠をまとわせることになるかについて、もう少し先で触れる時、マドンナやレディー・ガガと一緒に登場するはずの名前でもあるのだが（その間を繋ぐものとしてのスーザン・ストラスバーグが、一九五〇年代の思春期スター、ナタリー・ウッドの演じたアパッチに攫われた開拓民の娘〈ジョン・フォード監督『捜索者』'56年〉をやっていたら都合がよかったのだけれど）山田宏一のあとがきにスーザンが『女優志願』から二十年後、『マニトウ』（ウィリアム・ガードラー監督、'78年）という怪奇オカルト映画の怪作（!?）に出てファンをおどろかせた」と書いていて、それに続けて、彼女が'63年のブロードウェイでフランコ・ゼッフィレッリ演出の『椿姫』に出演し（なぜか、ヒロインのマルグリット役である。アルマンの妹役ではない）公演が一週間で打ち切られる苦い大失敗を経験したことを並記せずにはいられないのももっともだろう。『マニトウ』は、まことに奇怪な、なぜ、あの「アクターズ・スタジオ」のリー・ストラスバーグの娘で十七歳でアンネを演じた知的で個性的な美しい天才少女が、安っぽいオカルトのゲテモノ映画に出演するのか、当時、困惑したのを覚えている。「マニトウ」というのは、侵入者を祟るインディアンの土地の精霊のことで、好意的に解釈するならば、農薬散布がひきおこした自然破壊に抗議するレイチェル・カーソンの『沈黙の春』（'62年）や、日本の公害、北西部のインディアン・テリトリーでの水俣病問題などによって世界的に環境問題への関心がたかまり（やがてハリウッドのセレブ・スターなどの間にマンエンすることになる肩肘張らないエコロジーといわれる「ロハス」以前の）それを踏えて人種問題にも触れた環境問題映画と、スーザンは考えて出演して裏切られたのかもしれない。'90年になると、イケメンの良心派ケビン・コスナーが製作、監督、主演でエコロジーなインディアン物ウェスタン、『ダンス・ウィズ・ウルブズ』を撮るのだが、『マニトウ』は、まだそこまで洗練されてはいなかったということだろう。そして'69年にアルカトラズを過激な言説によって占拠した「全部族のインディアン」のリーダー、リチャード・オークスは忘れ去られ、荒野で狼たちと一体化して踊ることをインディアンたちに賞賛されるエコな白人（元はインディアン討伐の騎兵隊員）が出現するまで、ハリウッド映画の中でインディアンは一時、スティーヴン・キング原作のオカルト物の祟りを恐れられる凶暴な精霊と化して、同じキングの廃棄処分になった石油ばかり喰らうでかい真紅のアメ車の精霊が人間を次々と襲う（ジョン・カーペンター監督『クリスティーン』'84年）のと同じように、物神化される。

ヒュー・ロフティングが一九二二年に発表した『ドリトル先生航海記』（井伏鱒二訳）に登場する「自然科学に通じている」インディアンの「えらい博物学者」ロング・アロー（人間ではドリトル先生のみがその存在を知っているが、全地球的に鳥類の間では有名な）は「火」の存在を知らない部族ということになっていて、インディアンは自然と一体化した知識を持つ高貴な野蛮人としてエコロジー的存在であることが人種差別と表裏一体に讃美されるのであり、インディアンが自然と一体化した存在であることを白人が主張する場合、ロバート・アルドリッチの

『アパッチ』（'54年）ではアパッチ族がトウモロコシの栽培を知らないという非文明的設定（紀元前何千年という設定という訳ではないのだ）だったが、ロフティングの場合は、さらに何万年も人類史を遡らなければならないのであった。火を知らないロング・アローの部族は、だから、全インディアンにとって重要なタバコの儀式を行えなかったわけである。

さて、スーザン・ストラスバーグのつもりではインディアンの土地についてのエコロジカルな映画だったのかもしれない『マニトウ』が撮られた'78年に、奇しくも、田村正和が〈エコロジー学者〉を演じた連続テレビ・ドラマ（'76年四月～七月）『私も燃えている』（円地文子原作）というのがあった。

〈エコロジー学〉というまるで耳にしたことのない学問を専門とする学者（アメリカだかカナダの大学から帰朝した）が、草笛光子の女流作家と彼女の姪である松坂慶子と三角関係になるという通俗的なソープ・オペラをなぜ思い出したかと言えば、それは去年の福島第一原発の事故のせいだった。'76年当時、この変なタイトルの連続テレビ・ドラマがあったのを覚えているのは、名前は知ってはいても小説を一つも読んだことのない（その後、代表作と言われる小説を二、三読んだが）著名なベスト・セラーの女流作家の原作では叔母と姪に愛される男が、意味さえはっきりしない曖昧もいいところのエコロジー学者などではなく、作者の円地文子の女婿の職業と同じ原子物理学者だということを、女性編集者に教えられたからだったが、そんなことは三十六年間、すっかり忘れていたわけである。

旧世代の女性編集者（いや、男もむろん）という存在は、小説というものには、たとえそれが私小説ではない『私も燃えている』のような通俗小説の場合でも、作者の人生や生活がモロに反映されていると信じて疑わない揺るぎない小説観を持っているから、この場合は当然、叔母と姪の関係には母と娘の関係が反映されていると匂わせる口調で説明してくれるのだったが、それはまた、性的なものが伝統工芸品（織物、染色、人形等）や古都の比喩をまとって意味あり気に語られる、川端康成を頂点として量産された通俗性愛メロドラマ小説群（作者は男でも女でも基本的にあまり変わらない）とも言うべき小説のジャンル（註・一）があったことを記憶している者にとっては、説明抜きでわかる通説の一つでもあるだろう。

円地文子の『私も燃えている』（三笠書房　一九七六年　七八〇円　編集者のKさんがアマゾンで見つけて買ってくれたのだが、一円で売っていたのだそうである）の奥付の後の広告ページには、その頃でもまだ大変な流行作家だったらしい丹羽文雄（と、書いて、この作家の名前を五十歳以下の人間が知っているかどうか、心もとないのだが）の長篇小説四作が載っていて、『晩秋』の宣伝コピー（おそらく帯のコピーと同文だろう）は「妻の座にありながら、義父との不倫の恋におぼれ、一方では染色芸術に命を燃やす女――真実の愛をさぐる女の執念を描く　親の意のままに結婚した都議会議員の二号の娘、帯子は結婚後も少女時代から興味をもっていた染色の仕事に熱中する。ある日、義父に睡眠薬をのまされて犯され、さらに夫の不貞を知って離婚にふみきり、染色一途に生きようとするが……」であり、『鎮花祭』は「自立への夢と、たしかな人生をもとめてさすらう女性の姿を通して、女の性と業に迫り、思わず嘆息をもらさずにはいられぬ巨匠の代表的名篇!」である。昔の編集者は下品なツボを心得たコピーを作ったものである。一円で入手した『私も燃えている』は帯がとれてしまっているので、二段組三百二十三ページのこの問題作に、どのようなコピーが付されていたのか不明だが、小説の記述の細部から判断すると、六〇年代半ば以前に書かれたもので、並製の三笠書房版はテレビ・ドラマ化されたのをきっかけに作られた本だろう。

初出誌のデータも何も一切載っていない三笠書房版なのだが、私のところには円地文子関係の本など一冊もないし、調べるのも面倒なので、内容からおそらくは小説中に「女性思潮」として登場する「婦人公論」あたりに連載した小説と推測しておいて、まあ間違いはないだろうし、'66年(昭和四十一年)、日本原子力発電の東海発電所が初の商業送電を開始する以前、戦後十五、六年目あたりが小説の物語の進行する時代だろう。

'76年にこの小説が連続テレビ・ドラマ化された時、原子物理学者が、エコロジー学者に変更されたのは、スリーマイル島の原発事故が'79年だから、反原発の世論的空気とは関係なく、むしろ、その頃はまだ比較的新しい耳慣れない概念だったエコロジーというものが、女性に(のみ）人気の高かった田村正和のピュアでちょっとニヒルで知的な役にぴったりだと制作者たちが考えたということにすぎなかったにしても、テレビは〈反〉であれ〈推進〉であれ〈原子力〉という面倒なものに触れたくないというのが本音ということだろう。中年の女流作家（草笛光子）とその姪の上野の病院の跡とり娘の知的な女子大生（松坂慶子）にも愛され、薄幸のバーのホステスの愛人は自分がいては邪魔になる、とばかりに自殺をしてしまう、光源氏にもたとえられたりする男の主人公を田村正和が演じたら、いかにもテレビの視聴率を稼ぎそうではないか。

円地文子は、戦後の女流文学界に君臨する、といったふうの有名作家であり、たとえば、丸谷才一のせいで谷崎潤一郎賞をもらいそこねた中上健次は、どうしても谷崎賞が欲しいので、まずババアにお世辞を使って攻略するのだと（私に）言い、選考委員であった円地文子と文芸雑誌の「海」で対談をしたものだったが、フン、そこまでババアを甘く見てはいけない、もちろん、もらえはしなかったのであった。

いずれにせよ、そうしたいわば、社会的成功を中年以後についに果した文化的ヒロインと言うか有名人であった女流作家（国文学者上田萬年の令嬢として生れ、下町と山の手の両方の東京を知っている）は、「原子力」というものを小説の中でどう書いていたのか、ふと、知りたくなったのであった。たまたま同じ時期、谷崎潤一郎訳のスタンダール、『カストロの尼』を読む必要があって全集の二十三巻を開いたら、昭和四十年「圓地文子文庫」(講談社)の内容見本に谷崎が「談」をした推薦文が載っていた。

「群像」四月号の円地の書いたエッセイ「あられもない言葉」を読んだけれど、「その中に「一般的にみて、女は男の思っているよりずっと尠い興味しか男の性器について持っていないのではないでしょうか。女が男に惹きつけられ忘れがたくするものは、男の肉体を通した力であって、それが女の内に情緒の流れとなって奔騰するのだと思います」とあって、円地さんの考え方がこれでよく分る。しかし、私は、男性はこう、女性はこう、と一概にきめてしまうのはどうかと思う」と言うのである。「女は子宮で書く」といった物言いが普通のことのようにまかり通っていた時代で、谷崎としては、円地がそうした女流ではないと言ってるつもりなのだろうが、これでは円地の恋愛小説を否定しているようなものだし、この年、文子六十歳、現在の私より五歳も年下だが、文字通りひとかどのババアというかヴェテランの有名ベストセラー作家である。いくら相手が谷崎とはいえ、九百四十字あまりの文章の大半以上が父親の萬年について触れている推薦文(おまけに「談」である)をもらって、よくまあ腹もたてずに平気だったと、そのヒエラルキー感覚に感心する。

そして、『私も燃えている』の中年女流作家、宇女子《うめこ》は、なにかというと女学生並の小説論めいたことを口にして、たとえば「私の小説は全部フィクションだけれども、芯にあるものは皆自分の経験なのよ」などと愛人に言い（当然、編集者もそう思ったわけである）、作者である文子は、「夜の闇を裂いて噴き上げる火山のような烈しい燃焼の間に、香取（宇女子の愛人の原子物理学者）が燃え、自分が燃え、お互いが万朶《ばんだ》の花に咲き変って、その花を散らす危うさに得堪えないような稀有な歓びが宇女子を捕えている。」と、笑いを誘わずにはおかない陳腐な美文で二人の情事（性交）を語るのである。

「燃えている」という意味は、このようにむろん、性的オルガスムを意味しているのだが、では、「私も」の「も」が三角関係にある叔母と姪の二人の女のことを意味しているのかと言うと、どうやら、これは「原子核融合の実験という晴れの舞台で、世界的《ユニバーサル》に自分の能力を試して行ける選ばれた人」という設定になっている香取が「地上に太陽を造り出そうという」「眩しいきらきらした夢」に燃えてもいるからのようである。

円地文子にとっての原子物理学者は、香取の先生である研究者について次のような描き方を選ぶことを特徴としている。素粒子研究で世界的業績があるにもかかわらず、日常生活に官学的な衒気《てらい》がなく「詩人か音楽家のような繊細な感覚がいつも身辺に漂ってい」るのである。香取は、バートランド・ラッセルを持ち出して反核思想を語ろうとするもう一人の恋人の女子大生に、「原子力の研究は今後の人間生活の新しい資源として欠くことの出来ない面を持っている」反面「恐ろしい恐怖」も潜んでいるのが当然で、「あなたが僕と話すのに悪魔だの神だの大げさな言葉を使って貰いたくない（中略）僕を職人なのだ、単純な電気屋なのだと思ってくれればそれでいいんです」などとキザかつ図々しく言いつつ、「あなたにはもう触らない……あなたと近くなるほど、僕は日本を捨てて行くことに未練が出るから……」といかにも下品な女心をくすぐる通俗小説特有の口説文句を口にする存在である。

さらに、核融合の実験グループは「彼らの実験をめぐる討論には師弟も先進、後輩の差別も一切なかった。共同の実験をより効果的に進めるためには年少の学生でも自由に発言するし、時に感情の全部まで燃え上る烈しい（物理学者たちも燃えているのだ。引用者）論争が師弟の間に火花を散らす」理想の学問研究の場として描かれる。円地文子は、たとえば、女に滅法もて冷酷でニヒルな円月殺法の眠狂四郎（悪趣味なことに転びバテレンと奥女中だか大名のお姫さまとの間に生れた、なんとハーフなのだ）のようなものとして燃えてる原子物理学者の電気屋さんを登場させたのだった。ちなみに、田村正和はテレビ・ドラマで狂四郎を演じている。

単純で読みやすい文学的メロドラマ文体で書かれた円地の小説を読了するため息の出るような困難さは、私にとって、村上春樹のポルノまがいの幼稚な青春小説を読む困難と疲労感に似ていたと言えるだろう。

しかし、もう少し、円地によってどう原子力学者が書かれたかを読みすすめ、さらに、スーザンの語る未知のマリリン・モンローへと読みすすめることにしよう。

註・一　このジャンルのプチ川端とも言うべき作家沢野久雄原作『夜の河』の映画（'56年　吉村公三郎監督の初のカラー映画で撮影宮川一夫　脚本田中澄江）が冒頭近くで紹介されている『小説を、映画を、鉄道が走る』（川本三郎）の書評を持田叙子《のぶこ》が書いている（'11年12月11日毎日新聞）。京都の染物屋の娘で染色家のヒロイン（山本富士子）が東海道線の夜行列車の食堂で知りあいの生物学者（上原謙）と会う、という筋を紹介する持田は、「じつは彼女はひそかに、妻子ある彼を慕っていて、学会で長年の研究効果が否定され、うちのめされている彼に彼女がささやく――「先生がいちばんがっかりしているときにおそばにいられてうれしい」。／至純の愛の告白であると同時に、弱っている者に優しい、女性のたしなみの原点をあらわす美しいことば。きゅっと胸をつかまれる。／本書の第一章「夜行列車の詩情と悲しみ」の冒頭近くで紹介される、昭和三十一年の映画「夜の河」の名場面である。夜行列車がたまゆらの愛の表現の母胎となっている。」（傍点は金井）

という、通俗小説が今も読者の胸のうちに脈々と機能的に生きていることを証明している文章を書いているのだが、この文章では、川本三郎が「夜の河」をこのように紹介しているのか、それとも持田叙子の個人の感想なのか曖昧である。さらに「各章の読みどころは豊富。たとえば、川上弘美の小説『センセイの鞄《かばん》』のセンセイが、汽車土瓶の収集家とは知らなかった。」と、書かれたって、そりゃあ、あなたが『センセイの鞄』をお読みになってない、というだけでしょ、と言いたくなるが、それはそれとして、『夜の河』が当時話題になったのは（もっとも、私は小学校三年生だったが）、生物学者の病弱の妻がうまい具合に他界し、ヒロインは学者に求婚されるのだけれど、彼女のモラルがそれを許せなくて、学者と別れる、という中途半端な、女の自立というか、不倫に清純さを加味させたストーリィーのせいだったのを、思い出した。

ところで、持田叙子は同年毎日新聞6月19日には『ドナルド・キーン自伝』の書評を次のように書き出す。

「この春、多くの外国のひとが日本を離れた。自分の身を守るは当然の理、一つにはごく自然な成りゆきと見ながらも、なんだか恐《こわ》くて淋《さび》しくて胸がざわざわした（傍点は引用者。きゅっとつかまれたり、ざわざわしたり、胸はいつだって敏感なのだ）。そんな折も折、日本文学研究者でコロンビア大学名誉教授ドナルド・キーン氏の宣言が、私たちを驚かせた。今後は東京に住んで著述生活を送り、日本国籍取得の願いもあるという。これを、日本への氏の意気あるエールと感じた人は少なくないのではないか。」

不思議な考え方だが、ジャーナリズムではキーンについて持田と同じ立場で書かれた記事が小規模な液状化のようにあふれたといってもよいだろう。

様々なる意匠《げんそう》、あるいは女であること 2

二〇一二年四月

円地文子の『私も燃えている』が「東京新聞」に連載されていたのは、第五福竜丸がビキニ環礁の水爆実験による死の灰を浴びた'54年からそう時間の経っていない高度成長期の'59年である。

編集部のYさんが入手した集英社版の文庫（'88年）には文芸批評家の小松伸六が解説を書いているのだが、'65年には角川文庫版（こちらの出品タイトルはなぜか『私は燃えている』でアマゾンの最安値が90円）も出版されていることから見ると、やはりかなり売れた小説だったのだろう。巻末の自社文庫広告ページ（日本文学文庫目録）には十七冊の円地の小説が載っていて、次には遠藤周作のエンターテインメント系のエッセイと小説が十冊、続いて大岡昇平が『花影』をはじめ五冊載っているのを見て、そういえば、あれは何の話だったのか、ある文学賞は選考委員が二度ずつ受賞（というか授賞）する賞だというゴシップが話題になった時だったろうか、それはそれとして、小松伸六によれば円地は『賭けるもの』では小説の主人公に「東海道新幹線その他の設置に必要な地質や地盤の研究家」を扱い、「ある意味では「現代の英雄」である科学者を中心にすえることは、現代小説には必要なことだが、描きにくいのか、ほとんど登場」せず「そういう点でも女流作家円地文子氏の文学的冒険と、野心的構図のとり方には、読者はあらためて注目してもいいと思う」と書いている。地質学者といい物理学者の香取といい、戦後の日本の経済発展を推進する国策にぴったりとそった科学者が選ばれているわけである。

中年の女流作家とその姪の女子大生から愛されることになる原子物理学者の香取は、大学で核融合の実験を行っているが、小説の最後近く、実験が成功したと思われた時「予期し得ないほど多量な放射能が放出されはじめ」「実験装置の中央に、太陽の光を受けた雪のようにぎらぎら輝く白い光の塊」の「その白さ眩しさは神の栄光のようでもあり、悪夢の熱のよう」でもある状態の実験室に駈け込む。「思いがけぬ放射能の莫大な放出が仲間の生命を奪うと直観した瞬間、彼は反射的に実験室へ駈け込み、ありあわせたペンチで重水素の塡《つま》ったガラス管を叩き割」る。「多量の放射能を真面《まとも》に浴びた」香取はやがて死ぬのだが、ペンチで重水素の塡っ たガラス管を叩き割ってそれ以上の放射能の放出を阻止した（?）香取に、後輩の学者（なぜか、長崎という名である）は、「あんなに放射能が出たということは考えも及ばない成功」で

「あなたのアイデア（核融合の実験方法は優秀な香取の卓抜なアイデアなのだとされている。引用者）が僕達を素晴らしい瞬間に導いた」と感激した後に、やっと放射能を浴びた香取の身体を心配し、香取は「こんな手薄な装置でこの実験をやっていれば、はじめにどこかで誰かが死ぬ約束に決まっていたんだ。僕も調子に乗りすぎて、予測を誤った……これは科学者としてやっぱり辱かしい失敗だね」と、貧しい原子力ムラの住人らしく応じるのである。

原爆や第五福竜丸の放射能の人体への影響がどのようなものなのか、データが隠されていた時代背景があるにしても、そして、これが、通俗的な女流小説の中に書かれた、いわば性的夢想の一種にすぎないとは言え、この野蛮な文学的イメージによって書かれた小説が、原子物理学者をエコロジー学者に変えてテレビ・ドラマ化される（いわば、核融合の平和利用というヒロイックな文学的崇高さを骨抜きにされて）'76年当時はどういう時代だったか。

絓秀実の時宜を得て上梓された刺激的な『反原発の思想史――冷戦からフクシマへ』（筑摩選書）によれば初期「反原発」運動が地域住民闘争、他方では反戦反核運動として闘われたせいで「「原発」それ自体を否定するロジックは、相対的に乏し」く、地域住民闘争の論理は「オイル・ショックを梃子にして原発推進へのシフトを目論んだ、一九七四年の電源三法の成立で、「札束でホッペタをひっぱたく」ようにして、地域住民への懐柔が重ねられることになる」。反原発がエコロジーとニューエイジと結びつくのは、スリーマイル島原発事故（'79年）

以後のことなのだが、'76年にテレビ・ドラマ化された『私も燃えている』はどういうわけか、左翼の理論物理学者から「今に素晴らしい核兵器の発見者になって、アメリカ人をよろこばせるだろう」と、過大評価されて批難される香取を、エコロジストに変えてしまうのである。もちろん、いわゆる「日本人の核アレルギー」が主人公の職業の設定を変えさせたのであろうことは容易に想像のつくことだ。

円地文子は香取を、「人間の生命が時空の長さ広さに比して、一瞬の閃光とも微塵の微かさとも感じ得る実感」を「物理の世界に生きる中に身につけて」「仏教の五行の法則などに依る必要なしに、厭でも永遠の相の下に自分を置かなければならなかった」、いわば仏教的思想というかニューサイエンスの超知的ヒーローとして登場させ、香取の恩師で理解者のダンディな物理学者は、彼の学者としての天才的な能力が「時に人間の生命を一瞬に奪い去る強大な凶器の実現へも意欲を燃やし得ることを危んだ」ほどだと思うのと同時に「知的な性的魅力《セックスアッピール》とでも形容したい冷たい魅力」があると考える。まさしく、燃、え、る、(いや爆発というべきではないか)という言葉が必要とされるだろう。

香取は旧制高校時代、敗戦の年の空襲で両親と妹を失った「孤児」で「敗戦後のすべての価値の転倒した暴風雨の時代に、それまで素直な優等生だった彼は小坂部氏(前出の恩師)の渾名《あだな》した恐るべき子供《アン・ファン・テリブル》に変貌し」酒や女や競馬競輪といった放蕩を一年ほど続けたものの、今では「優秀な研究者として内外から嘱望される」若き研究者なのであり、小説の背景となる時代は、やがて香取と恋愛関係になる女子大生の素直な感想として「この頃新聞や何かに、原子力の平和利用とかなんとかよく出ているわね。大変大切そうなことだけど、縁が遠いみたいで読まないのよ」と語られる時代であり、香取の研究室の若い学生は美人の女子大生に「もう十年もすると世界全体が原子力で動く時代になります。重工業も家庭生活も……」と、誇らし気なしたり顔で語るのである。

人工の太陽としての核エネルギーの開発は、円地文子の小説の中で、政治問題や経済政策ではなく、あくまでロマン主義的で超越的な情熱である。空襲で家族を失ったニヒルで、しかも才能に恵まれた男は、原子力の平和利用などというお題目が米ソ間の対立によってどう変化するか予想出来ないうえに、「研究者はある意味で子供のようなものです。彼らの嗜欲をそそる火遊びの玩具が側にあればいじって見ずにはいられ」ずそうした欲望を「外からとめる力は殆どない」し「彼らは物質の内部への旅であらゆる冒険を冒したがっている子供」として善悪の判断を超えて物質の真実を嗜欲する特権的知的ヒーローでもあるのだ。

しかし、原発と核兵器がロマンチックに結びつけられている円地のこの小説が書かれたのは’59年であることをもう一度確認しておくことにしよう。

『ヒロシマ・ノート』の大江でさえ、『核時代の想像力』（’70年）では、原子力の平和利用にもろ手をあげて賛意を表明していた時代である。核兵器と製造と原子力の「平和」利用が峻別できない問題だという、今や常識とも言える視点は、大江さえ持ちえなかったのである。

とりわけ、スリーマイル島もチェルノブイリも起っていなかった時代である。「原発が安全であるというプロパガンダは、まだ十二分に大衆的な支持をえることができた」（絓秀実『反原発の思想史』）時代なのだが、考えてみれば、円地文子はメロドラマのなかで、その安全なはずの原発を研究所での実験段階で小規模ながら爆発とまではいかないまでも臨界事故をおこさせたわけである。危険な物だからこそ悪魔的な魅力を持つといったところなのだろうが、円地が直接的に知っていた娘婿原子物理学者が、原発と核兵器との不可分さを当然のことと考えていただろうことは、言うまでもあるまい。

いわばマッド・サイエンティストに甘いマスクを着けた通俗恋愛小説はそれが書かれた時代、どのように読まれどのように批評されたのか知らないけれど、もちろん、円地の浅薄な物理学観は批判されるようなことはなかっただろう。第五福竜丸の「死の灰」によって反核運動が高まりを見せていた時期に書かれた円地文子の原発開発メロドラマは、戦争の犠牲者であるニヒルな研究者が実験中に被曝しても、それが事故による放射能の放出という社会的事件になることもなく、重水素の塡ったガラス管を叩き割って放出を阻止して最悪の大事故を防いだという、彼を英雄視し、かつ、放射能を浴びたことによる死といった典型的なメロドラマの結末をむかえ、女流作家は彼の死を「熾烈に燃え立った焔の中心であった香取は、彼の死の後で勇気と智慧と愛情と男の墓を飾るに最も美しい墓碑銘に蔽われてきらびやかな灰となっているのだ」と語り、姪の女子大生の眼を通して、実質的主人公である小説家の宇女子と香取との恋が「どんなに天がける翼のように早く、眼もあやな情緒に彩られたものであるかを、その入口まで行って引っ返した千晶はよく知っていた」と語らせるのであった。

テレビ・ドラマ化された'76年は、'73年のオイル・ショックによって日本の原発の新・増設が加速して行った時代であると同時に、ロッキード事件で田中元首相が逮捕された年である。なぜこの年に『私も燃えている』がテレビ・ドラマ化されたのか、それはテレビ的には、人気絶大だった田村正和というスターと二人の女優（ヴェテランと、新人ではないけれど若いスター女優）という組み合わせが企画として受けたということなのだろうが、そのためにはストーリーから「原子力」というものを徹底的に消さなければならなかったのだろう。なにしろ、『私も燃えている』は原発と原爆が同じ爆発するものであることを、思想抜きのメロドラマ的展開の中で告げている小説なのだから。

「現代の英雄」である科学者をあえて主人公に選んで野心的（あくまでロマンチックな通俗メロドラマ分野における）小説を書いた作者にとって、それがどういう意味を持っていたかを考えるよりは、そうした野心的設定を取っ払ってしまえば、三角関係の古めかしいメロドラマ性が、江戸趣味でもあり文学少女的な場面設定の中であからさまになる「女流小説」という分野《ジャンル》について少し考えてみることにしよう。それは「少女マンガ」という分野《ジャンル》にも似ているかもしれない。

様々なる意匠《げんそう》、あるいは男であること

二〇一二年五月

歌人（たしか前衛短歌という表現矛盾のような分野の）として名前を知ってはいた岡井隆の『わが告白——コンフェシオン』というタイトルの本の広告を、新潮社の広告雑誌「波」で見た時は、氏が現在は、宮内庁御用掛の歌会始選者で二度離婚した日本を代表する大歌人というコピーを読んで、なんとなく、ラテン語とイタリア語で詩を書いたペトラルカの『わが秘密』（岩波文庫）を連想したのだった。

聖職者でありながら愛人との間に私生児を作り、それとは別の女性、永遠の恋人ラウラへの愛と名誉欲（桂冠詩人の称号を得るという）に心を鉄の鎖で結ばれていたと告白する（ペトラルカは詩人としての桂冠《ラウレア》がほしいあまりに、永遠の恋人の名まで月桂《ラウラ》を選んだのかもしれない、と後世はその言語感覚を解釈するのだが）、というような古典的な寓話的秘密のようなものなのかもしれないと、それとも、元前衛歌人で「反天皇」の歌を作っていたにもかかわらず転向したことについて「告白」しているのかもしれないと思っていたのだが、「週刊朝日」（'12年2月10日号）の陣野俊史の書評には、「だが読み終わって、この本でいったいどんな「告白」がなされていたのだろう、と不思議な気持ちになった」にもかかわらず、「ただし、この書き方が妙にクセになる。読み出すと途中でやめられない。岡井隆、おそるべし。読者はみな術中にはまってしまうのだ」とあり、奥歯に物のはさまっているようないかにも歯がゆい書き方ではあるものの、そのココロは、トンデモ本の一種、ということだろう。

私は、たまたま「KAWADE道の手帖」（河出書房新社）の『深沢七郎』特集号に短いエッセイを書くことになっていて、『風流夢譚』という、「事件」を付けて呼ばれることになった小説が、「和歌」についての小説なのだということを書くつもりだったので、歴史的に短歌の頂点であるはずの皇室の歌会始選者（日本的桂冠詩人とでも言うべき地位なのかもしれない）の書いた『わが告白——コンフェシオン』を、とりあえず読むことにしたのだったが、深沢七郎の小説を読み返し、短歌的世界について書いているうちに七、八枚と依頼された原稿は五十枚以上になってしまった。このエッセイに関連してもいるのでお読みいただければ幸甚です。（『金井美恵子エッセイ・コレクション3』〈平凡社〉に大幅に加筆して収録）

さて、今さら言うまでのことでもないのだが、私たちが日々接しているメディアにあふれている言葉や感性といったものは、そうした作品や言葉の作者が独特の資質や個性を持っている、ということとは、多分、正反対のものなのだ。私たちの読む言葉と書く言葉は、文学と呼ばれるものを含めてそのほとんどが書き手は違っても驚くほどそっくりである。

それは、たとえば、東日本大震災発生直後から、仕事が手につかなくなったと書いたり語る文学者が沢山いたこととも関連するだろうか。「私もその一人で、ただテレビのニュースを、激しい無力感に襲われながら見つづけた」とか「今回の震災を境に自分の文学の何かが確実に変わるだろう」といった感想や、「それでも言葉で表現しつづけることが文学者なのだ」とか「虚しくて、小説を手に取って読む気にもなれない」と、真摯とか誠実とか責任とか無常とか、そういった、通常ではあまり使われることのない言葉が記された文章を幾つも幾つも目にしてきたこの一年なのだった。

吉本隆明の死の報を受けて高橋源一郎の書いた、涙のしたたりが紙面を濡らしているかのような感動的文章（朝日新聞'12年3月19日）には、幼い娘を抱いた吉本隆明の写真について「ぼく」が初めて見た「思想家や詩人の「後ろ姿」の写真」であり、それによって「ずっと読んできた吉本さんのことばのすべてが繋《つな》がり、腑《ふ》に落ちた気がした」という「その瞬間」が語られている。

「「この人がほんものでないなら、この世界にほんものなんか一つもない」とぼくは思った。

その時の気持ちは、いまも鮮明だ」そうである。なんと本質的な「その瞬間」に遭遇してしまった、やがて小説家となり批評も書くことになる「ぼく」であることか。「半世紀前に、吉本さんの詩にぶつかった少年のひとりだった。それから、吉本さんの政治思想や批評に驚いた若者のひとりだった」という文章全体の甘美で抒情的な調子は、高橋が、あたかも、読者にそれが自然体といった調子で甘ったれて訴えかけるよしもとばななに女装（文章的に）して親子関係を演じているようではないか。

さて、「週刊朝日」の書評欄に載っている書籍の写真には帯が取り除いてあるのでシンプルに見える『わが告白』は、陰影を強調したライティングで撮影した岡井隆の顔写真と「日本を代表する大歌人」云々といったコピーの印刷された帯が巻かれているのだが、内容は陣野の言うとおり「読み出すと途中でやめられない。」（註・一）あとがきに相当する二百五十三ページ目の「余白のためのメモ」には、'11年の十月十四日の正午、ミュンヘンのマリエン広場で昼食のことを考えながら作って、NHK学園の企画した旅の途中で開かれた歌会に提出したという、初々しさに思わずたじろぐ歌が引用されている。大歌人八十三歳の時の歌である。正直なところ、この歌は、たとえば朝日歌壇の選（他の新聞歌壇でも）に漏れるのではないかと不安になる。

昼はまたソーセージかなって思ってたら人形時計が踊りはじめた

さて、私は先日円地文子の『私も燃えている』（'59年）に登場する、男前で何人もの女を夢中にさせる旧制高校出身の原子物理学者について、文庫版の解説を書いている大衆的な文芸批評家が、「ある意味では「現代の英雄」である科学者を中心にすえること」は現代小説には必要だが描きにくいのかほとんど登場しないと、'88年に書いていたのを引用したのだったが、「現代の英雄」としてエロスと、プロメテウス（神から火を盗んで人類に与えた巨人。ゼウスによって岩に鎖でしばりつけられ毎日一回、ワシだったかタカに肝臓を啄ばまれるという過酷な罰を受けるが、なるほど、神話というものはよく出来ているもので、資本主義の先祖でもある商業の神ヘルメスに助けられると思い込んでいたが、残念なことに、実はヘラクレスに助けられた）が混ざったような人物として描かれる香取が、草津電鉄の車窓から見た霧に包まれて咲き乱れる秋の草花を見て「日本画のように繊細だ」と愛《め》でる恩師の顔を見て「微笑みながら少年のように澄んだ声で、朗唱」するのが佐藤春夫の詩である（傍点は、もちろん引用者による）。

さまよいくれば秋くさの
一つのこりて咲きにけり、
おもかげ見えてなつかしく

手折ればくるし、花ちりぬ

この有名な通俗的抒情詩を、私は小学生の時、「女学生の友」の附録の藤田ミラノや藤井千秋の挿絵入りで堀秀彦（しかし、この名前を覚えている人物の正体は一体何だったのか？）の選と編と解説付きの抒情小詩集で読んだのを覚えているが、この円地の書く科学者の会話を読んで思い出したのは、新潮文庫のフランス文学の目録からプルーストのタイトルだけを寄せ集めたようなグループ・サウンズのなかにし礼歌詞（花咲く乙女たちが、さすがにソドムとゴモラにはいかないが、白鳥《スワン》の首に花飾りをかけてやったりする）を、グループの少年歌手たちが「小っ恥しくって、歌ってられねえよ」と言いあっていたというエピソード（では、彼等は小学生だった頃、GSブームのほぼ十年前、ロカビリーを歌っていた歌手たちが歌謡曲化して歌った平尾昌晃の『星はなんでも知っている』や守屋浩の『僕は泣いちっち』の歌詞も、さぞや恥しいと思ったはずである。恥しくない流行歌の歌詞などがあるのだろうか）。でもあるのだが、ようするに、ビートルズ以後に湧出したグループ・サウンズの少年ミュージシャンたちを含めて、大多数の者たちが平気で馬鹿にすることの出来るロマンチックな抒情的イメージが、円地文子のこの小説の中では、まるで相対化さえされていないということである。

それはそれとして、香取とほぼ同世代の旧制高校的エリートで科学者（医者）である岡井隆の『わが告白』には、円地文子が文学的でモタモタと装飾的な旧制女学校の文学少女的筆使いで描いた科学者魂が、言ってみればある種のあっけらかんとした幼稚な簡潔さで語られている。それは事故後いちはやく書かれた反原発小説と評された『恋する原発』の作者である高橋源一郎が、「「初恋」に似た感情」を抱いた「この人がほんものでないなら、この世界にはほんものなんか一つもない」と、一読、空虚なフィクションと即座にわかる比喩を使用して追悼した吉本隆明も、円地文子の小説に登場する香取のようなイケメンではないが、原子力の「科学の進歩」を信じる立場と世代（吉本は旧制高校のエリートではもちろんないが）と、その詩心によって似ているし、かつて吉本と「短歌」について論争したことがあることを、全てのエピソードがきれぎれの断片的にきらめく『わが告白』に書いている岡井隆とも、この点では共通するのである。

岡井は、いわば雄々しく書く（告白する？）。

「わたしは、二十世紀のはじめから、何人かの天才的物理学者や技術者の手によって、原子核エネルギー利用の道が開かれたことを、すばらしいことと思うと同時に、開くべきでなかったパンドラの函をあけてしまったなと思いハラハラする気持ちも抱く。しかし、もう開けてしまったのである。これは人類の運命としかいえない。わたしが、原子力エネルギー容認派なのは、この運命に耐え、なんとかこの機器を人力で制御すべきだと思うからである。／しかしこの点、わたしもいささか感情に流されているのかも知れない。原子核エネルギー贔屓の感情に流されて言って来たのかもしれないと反省する。」（「第四部　運命を抱きしめて」の'11年五月七日「原子力という贖罪の山羊」）

陣野俊史は岡井の「この書き方が妙にクセ」になって「読み出すと途中でやめられない」と書いていたが、たしかに、引用しはじめると途中でやめられなくなるのは円地文子の文章と似ている。『私も燃えている』の女流作家は、恋をすると、もちろん、短歌も乱れ書きにして詠むのである。「生きさかる男の息吹《いぶ》き身に保《も》ちて／安からなくにいのち花さく」というのがその一首。

「わたしは、原発へのレクイエムを書くつもりだ。先日、乱れ書きした〈原発〉擁護の弁は、「一人の愚かな民衆からの願ひ」として、下から目線で、ありますす調で書き直したいと思っている。／一匹の子山羊、犠牲の子山羊のような原発のために。（中略）かつての短歌がそうだった。第二芸術としてイケニエになった。」老齢の大歌人は、内政の混乱でわれら民の不平をなだめるために外敵をつくるリアル・ポリティクスの手口で、たくさんの戦争が起きたと言い、「二万人近い死者行方不明者の霊への哀悼と、あのすさまじい瓦レキの山の処理を放置するために、原発という「外敵」いや内部の敵をこしらえあげたように見えるが、違うかな、リアル・ポリティクスさま」と、足もとのおぼつかない奇怪な、歌人にふさわしく腰折れな文章を続ける。

なにしろ老齢の大歌人の「告白」なので、読者にはよくわからないところもあり、たとえば、「かつての短歌」が「原発」と同じような「犠牲の子山羊」で「第二芸術としてイケニエになった」というのは、アランやスタンダールを日本に紹介した仏文学者で評論家で登山家としては、「京大学士山岳会の隊長としてチョゴリザ遠征、成功して世界の登山史にも名をとどめた」(「新潮日本文学小辞典」)という桑原武夫の昭和二十一年に書かれた『第二芸術』のことを言っているらしいが、私が記憶しているかぎり短歌は常にちゃんと繁盛しているのだから、「犠牲」ということはあたらないし、京大学士山岳会という名称で、あっ、と思い出したのは、私が子供の頃流行した歌声運動と歌声喫茶ではよく歌われた、『いとしのクレメンタイン』のメロディーに日本語の詩を付けた歌が、そこで作られたというエピソードである。

「シール外してパイプの煙」「おれたちゃ町には住めないからに」という自己愛的歌詞は、「町」が旧制高校的に見下すべき栄華で、山=学問(大学)と解釈するのが正しいのであるが、山登りのもう一つ流行した歌があり、これはどんな山男たちが作ったのか、「娘さんよく聞けよ、山男にゃ惚れるなよ、山でふかれりゃよ、若後家さんだよ」という歌詞で、私は子供心に、彼等山男たちが存在しない幻想の娘さんに向って言っているのだ、と解釈したものである。むろん、惚れてほしい、という切なくも儚い願望を歌ったのである。

それはそれとして、岡井隆は『わが告白』の「第四部　運命を抱きしめて」（このジョン・ダワーの『敗北を抱きしめて』からの本歌どり《いただき》のタイトルは、やはり編集者の「風元さん」のセンスだろうか）の中に、「大震災後に一歌人の思ったこと」の小見出しのもと、「どのような場合にも、言葉を見つけ出してなにかを言うのが、もの書きの因果な宿命」と考え「現実をあらわすのにふさわしい言葉を探して、さまよい歩いた」のであった。その結果、とりあえず、なのであろう詠んだ六首を次に引用したい。「東京にいて、テレビ画面で被災地の映像を見つづけるだけ」の老歌人が「さまよい歩いた」と書くのは、比喩的にふさわしかるべき言葉の探索を意味しているのだろうが、無惨である。

うつむいて部屋へ退いて来ただけだ魚《うを》、漁夫《いさりびと》、波が消えない
計画停電の来ぬうち書きとめる文字は乱れて行方知れずも
書いてゐる己を常に意識して、しかも気づかひが常に空しい

そして、原発三首

原発はむしろ被害者、ではないか小さな声で弁護してみた

原子核エネルギーへの信頼はいまもゆるがぬされどされども
原子力は魔女ではないが彼女とは疲れる（運命とたたかふみたいに）

原子力と魔女という言葉で思い出したのは、少女漫画家の萩尾望都の「プルート夫人」である。「この危険な人造の物質を人類がいかに愛し、固執してきたか」を放射性物質プルトニウムが絶世の美女となって現れるという自作のブラックコメディーに描いた彼女は「こんなに求められている物質って、人々の目にはマリリン・モンローやレディー・ガガのような男性を悩殺する美女に見えているのかなあ、と思ったんです」と語り（'11年10月28日朝日新聞）、厚底のサンダルをはいてほっそりとした女郎グモ風デザインのダンサー風の露出度の高いコスチュームを身にまとった、しかし、植物的に見えるプルート夫人の絵がそえられているのだが——。

註・一　陣野の、岡井隆についてほとんど何も知らないと思われる『わが告白』の書評とはまったく正反対な立場で岡井批判を、内野光子は小高賢が岡井をインタビューした『私の戦後短歌史』（角川書店　'09年）を引用して書いている。インタビューの中で、岡井が「反天皇的な歌」を作った時の「僕自身と四十代、五十代、六十代にかけての僕自身は明らかに違って」いて「自分自身のためだけでもいいから、きちっとあきらかにしておく必要があったかなあとは思う。ただ、なにか書こうとすると、みんな、大島史洋君もそうだったけれど、『岡井さん、もうやめなさい。何を言ったって、全部、言い訳に取られるから、何も言わない方がいいですよ』と言うから、そうかな、と思っちゃった」と語っているのを引用したうえで、「戦後の短歌史をけん引してきたという自負を垣間見せながら、この幼稚な発言が共存するところに、岡井の本質があると思った。「表現者としての説明責任」は逃れようもない責務だと思うが、小高のいう「論理的説明」を岡井に求めても、多分破綻するだろうから岡井自身も避けてきただろうと思う。」と、上品なあけすけさで書いている。（『天皇の短歌は何を語るのか』所載「勲章が欲しい歌人たち――歌人にとって「歌会始」とは――」）

様々なる意匠《げんそう》、男たち、少女たち、1

二〇一二年六月

「科学者たち」には「マリリン・モンローやレディー・ガガのような男性を悩殺する美女に見えているのかなあ、と思った」プルトニウムを擬人化した悩殺美女「プルート夫人」を含めて、萩尾望都が福島第一原発の事故以後に描いた作品を収めた『なのはな』（'12年3月小学館刊）は、ある種の知的純文学作品と同じ傾向の、白と銀を基調に箔押しで小さくイラストを入れたあくまで控え目なデザインのカヴァー（ページ数も控え目である）で角背のハードカヴァーの本である。現在の漫画本の出版状況（造本上での）をまったく知らない者とはいえ、あきらかに、マンガでこの造本は珍しいと言えるのではないか。

そして、それは、今では通用はしないものの、古い世代の出版関係者の間に厳として存在していた造本ヒエラルキーとでも言うべきもの（註・一）を思い出させもしたのだった。たとえば、毎日新聞の匿名書評（'12年5月6日）は『なのはな』について「サブカルチャーの筆頭といえるマンガは、時にどのメディアよりも早く、鋭く社会を活写する」とはじまり、「将来、原発事故を誰がいつ、どう描いたかが、あらゆる芸術分野で徹底検証される時、必ず取り上げられる一冊になるはずだ」とむすばれるのだが、そうした「将来」、「徹底検証」されることになるはずの、緊急出版された書籍（と言っても、私が目にした少数）のほとんどは、事態の緊急性を造本の形態に表わすべく、ハンディーなソフトカヴァーである。

『脱原発「異論」』（市田良彦、王寺賢太、小泉義之、絓秀実、長原豊）、『反原発の思想史——冷戦からフクシマへ』（絓秀実）、『いまこそ私は原発に反対します。』（日本ペンクラブ編）、『日本原発小説集』（野坂昭如、井上光晴他）、『それでも三月は、また』（谷川俊太郎、いしいしんじ、川上弘美他）などだが、萩尾望都の『なのはな』は、マンガの本として愛蔵版というか保存版のコンセプトで造られているらしく、それはおそらく、少女マンガ家が原発事故や放射能についてのマンガを描いたことを紙面の大部を使用して社会問題として扱った新聞のメディア力にもよるのかもしれない。これは、3・11以後の世界を生きるサブカルチャーのマンガにとって稀れに見る特別な書物なのだ、と、本を作る編集者を含めたスタッフの誰もが考えたとしても不思議ではあるまい。

'11年10月28日朝日新聞「オピニオン」欄の「耕論」では「「社会問題」と距離をとり続けて

きた二人の創作家（もう一人は小説家の川上弘美である。引用者）が3・11後、原発事故と正面から向き合う（傍点は、もちろん、引用者による）作品を相次いで発表した。何が彼女たちを突き動かしたのか」と取りあげ、同年10月27日毎日新聞の「ザ・特集」では「デビューから約40年、少女漫画というジャンルを超える名声を築いた萩尾さんが、そこに込めた思いとは何か。」と問い、東京新聞は'12年1月30日の「こちら特報部」で「漫画界の巨匠は昨夏以降、原発を問う作品を次々に発表してきた。どんな思いを込めたのか。」（傍点は、言うまでもなく引用者註・二）と「話題の発掘」をする。しかし、「正面」とはどういった場所なのか。

平成二十二年に「乳癌で逝った」歌人河野裕子（と、その夫永田和宏）の相ついで何冊もの歌文集が出版された、いわばブームについて、皇后が、こうなるともう社会現象ですね、と発言した（むろん、肯定的評価としてである）ことが伝えられているが、短歌に無関心な者にとってはまったく意味不明のことであるように、三紙の記事の大きな扱いから見るかぎり社会現象であるのかもしれない萩尾望都の反原発漫画も、少女漫画に無関心な者にとっては、ほぼ意味不明の現象にすぎないのだ。しかし、この三つの紙面は、朝日新聞「耕論」で萩尾望都（「ファンタジーを得意とする漫画家」）と川上弘美（「日常への愛着を書き続けてきた作家」）のインタビュー記事を書いた記者の「何が彼女たちを突き動かしたのか」という、プロレタリア作家藤森成吉の大ヒットにして流行語にもなった戯曲のタイトル『何が彼女をさうさせたか』（一九二七年）が、にわかに甦ったかのようなセンセーショナルな調子の文章に代表されるように、「創作家」は、ことにあたっての沈黙が許されていない存在であることがメディアによって暗に告げられているようでもある。「誰がいつ、どう描いたかが、あらゆる芸術分野で徹底検証される時」が「将来」あるのだという高揚した口振りには、沈黙している「創作家」たちをどこか威すような調子があるではないか。

　去年、朝日新聞の文芸時評の書き手であった文芸評論家の斎藤美奈子は4月27日の時評に次のように書く。「先の戦争の後、「文学者の戦争責任」が取りざたされた時期があった。ならば「文学者の原発責任」だって発生しよう。安全神話に加担した責任。スルーした責任。」日本が経験した「先の戦争」は、自衛隊が燃料や水を運んで参加したイラク戦争ではないかと、私は考えるが、この保守系おやじ論客の愛用する第二次世界大戦を「先の戦争」と呼ぶ慣わしを無感覚というか無自覚に踏襲する斎藤の言語感覚については、この際、スルーしておくことにしよう。彼女は、川村湊の『福島原発人災記』が逸《いち》早く書かれたことの「スピードと非文学性」への「支持」を宣言する。この月の文芸雑誌にも震災について書いた「作家の言葉が多少は載った」けれど「高橋源一郎が連載小説の丸々一回分を費やしてこの震災と先の戦争との薄気味悪いほどの類似を語ったのが目についたくらいで（「日本文学盛衰史戦後文学篇」17「群像」）多くはモゴモゴとした「文学的」な内省を語るのみ」と喝破（と、古めかしいジャーナリスト的語彙を思わず自然に書いてしまいそうな文章に続けて）し、「文学の人は文学だけを追求してりゃいいんだよ、という態度は「文学村」の内部の言語である点において「原子力村」と同質ではないか？」と、この場合は、邪推する。斎藤の考えるような幻想的とも言える「文学の人」など、いつ存在したというのだろうか。

ロラン・バルトが、ファシズムについて、それが本当に恐ろしいのは、何かについての沈黙を強いることではなく、何かについて語ることを強いることだ、と書いていることが思い出されるではないか。

ところで、話しは少し横道にそれるのだが、スクラップを入れておいた箱の中に、去年（'11年）の3月27日の毎日新聞の書評欄に本村凌二の書いた芥川賞受賞作『苦役列車』（西村賢太）の、とても凝った書き方の書評（五段抜きの扱い）があったので、それもこの際ついでに引用しておこう。二〇一一年三月脱稿と百年後に読まれて書かれたと擬された文章は、この小説に対しておおむね否定的評価（要するに、あきれはてた時代錯誤な小説ということだろう）で、次のように結ばれる。

「だが、よくよく調べてみると、平成二三年の一月に受賞。三月には東日本大震災があった年ではないか。第二次大戦以後、最大の国難に襲われ、国をあげて耐え忍んだ時代だった。もう半年後の世相であれば、本書の受賞はなかったのではないか。私のような歴史家には、作家の運命とともに、文芸作品に反映される平成の心性をめぐって考えさせるものがある。（二一一年三月脱稿）」

「私のような歴史家」には、この原稿を書いていたという未来の時間の中で、同時に朝吹真理子という若い作家の小説が芥川賞を受賞していたことを調べられなかったとみえる。もちろん、「半年後の世相」も、歴史家本村の考える百年後の世相も、もちろん本質的に変っているわけではないのだが、去年切り抜いておいたこの書評と一緒に箱に入っていた3月27日朝日新聞の一ページ全面を使った講談社文庫の下品な、としか言葉を思いつかない広告にも触れておきたい。

それは、大きな見出し（震災の被害と原発の事故を報道する際の見出し語の大きさを凌ぐとまでは言わないが、ためる勢いである）を縦横に組んだ、一見、大事件時の新聞紙面のように見える推理作家東野圭吾の小説の広告である。

新聞紙面を模したレイアウトと新聞記者風文体（簡潔とわかりやすさを旨《むね》とすることになっている）の文章で構成された商品広告というものがある。時代錯誤というか幻想的と言ってもいいかもしれない公的報道機関としての新聞記事が持つ、真実らしさとニュース性の古めかしいパロディのような印象を読者に与える、と常識的には考えがちだが、しかし、値段の少し高めの小麦アレルギーを誘発した石鹸や、その臭さに相手が鼻をつまむことに本人は気づかない歯槽膿漏と蓄膿症に効果のあるというナタ豆茶、高齢化社会にいかにも売れそうな膝痛に良いとされるコンドロイチンとヒアルロン酸といった商品が新聞記事のレイアウトそのままで、相当人の良い年配者（まだ、ボケているとまでは本人も家族も思っていない）が、それを新聞の記事と勘違いすることを期待しているのではないかと勘繰りたくなるタイプの、感覚としてオレオレ詐欺を連想させる広告である（註・三）。

　時期が時期だけに、この新聞記事仕立ての広告には、「がんばれ、東日本」という、特大明朝で70級ほどの小見出しをつけて、東野氏の多彩な略歴が「意欲的な執筆活動を行っている。」と紹介された後に、「なお東野氏は最新作『麒麟の翼』増刷分（二〇一二年三月二七日現在で一〇万部）全ての印税を東日本大震災被災地に救援金として寄付することを表明している。」と書いてある。なお、『麒麟の翼』は定価一六八〇円。細かいことを言うようだが、この文章で判断すると、一〇万部が増刷分ということだろう。

　それはともかくとして、歴史家本村凌二はなぜ、もう半年後の世相であれば、『苦役列車』の受賞はなかったのではないか、と考えるのだろうか。たしかに去年（'11年）七月の芥川賞は受賞作がなかったらしい。編集部のYさんに調べてもらった候補者リストを見ると（選評を読んではいないので、理由はわからない）、候補に上っていた円城塔は今年一月に受賞しているが、特別選考委員たちは選考の基準に「半年後の世相」である「最大の国難」の時代を考慮して、受賞作なしにしたのだろうか。

今年一月の芥川賞発表のスピーチで、川上弘美委員は作家という存在はカメレオンのようなものだと語り、通常カメレオンという比喩は、ウディ・アレンの『カメレオンマン』のように周囲や世界の状況に過剰適応してしまう、自己愛が強く、意志の弱い存在（『性的人間』の頃の大江健三郎の用語では、順応主義者、とか自己欺瞞と言ったものだ！）に使われるものだと思っていたので、その自虐的ユーモアの自己批評には、さすが、と感心したのだったが、よく聞いてみると川上氏のカメレオンは、そういったものではなく、最近マダガスカルで全長3センチに満たないカメレオンが発見された（新聞に載っていたマッチ棒の先と人の爪の上に載っている不思議な夢のようなサイズのカメレオンのカラー写真を私も切り抜いておいたけれど）ことを受けて、同じ作家と呼ばれる者ではあってもいろいろなタイプ（サイズ）があるからこそ豊かなのだ、ということらしい。

たとえば、映画や美術や小説（ようするに、作者が何かを表現したとされるもの）について、作り手に属している者たちの口から、それを見たり読んだりする者が百人いたら百人の感想（思いとも言われる）がある、という、もっともらしい主張が語られることがよくあるけれど、むろん、そんなことはない。百人いれば百人の感想が、小説や美術や映画といった表徴に対してあるのならば、小説家にカメレオン並みのサイズやタイプの差がある、という考え方も成立するだろうが、良く似た圧倒的に大多数の同じ感想（思い）と、それとあきらかに異なる、きわめて少数の言葉が存在しているだけだ。

それはともかく、私が不思議に思っていたのは、萩尾望都の描くプルトニウムが擬人化されたプルート夫人の意味ではなく、漫画の絵として描かれた形態が、彼女（プルート夫人ではなく、作者）の言う「悩殺美女」に見えるかどうか、ということである。

作者は「こんなに求められている物質って、人々の目にはマリリン・モンローやレディー・ガガのような男性を悩殺する美女に見えているのかなあ、と思った」（朝日新聞前同）と語っているのだが、紙面に載っている「プルート夫人」の絵を見て（その後で、萩尾の漫画も読んだが）、少女漫画家の描く「男性を悩殺する美女」の絵に違和感を持つ者は、少数派なのであろうか。

萩尾の描くプルート夫人やサロメ（原発を擬人化した美少女で、サロメはもともとが十代の若い娘なのだからキャラクターとしていかにも少女漫画らしさにあふれている）のイメージが、レディー・ガガと同質の特殊な魅力（いわば小学生から熟年までの女性を中心に魅惑する類いの）を持っていることは確かで、派手なメークをほどこしてさえ透けて見える出っ歯気味の地味な顔立ちと、拒食症一歩手前の（ということは常に肥満と境を接している）グラマラスとは無縁な決して恵まれているとはいえない体型と、それを過剰に飾りたてる奇抜な変装としてのコスチューム

（メディアでは「過激」と呼ばれる）といったものは、表象の表象のさらに表象とでもいうべき安価性によって、あなたでありわたしでもある全ての自己表現したい女子が含まれる、非特権的で個性的なゾンビ的衣装となる。

イヴでも、クイーンでも、プリンセスでもマドンナでもなく、慎しく名乗られたレディーというイギリスの貴族制度上の称号でもある呼び名は、ガガに似ていなくもない（と、彼女のひいおばあさんならば思いそうな）クールでスレンダーなバーバラ・スタンウィックの、スクリューボール・コメディ『レディ・イヴ』（41年）がはるかに微かに意識されているのだとしても、しかし、彼女の人気は、今や誰でもが出来るコスチューム・プレイの一般性にあるのだろう。二十年以上前、テレビの深夜番組のコメディ・タレントとして登場し、その後NYの路上でサルの着ぐるみを着たパフォーマンスを演じていた個性派少女だった野沢直子が、レディー・ガガについて自分の真似をしている、とギャグにして発言していたのは、ギャクではなくまったく正しいことなのだ。

マドンナが、選ばれて作られた女たちであるマリリン・モンローやマレーネ・ディートリッヒやエビータに扮装するのと違って、ガガは、動物の着ぐるみや生のステーキを身にまとう（いかにも拒食症的イメージだ）のであり、サンリオのキティちゃんの無数の縫いぐるみをドレスに縫いつけた衣装を着るのは、いわばキティ＝ゾンビを生きるということに他ならない。サンリオのキティは、もちろんあのウサコちゃんミッフィーの耳を切って（美容整形というより、遺伝子操作によってかもしれない）誕生したキャラクターなのだけれど、ミッフィーが、ドレスの色を変える程度で、かたくななまでに変化を拒みつつ永遠に同じ姿で生きるという意味で吸血鬼的エリートであるのに反して、キティは貪欲に何でも着て何にでも変身して何にでもプリントされ世界中に広がったという意味でゾンビ的なのだ。そして、貧相なレディー・ガガは決して「美女」ではないし「男を悩殺」もしないだろう。

では、萩尾望都がレディー・ガガと並べる、特権的でしかも通俗的な名前、マリリン・モンローはどうなのだろうか。

モンロー以前のハリウッドのセクシー・シンボル、リタ・ヘイワースの演じたヒロインのギルダは、原子爆弾の愛称になったのだったが、他にプルトニウムや原発を女に擬人化するのは、前回で引用した「現代の大歌人」岡井隆の下司な短歌「原子力は魔女ではないが彼女とは疲れる（運命とたたかふみたいに）」と、昭和三十年代の「オール讀物」に連載されていた杉浦幸雄のエロティックな線が有名だった漫画の強力な色気を全身で周囲にまきちらす和服姿の女俠客のようでもある「アトミックのおぼん」くらいしか、今のところ私は知らない。鉄腕アトムの妹のウランちゃんというキャラクターもいたはずだが。

註・一　現在では有名純文学作家の全集でも見ることのない、布装函入り（貼函か機械函かの格差もある）を頂点として、通常は並製と呼ばれるソフトカヴァー（これにも幾つかの格差がある）までのヒエラルキーがあり、二十年程以前、ほとんどの編集者は、フランス装（これは気取りすぎということもあって）を含めてソフトカヴァーの造本に対して、大衆的な内容で安っぽいものと一段低く見るというか軽蔑的な態度をとったものである。

註・二　「どんな思いを込めた」のこの「思い」という言葉は、別の適切な言葉を考えるのが面倒なジャーナリストたちが、なんでもかんでもあらゆる状況で多用する便利な言葉で、一日のうちに新聞・テレビを通して、普通に何回もきく言葉である。NHKの若い男のアナウンサーは、夏休みに祖父母の田舎（被災地というわけではない）を訪ねた小学生に新幹線のホームで「どんな思いで過ごしましたか？」と質問していた。小学生（男子）の答えは「いろいろ遊んで食べて楽しかったです」。

註・三　今日（'12年5月13日）の朝日新聞には「沖縄意見広告運動（第三期）」の意見広告が全面を使って掲載されているが、「普天間基地はなくせる。米海兵隊は撤退を。」という文字の大きさは、東野圭吾の講談社文庫の「累計685万部に」よりも小さい。手もとにある大日本印刷の資料の新聞特太ゴシック体で調べると、前者は100級、後者は120級である。

様々なる意匠《げんそう》、男たち、少女たち、2

二〇一二年七月

プルトニウムを、永遠の富と栄華へと誘惑する美女に擬人化したプルート夫人というキャラクターの原型の一つであるらしいマリリン・モンローは普通、というか少女マンガ以外の場所で、どういう存在としてイメージされているだろうか。

父親があの有名な演技メソッドで知られるアクターズ・スタジオの運営責任者だったせいで、演技を学ぶ決意でニューヨークにやってきたマリリン・モンローと姉妹のように暮す一時期を持ったスーザン・ストラスバーグの自伝『マリリン・モンローとともに』(山田宏一訳　草思社)は、彼女の回想の間に、弟や何人もの関係者の証言がパッチワークされ、その生々しいゴシップ的エピソードの数々も読みどころなのだが、ストラスバーグ家の友人の一人が、まぢかに見たマリリン・モンローのセックス・シンボル性をユーモラスな調子で語る言葉は、陳腐ではあるかもしれないが、オーヴァーというわけではないだろう。

「お尻をふるときらきら光るスパンコールを散りばめたドレス」を着て「その気になれば、あらゆるひとの注意をひきつけられる。例の歩き方をして見せるだけで、まわりの男たちはさかりがついた豚のようになり、彼女はかがやく。あんなにかがやくには、蛍光性の化粧品を使っているにちがいないと思ったことがあるくらいだよ」と、リー・ストラスバーグの生徒でもあったディロス・スミス・ジュニアは語り、それだけではなく、マリリンはかがやきを自在に消すことも出来たとも言っているのだが、スーザンの自伝の書き方の最大のポイントは、そのマリリンが肉体的に貧弱な小娘のスーザンを羨ましく思っていた、と、両者を知る彼等が指摘することである。

あの二十世紀の歴史の中で世界的に名高い日記の書き手のアンネ・フランクの役を、見事な解釈とみずみずしく豊かな感性で演じた文学的教養と演劇的センスを身につけた美人ではない小っぽけなユダヤ人の少女を、マリリン・モンローが、自分の持っていないものを持っていると思って、羨んだというのである。

際どい内容が上品なゴシップのように知的に語られるスーザンの自伝の中で語られるマリリン・モンローの素顔は、二人の女優のコンプレックスを鏡のように映じあう語り口の魅力を除けば、今や知られざるものというわけではなく、様々な書き手によって何度も繰り返し語られた、セックス・シンボルという強靭な薄皮で出来た虚像の下の弱々しく哀れなだけではなく、知的ですらあった一人の不幸な女の、めちゃめちゃにされた人生という世界的に共有されている神話が語られているのだ。

そして、かつて坂口安吾が書いたモンロー観が、日本の何も知らない男たち（いつの時代でも沢山存在している）の間では支持されていたのではあるまいか。老いも若きも女性たちが支持するオードリー・ヘプバーンは好きではないが、モンローを大好きな安吾は「モンローウォークという歩き方を取去ると残るものは清潔なあどけなさで、モンローぐらい不潔感の感じられない女優はめッたにない」（「坂口安吾全集14」筑摩書房）と思うのであり「大人に無邪気な安らぎを与えてくれる女性美で、そしてそこに性欲は感じられない」という、幻想的というか身勝手な女性観（というか、これではまるで幼女か母親のよう）である。そして、こうしたモンロー観は野坂昭如の歌った流行歌（？）「マリリン・モンロー・ノー・リターン」にも引きつがれ、頭の弱いしかし天女のように優しく無邪気なセクシー美女というイメージがモンロー観の一般的なものだったはずだ。

ヘプバーンの名前が出たのでついでに、スーザンの自伝の中に、カポーティが『ティファニーで朝食を』のホリーを、まさに適役のマリリン・モンローに演じてほしいと思っていたことが記されていることも触れておきたいのだが――カポーティの原作を知らないモンローのファンだったら、『紳士は金髪がお好き』で「ダイヤモンドは女の子の一番の親友」と歌った彼女こそ、まさしく、ティファニーに関係がある、と思うかもしれないし、オードリー・ヘプバーン（萩尾望都のプルート夫人のモデルかもしれないギスギスとやせた体型）の主演した映画しか知らない者には、ホリーが南部の極貧家庭出身の娼婦だということは理解できないだろうが、それはさておき――マリリン・モンローという神話的女優は、言うまでもなく、萩尾望都が考えるような（そして、プルート夫人として描いていた）単純な誘惑的美女ではないのだ。

原子力《マリリン》を自分たちの知の力で制御しようとする「科学者たち」が「男」であるという発想からすれば、萩尾の漫画に登場する科学者は、モンローの夫だったインテリの戯曲家、アーサー・ミラー（マリリンの夫だったことでも知られているが、もちろん、資本主義批判の『セールスマンの死』も有名だし、サルトルがシナリオを書いて映画化された『サレムの魔女』（'57年）はレッド・パージ批判を、十七世紀末のアメリカの清教徒の魔女狩りと結びつけた戯曲『るつぼ』（'53年）を原作にしていることでも知られたアメリカを代表すると常に言われた戯曲家である）に似ていなければならないところだが、それはまたさておき、マリリンを身近な女＝女優として、自らのコンプレックスと共に語ったスーザンの豊かなエピソードに満ちた自伝とは関係なく、『『ユリシーズ』と我ら――日常生活の芸術』（デクラン・カイバード　坂内太訳　水声社）というユリシーズの論（もちろん、ジョイスの）のカヴァーにはマグナム集団の女性写真家の撮った、ジョイスの

『ユリシーズ』を、どこか子供用遊具のある庭で読むモンローの写真（メークはしているが、幼女の着るような横じまのタンクトップと短パン姿のぽっちゃりした体型の）が使われている。まさしく、彼女があのかがやきを消している時（微かに開いた唇はセクシーとは正反対に、黙読ができないので文字を小声で読みあげているようだ）が撮られていて、この写真を見ると、マドンナが自らの肉体でマリリンを引用できる、と考えたことが納得できる。帯には「マリリン・モンローをも魅了した『ユリシーズ』」とあるものの、そうしたことは序文にも訳者あとがきにも、また索引にもマリリン・モンローの名前は載っていないのである。彼女は、このような才気にあふれた編集者にもその反知性的セックス・シンボルのイメージのせいで利用されるわけである。

さて、大新聞三紙の特集記事に大きく取り上げられ反原発漫画を作者が語る中で、マリリン・モンローとレディー・ガガは、人類を夢中にさせる魅力を持った無限の人工エネルギーの喩えであるプルート夫人のイメージの元《もと》であることが告げられるのだが、作者もインタヴュー記事を書いた記者も、そして多数の読者たちも、問題は原発なのであり、マリリン・モンローやレディー・ガガは、たまたま悩殺的美女のごくありふれた比喩的な名称として使われただけなのだ、と考えているのかもしれない。それに、ウラノス伯爵はふわっふわっとした長い金髪で十頭身、いや、ゆうに十二頭身はありそうだけれど原型は宝塚の男役なのかもしれない少女マンガの代表的な男性キャラで、もともと、少女マンガのある種のものは、いつだってジェンダーを超えているではないか、と反論されそうだ。

こうした魅惑的でセックスレスな男性キャラに関しては、少女漫画はまさに専門分野なのであり、くわしいことは知らないが、アキバのメイド喫茶のメイド様式が、溶けかかったカップゼリーのように大きな眼で幼女っぽさを強調した変態アニメの幼女像を原型に持つのと同じにクール・ジャパンな現象なのかもしれないのだとすれば、ようするに、少女マンガの世界（そもそも子供の読者を相手に作られたわけだし）で、成熟した女性というものは、はなから存在しない排除されたものなのかもしれない。だから、マリリン・モンローとレディー・ガガという名前は、性的魅惑で男を誘惑するタイプの女というイメージについてほとんど無知といってもいいのかもしれない少女マンガ家の無意識的な大幅なピントのずれとして登場しただけなのだろう。

レディー・ガガは、過激と言われるわりには、まさしく野沢直子なのだし、コミック・ファンのコスプレと言うか、女子美の文化祭的に、誰でもが真似することが可能なみんなのものとして増殖するイメージなのであって、空港でガガを歓迎する日本の少女たちの多くがガガに扮するという、見た目が、そもそも悩殺とは正反対のむしろ、増殖する少女ゾンビたちの自己イメージのようなものであることを、再び強調しておきたい。

韓国やインドネシアで、保守的な宗教団体が彼女の公演中止を要求したり、公的機関が「青少年有害判定」を出したりするのは、ガガ的なものが男を性的に悩殺・誘惑するからではなく、男を悩殺も誘惑もしないのに、裸に近い派手なコスチュームで、若い娘たちに誰でも簡単に私《ガガ》になれるわよ、と語りかけることに、どうにも我慢がならないからだろう。彼等はだから、当然のようにガガを同性愛者かもしれないと疑ってみたりもする。

そうした意味からも、萩尾望都は、悩殺という現象について、何か重大な勘違いをしてしまったうえに、現代の大歌人岡井隆と同じように（ということは、それだけで十分に屈辱というものではあるまいか）プルトニウムや原発を女性に擬人化する（「原子力は魔女ではないが彼女とは疲れる（運命とたたかふみたいに）」という性交的気配を匂わせる痴愚的な不快さ）という、現代の表現においては初歩的ミスをおかすことになる。

そして、それとは別に、ある年代までの日本のエリート男性は理系や文系を問わず、宇宙や世界を解釈する霊妙な哲学としての物理学や数学の、いわばファンなのだ。戦中に旧制高校生で空襲による傷を受けた岡井隆（前に引用した円地文子の『私も燃えている』のヒーロー、若きエリート原子物理学者と、まさに同世代）は「二十世紀のはじめから、何人かの天才的物理学者や技術者の手によって、原子核エネルギー利用の道が開かれたことを、すばらしいことと思うと同時に、開くべきでなかったパンドラの函をあけてしまったなと思いハラハラする気持ちも抱く」のであり、「原発に対しても、その防災力をこえた自然の力が及んだことに対し、理解と同情をわたしなどは感ずる」と、岡井隆は日本経済新聞（11年4月11日）に書く（註・一）。その頃、幼い息子と二人、必死に放射能から逃れるべく、「簡単に安心させてくれぬゆえ水野解説委員信じる」（註・二）歌人の俵万智は仙台から那覇を目ざして旅立つのだったが、そうした、「子を連れて西へ西へと逃げてゆく愚かな母と言うならば言え」と愚直に開き直った母親的感性（『いまこそ私は原発に反対します。』）などには目もくれず、函はもう開けてしまったのだから「これは人類の運命としかいえない。わたしが、原子力エネルギー容認派なのは、この運命に耐え、なんとかこの機器を人力で制御すべきだと思うからである」と書く。

高橋源一郎が根っからの真摯な気持で「この人がほんものでないなら、この世界にほんものなんか一つもない」と、言われた本人が馬鹿にされていると思ってしまいそうなあどけない言葉で讃える父親的存在の吉本隆明も、原発についてこれと似たことを発言していたが、戦前のインテリ階級の人間が、原子力というものをどのように考えていたのかという例を大岡昇平の『俘虜記』から引用しよう。

昭和二十年八月、ミンドロ島の米軍捕虜収容所でアメリカ軍人の持ってきたスターズ・アンド・ストライプス紙面にＡＴＯＭＩＣという文字を発見し、広島に投下された新式爆弾（一発で十マイル四方を潰滅した）が、それであったことを知った時「私の最初の反応が一種の歓喜であったと書けば、人は私を非国民というかも知れない。しかしこれは事実であった。私はかねて現代理論物理学のファンであり、原子核内の諸現象に関する最近の研究に興味を持って」いたし「コンミュニストがその精妙な理論を、資本主義第三期的頽廃の反映と呼ぶのに気を悪くしていた。今それが爆弾となって破裂してしまえば、彼等もいつまでもブルジョワ的空想などといっているわけには行くまい。私はこれが火の発見以来、人類文化の劃期的な進歩であることを疑わなかった」が、もちろん次の瞬間「種々の放射線によって身体を貫かれ、複雑な苦しみの後に死亡する沢山の同胞を思って慄然」とするのだが、しかし、現代理論物理学のファンである者には「多分原子核のエネルギーに対する迷信的畏敬」とでもいったものがあるのだ（傍点は引用者）。

核＝原子力が歴史的に文化・社会レベルでいかに両価的存在であり、また両価的に表徴されてきたかを「〝フクシマ〟、あるいは被災した時間」（「新潮」'11年9月―'12年5月号）で分析した斎藤環は「精神分析の見地から原子力を考える」（「キネマ旬報」'12年6月下旬号「イメージ福島」のトークイベントを採録）の中で『太陽を盗んだ男』（中上健次原作の『青春の殺人者』の映画についで二作目の長谷川和彦監督作品）と萩尾望都の『なのはな』について語る。

『太陽を盗んだ男』（'79年）は私の記憶では、主人公の中学の理科の教師（沢田研二）が東海村の原発から盗んだプルトニウムで原子爆弾を製造し、国家を相手に要求を突きつけるのだが、原爆製造が自己目的化してしまい、費やしたエネルギーに比べて、要求の内容のパロディにさえなっていない白けた空っぽさ（主人公の第一の要求は「試合終了までのテレビナイター中継」だが、これなどは私見では、むしろ日本野球の「試合運びのスピーディーさ」を要求すべきだろう。もう一つの要求は「ローリング・ストーンズ日本公演」だが、これはラジオDJと番組聴取者を交えた公開リクエストをもとに決められ、三番の要求は、原爆製造のための費用を調達するためサラ金から借りた金の返済を迫られているために不本意ながら現金五億円である）で、被曝して死にかけているのに、何を要求していいのかわからない白けた困惑こそ（そろそろバブル経済期になる時代である）が主題だったと思われる。

　アルカトラズを占拠したリチャード・オークスたちのような、国家につきつけるべきはっきりした要求などない、知的なナルシシズムとしての核のパワーの占拠だったわけであり、それが、しらけ世代と若者がメディアから命名された時代を反映させていたわけである。

　間違いなく〝野心作〟のこの映画がそれにしては、なんとなくひ弱い印象を与えた原因については、今はもちろん触れている余裕はないのだが、この野心作のもう一つの主題は、日本国家が国策として独占的に管理・支配している（いわゆる原子力ムラのシステムによって）力《パワー》としてのプルトニウムを奪うということだ。中学の理科教師程度の知力でも原爆は作れるという設定は実際、ネット上に原爆製造法が流されたということがあったのだし、対権力としての力《パワー》の幻想であり、国家権力だけが持つことのできる人類を滅亡させるかもしれない力《パワー》を持つ核融合という人工の太陽のエネルギーを、平凡な中学の理科教師が作ってしまうという、男のロマンである——。

原案とシナリオを執筆しているレナード・シュレーダーは、ロバート・ミッチャム、岸恵子、高倉健の『ザ・ヤクザ』(’74年　もちろん、サミュエル・フラーの『東京暗黒街・竹の家』〈’55年〉へのオマージュである)の原作者で、『太陽を盗んだ男』は、ロバート・アルドリッチの『キッスで殺せ!』(’55年　ロスアラモスの秘密軍事施設から盗まれたプルトニウムをめぐるハードボイルド・アクション映画)への変則的オマージュというか続篇として構想された(長谷川和彦がそう考えたとは思わないが)といってもいいはずなのだが、これはまたまるで別のはなしなのだから、斎藤環の語るプルトニウムの両義性へと戻ることにしよう。

斎藤は沢田研二が強奪した「液体プルトニウムを愛おしげに抱いて寝るシーン」について「自分の欲望を発見するためには死をも恐れないという」「自暴自棄を描いて」いて、それは「核、プルトニウムがそれほど魅力的であるという描写とも考えられ」ると語るのだが、このシーンはむしろよくある胎児のように丸くなった自己充足とナルシシズムと抑圧的な狭さのなかでの眠り、とでも言うべきシーンで、『勝手にしやがれ』というタイトルの歌もうたったことのあるジュリーとしては、ゴダールの『勝手にしやがれ』のラストシーンのジャン＝ポール・ベルモンドを意識したかもしれないが、これもまた別のはなしである。萩尾望都の「プルート夫人」については彼女が「10万年の寿命を持った絶世の美女」であり「「私の10万年のしとねにいらっしゃい」と男たちを誘惑」し、「つまり萩尾さんは、この放射能というものが我々にとって両義的なものであると直感している。漫画という形式を借りて、それがきわめて説得的に表現されていると思いました。」と語るのである。（傍点は引用者）

註・一　原発事故後に、原発を魔女あつかいするのは止めるべきだという「少数意見」を日本経済新聞に発表し、また同じ時期に短歌雑誌に発表した岡井隆の短歌（その後『わが告白』に収録）について、内野光子は『短歌現代』'11年七月号に「少数意見という「ことわり」を付して、「日経」というメディアで風向きを確かめながら、後進の歌人たちをけん制してみたかったのだろう」と厳しく批判している。（『天皇の短歌は何を語るのか』）

註・二　この「水野解説委員」とは、NHKの水野倫之のことである。'11年3月11日から一週間の間、テレビで原発事故報道がどう行われたかを検証した『ドキュメント　テレビは原発事故をどう伝えたのか』（伊藤守　平凡社新書）には水野解説委員が語ったことが再録されている。

　俵が息子と一緒に「西へ西へ」向った前日の3月16日16時50分、文部科学省からのデータをめぐって野村アナウンサーの質問に答える形での水野のコメントが再録されているが、伊藤はそれについて「まったく不可解なコメントではないだろうか。」と書いている。原発から20キロ離れた「屋内避難」の場所で出された数値「『0・33ミリシーベルトが、一年間に浴びても差しつかえないとされている限度の1ミリシーベルトに三時間外にいると達してしまう値」であると指摘しながら、それが「ただちに影響が出る」値ではないという判断が示される」。もっとも、水野解説委員は飲み込みにくい物を飲みこんだ、とでも言った表情を浮かべてはいただろう。

「水野解説委員信じる」と詠んだ俵万智は、実のところ水野の解説を信じなかったからこそ、「まだ恋も知らぬ我が子と思うとき「直ちには」とは意味なき言葉」、「子を連れて西へ西へと逃げてゆく愚かな母と言うならば言え」と、力強く詠むにいたったのではなかったのか？

様々なる意匠《げんそう》、男たち、少女たち、3

二〇一二年八月

萩尾望都の「プルート夫人」が「絶世の美女」として描かれることについて斎藤環は、「放射能というものが我々にとって両義的なものであると直感している」からだと分析するのだが、この「直感している」という、論理的に導き出されたのではないことが強調されるせいで、どことなく知的優越者的立場から、子供相手にマンガを描く少女マンガ家に対する発言であることが窺われる言葉づかいへの感想は、この際はおくことにしよう。

この連載では、むしろ、萩尾望都という少女マンガ家の描く「絶世の美女」や「男を誘惑する女」の「絵」とその言葉の持つ通俗的紋切型イメージとのズレについて語ってきたのだった。萩尾の描く「プルート夫人」や「サロメ」が、少女マンガのパラダイムとでも言うべき、ジャンル特有の絵がから、約束事としての少女マンガ的表現としてのみ通用するイメージによって

(それはそれとして、極度に洗練された、とも言いうる?)描かれたイメージとしての「絶世の美女」や「誘惑する女」であることを私も理解しているつもりではあるのだ。

しかし、飢餓状態の女郎グモのように痩せて露出度の高いコスチューム姿で描かれた「プルート夫人」の絵を、新聞紙上ではじめて見た時、不謹慎なことに吹き出してしまったのは事実である。貧相というより、拒食症タイプの痩せた肉体で大きな眼の少女とも女ともつかない絵が、「マリリン・モンローやレディー・ガガのような男性を悩殺する美女」という、それ自体がそもそもピントのずれた美女観によって描かれているという違和感を抜きに語ることは不可能ということだ。しかし、今日の感覚というか少女マンガの世界では「絶世の美女」や「誘惑する女」はこうした図柄として表現されるものなのだろう。ズレているのは私なのだ。ようするに私は、少女マンガ(だけではなく劇画も、宮崎駿のアニメもだけれど)を、漫画として成立させている基本条件の画の部分で(数少いいくつかの例外を除いて)、とりあえずのところ、好きになれないのだ。マンガの絵が嫌いだということは、ようするに、マンガ全体が嫌いだと言っているのと同じで、これではとてもマンガを批評することなどは不可能というものである。

文章にも嫌いなタイプのものがあることは確かだけれど、これは私もそれを書いて生活しているから、他人の文章についてはいくらなんでもストレートに嫌いなどと書いたりはせず、一応いろいろな言葉の技巧を駆使して(駆使というのは、念のために意味を説明すると、思いのままに使いこなすことである）その滑稽さを際立たせることにしているわけである。

たとえば、好きという以上に、すごい本について書く時、「六十一年生きてきて、たくさんの本を読んできたわけ」の「ぼく」（と名乗るのは高橋源一郎である）は、その本の多くが「ひとことでいうと、どれも、その優れていたり、面白かったりする部分が、「相対的」なのだ」と書く。

「すごい」本はそうではないのだけれど、すごくない本は、そこいらにあふれている、ほとんどのたいしたことのない本、という感じかもしれない。もちろん、この「相対的」な価値の中に「読んできたわけ」の本ばかりではなく、書いてきたわけの「ぼく」の本も含まれていることが含意されているのであろうことは、同じ小説家の立場として想像に難くないのだが、「だが、」と吉本隆明のほんものさ加減について語った時と同じように、「ぼく」は、いざという時になると語っているものに対して闇雲な無鉄砲さで我を忘れて過剰適応する心酔者になるらしい。

「そのどれにも属さない、孤峰のような本もまた、ほんの少しだけ存在している。優れていて、面白く、すごいだけではなく、世界中の他の本たちから隔絶しているような、要するに、「唯一無二」の本。ぼくにとって、そんな本は、片手に足りるほどしかない。たとえば、「ゴダールの『映画史』」だ。」（「「ゴダールの『映画史』」、思考の運動について」「ちくま」'12年3月号『映画史』がちくま学芸文庫になった宣伝用の書評（？）である）。このように、何かを過剰適応的異様さで賞讃しつつ、それとははっきりと名を示すことなく、「唯一無二」の本に比べるならば、「相対的」に優れている有相無相の本などは、所詮、二束三文がほとんどであると、暗に告げるという技巧も存在する。

ところで、高橋の情熱的な文章の後に、トリュフォーがゴダールの本の読み方と映画の見方について書いている文章を引用することにしよう。

当時、ゴダールのことでもっともわたしを驚かせたのは、彼の本の読み方だった。彼は友だちの家に夜招かれて行くと、片っ端から四十冊もの本を引き出して、いつも最初と最後のページだけに目を通すのだ。

ゴダールは、いつも気が短く、苛立っていた。彼はわれわれと同じように映画が好きだったが、午後から夕方までの間に、五本もの映画をそれぞれ十五分ずつ見に行くこともできた。

そういう見方は、今［一九六〇年代］の彼にも言えると思う。ロベール・ブレッソン監督の『スリ』（一九五九）などは、それがロードショウで上映されている全期間、彼はほんの二十分ぐらいずつ見るために、何度も映画館に通ったものだった。（『トリュフォーの

手紙』山田宏一　平凡社）

しかし、何ゆえに、なぜそんなに『ゴダール　映画史（全）』（奥村昭夫訳）が「世界中の他の本たちから隔絶している」というのか、高橋の短い文章からは窺い知ることが出来ない。モントリオールの映画芸術コンセルヴァトワールの学生たちに、自作を含め、ゴダールが選んだ様々な映画（独特な「映画史観」で選ばれた）を見せた後での講演をまとめたこの本は、編者によってゴダールの「肉声」の魅力が重視された作り方になっているが、「表現しがたいなにか、いまだかつて読んだことのない、奇怪ななにかが、そこに蠢いていることに気づくはずだ。」と、高橋が、いつものあの鋭い勘を働かせて書いた文章が語るような異形のものではない。それとも、次のようなエピソードが「奇怪」なのだろうか？

『軽蔑』と、『カメラを持った男』、『悪人と美女』、『アメリカの夜』の上映後の講義で語る内容は、のっけから金銭のはなし（『軽蔑』の、ゴダールにとっては大金である製作費のほとんどは、フリッツ・ラングとジャック・パランスへの出演料で費やされたというのだが、B・バルドーのかなり高かっただろう出演料については触れてもいない）ではじまり、金が原因の一つで喧嘩別れしたトリュフォーの、映画を撮ることについての映画だと言われる『アメリカの夜』について、自分はその撮影期間中にトリュフォーがジャックリーン・ビセットの腕をとってパリのレストランに入るのを見たけれど、あの映画にそういったカットはなく、本当のところ、トリュフォーがそういうことのためにあの映画を作ったのだということを考えれば、「そういうカットは当然入れるべき」で、「彼はほかの人たちについては平気でいろんな物語をでっちあげているにもかかわらず、自分とジャック・リヴェットとの関係を示すカットは、ひとつも撮ろうとしなかったのです。」と、ゴダールは憎々しそうに語り（続きを読みたい人は、ちくま学芸文庫、2300円〈税抜〉でどうぞ）、『アメリカの夜』を批判するのだが、さらにその続きとも言えるエピソードがトリュフォーの側からはどう語られたかを読んでみたい読者は『トリュフォーの手紙』をどうぞ――。このように、『ゴダール 映画史（全）』は、まったく「世界中の他の本たちから隔絶」したりはせず、映画を見ることへと読者を誘い、別の本のページを開くことへと私たちの好奇心を刺激するだけではなく、不快なところのある肉声で出来てもいるのだ。

そして、『トリュフォーの手紙』には映画批評家のアンドレ・バザンが「批評を書くことによって映画を撮っていた」ように、シネマテーク・フランセーズの伝説の館長アンリ・ラングロワは「映写することによって映画を撮っていた」と語ったゴダールの言葉が紹介されているのだが、『映画史』とは、すでに「映画」を撮っていたゴダールが、まさしく、映画を撮ることだけが映画を作ることではない、と語った実践としての本でもあるだろう。映画を見ること＝批評することも映画を作ることなのだ。だからこそ、『映画史』の「Ⅰ」と「Ⅱ」を開くと、つい『ゴダール全評論・全発言』（全三巻　奥村昭夫・訳　筑摩書房）の一巻目、まだ若く、'68年以前のゴダールがマックス・オフュルスの『快楽』（'52年）について書いた馬鹿ばかしいと言ってもいい短い文章を読みかえしたくなる。

そして、画家が描いているモデルと仕事を中断して、アトリエの前の庭で昼食を食べるという（ルノワールを思い出さずにはいられないシーンだ）魅惑的な美しい欲情のシーンについて、どのように書いているか引用したくなる。画家のダニエル・ジェランがシモーヌ・シモンに語りかける。「《ぼくは君が歩いているところを見るのが大好きだ。君が腰をおろすところを、君が鰯を食べるところを見るのが大好きだ。君の動きはどれも素晴しい》と。そして事実、オフュルスによって演技指導されたシモーヌ・シモンの動きはとてつもなく素晴しいのである。まさにこれこそが映画なのだ！　ほれぼれするほど美しい女を出演させ、その相手役に《あなたはほれぼれするほど美しい》と言わせるということ、これが映画なのだ。これほど単純なことがほかにあるだろうか！」

そして、アンナ・カリーナをオフュルスにおけるシモーヌ・シモンのように撮ることを夢見つづけたゴダールについて、ドキュメンタルな方法で書かれた本が、山田宏一の『ゴダール、わがアンナ・カリーナ時代』（ワイズ出版）であり、この本に収められた、山田宏一が'65年五月二十五日、アンナ・カリーナのパリのアパルトマンで撮影した写真（なんと、私はその圧倒的な写真の中の一枚を『タマや』〈'87年〉のカヴァーに使わせてもらったのである！）は、まさしく、ダニエル・ジェランがシモーヌ・シモンに語りかける言葉そのもののように撮られているのだ。そのように、優れた「本」は「世界中の他の本たちから隔絶して」存在したりはしないで、様々な膨大な記憶の興奮を素早く、あるいはゆっくりとおだやかに覚醒させて広がる有機的装置として発動する。

とんでもなく横道にそれてしまったのだが、「放射能というものが我々にとって両義的なものであると直感している」と、少女マンガの作者がまるで年端もいかない感じやすい「少女」であるかのようにその直感的感性を斎藤環にほめられてしまう萩尾望都のマンガに戻ることにしよう。

「プルート夫人」は、なぜか十七世紀のイギリスのピューリタンの集会のような審判の場へ、プルトニウムが擬人化された永遠の美とエネルギーを誇示するプルート夫人が呼ばれ、人々を誘惑しようと魅力をふりまくところへ、悪魔であるカトリックの島アイルランドを徹底的に征服殺戮したイギリスの護国卿クロムウェルのような厳格そうな顔をした黒い服の男があらわれて、彼女が「魔女」であることを告げるが、人類は放射能のせいで滅亡して結局、「プルート夫人」だけが孤独に生き残るという話しである。十七世紀的な設定の絵柄のもとで、核を「魔女」という宗教的不寛容と共同体の差別構造をあらわしもするイメージで表現するのは、物語の構造というか歴史認識の問題としてもいかがなものかと思うし、「雨の夜—ウラノス伯爵—」の設定は、通俗推理小説によくある大金持の一族が一堂に会した大雨の夜、屋敷に「放射性物質」のウラノス伯爵がやって来て、女たちが「なんて美しい方なのマイセンのお人形のよう」とか「大天使のようだわ…」「まぶしい……パワーを持っている!」と、いかにも少女マンガ的なギャグ的表情で驚いたうえで、一族挙《こぞ》って物欲への図々しい強欲ぶりを発揮する、というものである。

もちろん、と言うべきか、あるいは、おそらく(よく知らない分野なのだから)と言うべきなのかもしれないが、少女マンガは、建前上読者を子供に設定してはいるものの(そうした痕跡は、漢字にルビが振ってあることや、ストーリーの設定が幼稚にロマンチックでわかりやすく作られていることから窺われる)内容は、「直観」によって(というか、直観にすぎない?)悪魔の原子力発電の「両義性」を持っているというわけである。

水撒く人々

二〇一二年九月

「焼石に水」というコトワザは、言ってみれば、そうやったからといって、結局は無駄、という意味であり、これを思い出すのが、今や恒例になっている、どこかの大学生が天真爛漫な善意で始めたらしい癒し系の愚直なエコロジー、水撒きプロジェクトが、メディアで報じられる時である。

あっ、水撒きではなく、あれは打ち水だったのだけれど、書き直すのが面倒なのでこのままにしておいて、去年の3月26日毎日新聞の、二人の著名人がその時々の時代のトピックス的テーマについて書くエッセイ「時代の風」欄で「東日本大震災」について書いている加藤陽子（東大教授）の文章を読んだ時も、ふと、この「打ち水プロジェクト」という恒例となってしまったらしい大衆的行動を思い出したのだった。

連日の猛暑と、相変わらずの熱狂するプチ・ナショナリズムのロンドン・オリンピック報道と、主催者発表と警察発表ではまるで異る人数（主催者二十万人、警察一万五千人）が発表される「脱原発」の、首相官邸前の金曜日のデモというか集会の報道とのせいで、今年も思い出したのだったが、去年の記事は切り抜いて箱に入れておいたのだ。

三月十一日の大地震（東京では震度5強）を、文京区のマンションの中庭で水やりを怠ってしおれ気味になっていた草花に水をやりながら経験した加藤は、26日付けの新聞に「それ以来、何をしていれば心が休まるかといえば、中庭で水をやることなのだ」と、〈原発を「許容していた」私〉と見出しのついたエッセイを書きはじめる。それからしばらくして、たしか「東京人」のエッセイ欄で、女性建築家が、大震災後、建物が崩れたらここも危険だと職業柄理解しているのにもかかわらず、屋根の下にいるのが恐しくて、空の見える中庭にいると安心感がある、と書いていたのを読んで、知的なエリート職業人として恵まれた立場にいる女性と中庭にどのような関係があるのか、丸谷才一の『女ざかり』（の女主人公は、なんと、聡明な新聞記者！）に登場する、首相官邸の坪庭（権力の中枢にある夢幻能の舞台のような空虚な空間として書かれている）などを引用して、凄く陳腐な考察をして、さすがに自分でもバカバカしいと思う学者（新聞の書評欄と文芸時評の典型的に凡庸な書き手でもある）を『快適生活研究』の続篇に登場させようと思いついたのだったが、それはそれとして日本の原発が「安全神話」として語られ、それに対して深く考えたり行動をおこさなかったことについての反省が多くの人々によって声高に、あるいは深く静かな言葉を選びつつ語られ始めていたこの時期、毎日新聞の論説委員岸本正人が加藤の文章について、「反射鏡」というコラム（'11年4月10日）で要領良くまとめているので（と書いて、私が中学生だった頃、要領が良い、という言葉は、C調と同じマイナスの意味で使われていたのを思い出した）それを引用することにしよう。

「今、原発について多くを語ってこなかった知識人の間でも原発への懐疑が広がっている。／加藤陽子・東京大教授は（中略）大岡昇平が戦争と軍部の暴走を許容していた自分と、そのことへの「反省」を前提として文章を書き続ける考えを表明した言葉を引き、そこに『原発を『許容していた』私」を重ね合わせた。／大岡にならった加藤氏の自戒を共有したい。原発を推進、容認してきた政治家とともに。」

　加藤の文章もこれほどまでには単純なものではなく、'44年七月、フィリピンに向う輸送船の中で、妻と幼い二人の子供を持った中年の補充要員の兵隊となった川崎重工の社員で京大仏文出身のインテリ・サラリーマン、大岡の考えた述懐を次のように単純に要約する。

「これまで自分は、軍部のやり方を冷眼視しつつ、戦争に関する知識を蓄積することで自ら慰めてきたが、それらは、死を前にした時、何の役にもたたないとわかった。自ら戦争を防ぐという行動に出なければならなかったのにもかかわらず、自分はそれをしなかった。こう大岡は静かに考える。／よって、戦争や軍隊について自分が書く時には、自分がそれらを「許容してい」たという、率直な感慨を前提として書かねばならない、と大岡は理解する」

大岡昇平の、複雑な、一種自嘲的滑稽さをともなったインテリの戦争体験を語る文章と、この要約はかなりニュアンスが異るが、加藤は、「大岡の自戒」は「同時代の歴史を「引き受ける」感覚、軍部の暴走を許容したのは、自分であり国民それ自体なのだという洞察」であり「以上の文章の、戦争や軍部という部分を、原子力発電という言葉に読み替えていただければ、私の言わんとすることがご理解いただけるだろう」と続けているのだが、それもあれ（マンションの中庭における「水やりをしていた自分。依然として生きている自分。その単純な関連を、身体が勝手に何度も確認したがっているようだ」という感慨）も含めての、この文章の結論は、実に単純で、そして、現在の日本では決して実現しないものである。

「敗戦の総括については自力では行えなかった日本」ならば、せめて今回の事故に同じ過ちを繰りかえしたくはなく、「政府に求めたいのは、事故発生直後からの記録を完全な形で残し、その一次史料を、第三者からなる外部の調査委員会に委ねてほしいということ」であり、「公文書管理法は、現在、内閣府の公文書管理委員会において、施行令・各府省文書管理規則等の審議を経て、本年四月から施行予定」となっていて、さらに、「枝野官房長官は鳩山内閣期、内閣府特命担当大臣として行政刷新の一環としての公文書管理を担当された方である」のだから「復興庁を創設するのならば、まさに、震災・事故関係記録の集中保存から入っていただきたい。これが、亡くなった方を忘れない、最も有効な方法だと信ずる」このように真摯な、そして当然の発言は、しかし、無視される。今年になって、原発事故当時の菅内閣の東電との対応を含めて、どのように対処したかの文書化された記録がないことが判明したし、現在東電は現場と本社の間で行われたテレビ会議一五〇時間の記録をほんの一部しか公開していないのだ。

'11年の3月26日付け毎日新聞「時代の風」欄には、加藤と並んで斎藤環が執筆しているのだが、そのテーマは、あえて、「復興」と「希望」である。「私たちバブル世代には、無根拠な楽観主義が骨がらみに染みついている」せいでもあろうが、たしかに、この時の斎藤は非常に楽観的である。

「私はこの状況がずっと続くとも、どんどん悪くなるとも考えていない。政府に初動の不手際はあったにしても、インフラの復旧は、かなり順調に進んでいる。不安の種だった物不足にしても、流通は徐々に健全化しつつある。気がかりな福島の原発事故は、最悪の事態は免れるであろうと楽観できる雰囲気になりつつある」し、「そう、これほどの災厄にもかかわらず、日本社会には、それをはね返すだけの基礎体力があるのだ」と、読む者たちを力強く励ましつつ、最大の願望は（無意識にであろう）自ら安心したいという感じだろうか。「大きな災害は、人々の意識にも少なからぬ影響をもたらす。16年前の阪神淡路大震災がそうだった。あの震災の後、私たちは「トラウマ」や「こころのケア」といった言葉に敏感になり、被災して傷ついた心に配慮する作法も定着した」と、この頃、盛んにメディアでふたたび取り上げられることになった中井久夫の『災害がほんとうに襲った時』（みすず書房）を踏まえて斎藤は書くのだが、読売新聞'11年6月22日の記事には「心のケア、お断り」という張り紙をした被災地の避難所のことが伝えられていると佐々木賢は書く（「グローバリズムの中の教育」「現代思想」'12年4月号）。佐々木はそれに関して、「これはカウンセラーの質を問うたのではない。カウンセリングそのものを疑ったのだ。遠くからやってきて、被災者を対象化したからである」（傍点は引用者）と書いている。そして、原発事故が最悪のものであったことが徐々にあきらかになり、影響の深刻さは益々ひろがり、斎藤は'11年の9月号から「新潮」に「〝フクシマ〟、あるいは被災した時間」を連載することになるわけである。

国策としての原発推進のために、広告会社とマスメディアがどのような臨戦態勢を繰り広げたかについては、『津村喬精選評論集――《1968》年以後』（絓秀実編　論創社　'12年）に収められている'73年に書かれた「〈節電〉キャンペーンの意味論的構造」の分析的批評の視点から知ることが出来る。有限な石油資源を利用しつづける以上、国民は戦時下のような〈節電〉

に励まなければならない、という電気事業連合会のキャンペーンは、むろん原発の推進のためのものだった。オイル・ショックの年、'73年七月下旬の各紙に載った「たった今、雷気がとまったら」というコピーに「暗闇の中で満員のエレベーターがぶらさがっているイメージのシンプルなデザインが印象的」な、「電気を大切に使っていただくことと、発電所の建設に対するご理解とご協力をお願い」(傍点は引用者) した意見広告について津村は書いている。

'73年八月上旬には総理府の「電気は、大切に使いましょう。」という意見広告が掲載され、「猫がテレビを見ている、太陽の下で電気スタンドをつけて勉強している、という絵柄から窺えるように、「節電」の要求は極めて日常的・具体的な、明治生まれの姑が嫁にいうような小うるさい指示が広告として出されたのである。」

この、「小うるさい」だけではなく、約《つま》しくみみっちいところが、大量消費社会に対する罪の意識に訴えて、かえって親しみやすいとばかりに国民に受けもした省エネ精神は、エコロジーや、〈もったいない〉や地球温暖化を経て一見、異ってみえるバブル世代の楽観主義と抵触せずに、最初に触れた打ち水プロジェクトにまで連綿とつながるわけである。現在の原発事故後の〈節電〉と〈値上げ〉には、当時に比べればはるかにハイテクでエコロジーなゲーム感覚の〈節電〉が、もっぱら若い世代(放射能汚染を恐れて、関東地方から西へと移住する母子と重なっている) によって実感されてることが話題になったりもすることは、'11年4月5日朝日新聞文化欄の濱野智史（ついでながら、濱野は'12年、朝日新聞の4月3日夕刊に「AKB48前田敦子が「卒業」」、5月31日には「AKB的「劇場」を政治に」と比較的長い若い世代の楽観的見地から現代を見る時評的エッセイを寄せており、濱野のみならず朝日新聞社のAKB48に対する並々ではない好みというか関心の高さを知ることが出来る）の時評的な文章から、窺い知ることが出来る。

ツイッターの持つ機能によって「わずかワンクリックの操作で善意の呼びかけに賛同し、共感の声を大きく広げていくことができる」せいで、原発事故後の〈節電〉が、「お気楽に参加できる社会運動」として広がったと、濱野は、そういった新しい社会現象に無知である読者に向ってなのであろう、それが今やいかに「有名」な状態になっているかを説明する。

それは、「例えばその一つに、ツイッター上で有名になった「ヤシマ作戦」というものがある。有名なアニメ作品「新世紀エヴァンゲリオン」に由来するもので、「みんなで節電しよう」と呼びかける運動」で、ルールは簡単な競いあいのゲーム仕立てになっていて、「節電をゲームにするなんて、不謹慎だと思う人もいるかもしれない」が、この、「決して人々に善意を呼びかけたり、押し付けたりすることもない」仕組みは「プレーヤーは、自宅の電気メーターの数値を周期的にツイッターで報告する」だけのもので、「ただ個々人がゲームに参加することで、人々の善意が効果的に集約されていき、全体として社会貢献に繫がる」り、それだけではなくこの仕組みは「例えば「どれだけモノを買いだめせずに節約できるか」（当時、長くは続かずほんの一時だったが、災害時の買いだめ行動がメディアで社会問題視されていた　引用者・注）を競いあうゲームをたくみに設計できれば、「買いだめ問題」の抑制が実現できる、というように。いま私たちは、こうした全く新しい社会的連帯の可能性を手にしつつあるのである」（文中の傍点は引用者）と、アニメの中で情報論学者となった「鉄腕アトム」に出てくるお茶の水博士が演説しているような、ひどく楽観的な、しかも虚ろに前向きの調子のエッセイは結ばれる。'73年のオイル・ショック時の執拗な節電広告キャンペーンに津村は資本主義的ファシズムを読みとり、実際、そこには原発という新しい発電所の建設という目的が隠されていたわけだが、濱野が平成風賢しら顔で語る「ワンクリックの善意」の集合は、新しい明るいファシズムとAKB的選挙の資本主義といったならば、しらけるというものであろうか（註・一）。

さて、加藤陽子は、戦時下フィリピンの前線に送り込まれることになった中年のインテリ男性の、自分は軍隊を「許容していた」という言葉に「原子力発電」を「「許容していた」私」が同等のものであるかのように布置する（註・二）。

「原発を地球温暖化対策の切り札とする考えは、説得的に響いた。また、鉄道等と共に原発は、パッケージ型インフラの海外展開戦略の柱であり、政府の策定にかかる新成長戦略の一環でもあった。生活面でも「オール電化」は、火事とは無縁の安全なものとして語られていた。これらの事実を忘れてはならない。私は「許容していた」」。

'48年から'50年にかけて書かれた『俘虜記』は、いわば「私の小市民根性に賭けて」（傍点は引用者）書かれた戦争・俘虜体験についての考察と言うべきものなのだ。大岡昇平は「祖国という観念も私にあってはいたって漠然としている。」と書く。

「それはまず第一に私の勤労に対して幾分かを報いる雇傭主（昭和十三年に入社した日仏合弁の帝国酸素から十八年に川崎重工業に移り、翌年召集される）の事業に、彼が私を馘首しないですむ程度の繁栄を許してくれる政府を意味する。戦時中これは当然戦争を続行する政府である。その代償として私は俸給の消費のかなり大なる一部の納税の義務と、一兵士として前線に死ぬ可能性を提供する。戦時下の私の幸福は、専ら兵士に取られずにすむという偶然にかかっていた。他は私の知ったことではない。（中略）敗戦は私の将来の生活を困難に陥れるであろうが、戦時中私の生活が戦争遂行によって保たれて来た以上、止むを得ない。戦争でもなければ、私は当然失業者の中に加わっていた程度の才能しかないインテリなのである」

戦場で死ぬことが決っているのだったら、反戦活動して捕えられて殺されるというやり方もあることはあった、と新兵の大岡はフィリピンに送られる輸送船上で考えるが、こうした大岡的な小市民にすぎないインテリとは別に、当時のジャーナリズムで活躍していた文化人たちについて、山田風太郎『同日同刻――太平洋戦争開戦の一日と終戦の十五日』に引用されている正宗白鳥の文章を書きうつすことにしよう。昭和十六年十二月八日の当夜、中央公論社主催の国民学術協会評議員会（東畑精一、三木清、清沢洌など十人ばかりが参会していた）に出席した時の感想である。

「なかには、『これで溜飲が下がった』と空虚な笑いを浮かべた人もあった。日本の対支行動が英米に邪魔されていたのを意味していたのだ。清沢は『けさ開戦の知らせを聞いた時に、僕は自分達の責任を感じた。こういう事にならぬように僕達が努力しなかったのが悪かった』と、感慨をもらした。しかし、清沢の手のひらで、時代の激流を止める事は出来ないだろうと、私は滑稽味を感じた」

註・一　4月18日朝日新聞のコラム「私の視点」には、濱野の子供じみた「ヤシマ作戦」に対する返答のように藤本貴之（メディア構造論）の文章が載っている。そうした節電キャンペーンには「しかし、国内だけで1200万人超ものユーザーが一斉に電子情報機器の電源を切るといった発想はなく、節電を呼びかける無数のメッセージが発信され続けた。だが、例えばグーグルで情報を検索すると、1回7グラムの二酸化炭素が排出され、検索約2回で「やかんでお湯を沸かす排出量」になるという。検索が1日で億単位になるネットは、巨大な「電力消費装置」でもある」と、つつましい数字を列挙してのつつましい反論である。

註・二　加藤陽子が原発を「「許容していた」私」と、あえて一人称で書くことについては、日本ペンクラブ編の作家、詩人、歌人、批評家等51人の執筆者による『いまこそ私は原発に反対します。』ともども、一九九一年二月の湾岸戦争下、「私は、日本国家が戦争に加担することに反対します」という文学者の出した「声明」に「私たち」ではなく「私」という一人称を使用したことがいかに画期的であるか、当事者たちが誇らし気に語っていたことを思い出さずにはいられない。

当時の新聞記事（'91年2月22日）には、声明に名を連ねているのが、中上健次、柄谷行人、津島佑子、島田雅彦、田中康夫、川村湊氏ら、全部で42人であることが紹介され、田中氏が「声明を『私』という名前にしたのは、各人が自己の責任において運動してゆこう、という思いの表れ」と語ったことが書かれている。

同3月30日の「ワイド文化」には、大々的に反戦特集を組んだ詩歌専門雑誌「鳩よ！」の編集長の「イラクが流した油に汚れた、として伝えられたウミウの姿に、これは……と。何かを感じない人はいないと思ったのがきっかけ」というコメントが紹介されている。後にこの黒い原油で汚れた海鵜の写真はＣＩＡが意図的に流したものだということが判明するのだが、だからといって、何も変化したことはなかった。3月3日付け「ワイド文化」にはまた、文芸批評家の加藤典洋が「中央公論文芸特集・春季号」の「文明季評」に時評ではなく、イラクの15歳の少年の戦時下日記というフィクションのかたちで文章（「聖戦日記」）を書いていることも紹介され、加藤典洋の言葉として「文学者の言葉が政治学者の文章と同じになってしまった。こういうものがでてくるのはなぜかと、批評するにたる文学に出合えない時には、批評がフィクションになるしかない」と話したことが載っている。

「新聞、雑誌、本などから情報を得、少年の日常生活のきめ細かい描写がある。実際にイラクに住んだ経験がある人間に原稿を見てもらったそうだ」が、こうした批評行為を言いあらわす言葉があるとしたら、おそらく、真摯で重々しい想像力という言葉だろうか。「未来」は常に少年たちのものなのだから、震災と原発事故のニュースをカリフォルニアで知ることになった加藤典洋は「死に神に突き飛ばされる」（「一冊の本」'11年5月号）経験をしたため、高橋源一郎はその文章を'11年5月26日の朝日新聞「論壇時評」の冒頭に共感をこめて引用する。湾岸戦争について書いた時がそうであったように、それは、いざ、という時なので批評の言葉というよりは、真実を語るためのメルヘンというかフィクションに近い言葉になる。

「これまでに経験したことのない、未知の」「自責の気持ちも混じった」「悲哀の感情」を抱いた理由は「大鎌を肩にかけた死に神がお前は関係ない、退け、とばかり私を突きのけ、若い人々、生まれたばかりの幼児、これから生まれ出る人々を追いかけ、走り去っていく。その姿を、もう先の長くない人間個体として、呆然《ぼうぜん》と見送る思いがあった」というのだ。すでに、少年の日記というフィクションで語るという余地さえないわけだ。

加藤陽子は知的階級の責任を深く自覚して原発を「私は許容していた」と書くのだが、'11年5月2日の朝日新聞の投書欄には、「私は原発造らせた覚えない」という東京都の無職74歳の女性の投書が掲載されている。先行する「事故の一因、我々の生活にも」という投書の「自販機もネオンも高速道路の電灯もみな、私たちが要求し続けた結果だ」という自省的内容に対する「反発」を感じる女性は、昨夏の猛暑で高齢者が亡くなったが、私たちはエアコンなしでは暮せない都会の家に住まざるを得なくてエアコンを買わされ、地デジテレビを要求したことはなく、布団カバーやシーツ以外は手洗いだから二槽式洗濯機で十分なのに、壊れたので買い換えようとしたら、ほとんどが全自動で乾燥機付き、「業界の思惑で、ぜいたくな家電だらけの生活に追い込まれていると痛感」する。しかし、この、今になってやっと「声」を出して「要求したことなどない」と書いた女性も含めて加藤的には、「「許容していた」私」という範疇に入るわけである。

水撒く人々と「ありふれたファシズム」

二〇一二年十月

'11年3月26日に斎藤環が福島の原発事故について楽観的に考えていたのとはほど遠い状況にあった'11年4月27日、朝日新聞文芸時評の、小気味良いガサツさが「文学」にカジュアルな印象を与えて好評だった批評(?)の書き手である斎藤美奈子は、「「文学者の戦争責任」が取りざたされた時期」があったのだから、「ならば「文学者の原発責任」だって発生しよう。安全神話に加担した責任。スルーした責任」と書くのだったが、もちろん、だからといって、むろん本気で責任を追及するわけではない。そう書いてみるだけだ。

文学者の戦争責任など、「転向」が「文学者の「内面」」にもたらした「暗さ」に比較すれば、ほとんど不問にされたようなものだろうが、「戦争責任」と「文学」という言葉が関連づけられて使われた例として忘れ難いのは、すでにかなり高齢だった昭和天皇が'75年の記者会見での

「原爆投下は気の毒だが、やむをえなかった」という意味の話題をよんだ発言の前に、天皇の戦争責任について質問され、自分はそういう言葉のアヤについては文学方面をあまり研究してないのでよくわからない、と答えたことだった。

この答えになっていない答え（意識的に質問をはぐらかしたというわけでもないのだろうが、答えない、という意志ははっきりと感じられた）について、会場にいたジャーナリストたちは、なんとなく、沈黙してしまうのだった。当時のジャーナリズムでは原爆投下についての発言に触れることが多く、「言葉のアヤ」と「文学方面」発言についてはあまり言及されなかった記憶がある。「文学者の戦争責任」があるのなら「文学者の原発責任」だって発生するだろう、という文芸時評の文章を書き写しながら、ふと、言葉のアヤと文学方面のことはわからないという昭和天皇のピントのずれた発言を思い出したのだ。

'11年九月号から文芸雑誌「新潮」に「〝フクシマ〟、あるいは被災した時間」というタイトルで連載された斎藤環の文章は「フクシマ」という表記への反省を含めて『原発依存の精神構造——日本人はなぜ原子力が「好き」なのか』とタイトルを改めて単行本として上梓された。

当初、斎藤が極めて楽観的に考えていた原発事故の事態の変化と、震災後に様々な表現者たちが、いわば「非常時のことば」（高橋源一郎）として、その場と時に遅れてはならないという真摯な脅威と感動をもとに、手持ちでありあわせの言葉と知識のブリコラージュとして発したメディアへの過剰適応の様々な事象に批評的に触れながら、さらに、それまでまったくの無知だった原発と原子力について書きながら学ぶことによって、タイトルも変化し成長したわけである。

「無根拠な楽観主義」者でもあった斎藤は、あとがきに、東日本大震災後に作られた村上隆のドーハでの大展覧会に出品された大作『五百羅漢図』(私には芸術=商品としての自由主義経済の肯定にしか見えないが)と、楽観主義においては確かに斎藤をしのぐ年季の入ったナイーヴな表現者で映画監督である大林宣彦の『この空の花』を「特筆すべき」作品として高く評価する。

「東日本大震災」を「かくもみごとな換喩表現として開花」させた「この素晴らしい事実を忘れずにおこう。そしてここから、再び〝表現としてのデモ〟や、〝批評としての脱原発〟について考え続けていこう。それがナイーブな攻撃性の発露に終わらず、苛立たしいほど誘惑的なパフォーマンスであり続けますように。爆弾ではなく花火が、隠喩ではなく換喩が、「交渉」のための「しなやかな武器」であり続けますように。」と、「精神医学的に正当な」脱原発本の「あとがき」に、いわば、思索型ヤンキーとでもいったハイテンションの躁状態で祈るのである。

しかし、そうした学びつつ祈りの言葉で終る「たんなる感傷ではなく」「思想的、あるいは精神医学的に正当な選択」としての「脱原発」の書物よりも、'11年の七月に素早く集合した五人（市田良彦、王寺賢太、小泉義之、絓秀実、長原豊）によって行われた座談会を中心に編集されて同年十一月に上梓された『脱原発「異論」』（作品社）に共感する読者も少なからず存在するだろう。

たとえば、災害時の医療行為についての、感動的なお手本で有益かつ実践的な助言に充ちた本として語られ、被災地を見舞う皇后に癒しとしての花束を持つことを選択させもし、大江健三郎を感動させもした中井久夫（『災害がほんとうに襲った時』）について、小泉は次のように語っているが、むろん、こうした普通の苛立ちとある種の違和感が、『災害がほんとうに襲った時』について文字として印刷されたものを読んだのは、この発言がはじめてである。

「阪神大震災の時にも引っかかったんですが、彼は、自分たちがいかに病院内部をうまく組織化して医療を維持したかを、軍隊の比喩でもって得々と語っていた。今回は、彼も年をとったせいもあるでしょうが、日本国全体に軍隊の比喩を拡張している（笑）。それってどうよ？って思うわけです。」と、小泉は言っているのだが、（「軍隊」というより、昭和天皇論を含めての日本人論として中井の読みにくい文章は書かれているという印象が強いのだが、いずれにしても、批判を眼にしたことがないのは『災害がほんとうに襲った時』につきまとう献身的な医療者たちのモラルに関する神話性にもよるのだろうし、ほんとうに襲った時という言葉の持つ、当事者ならではの迫力にもよるだろう。つい、医は仁術とか白衣の天使という、古風な言い方をすればキッチュな言葉を思い出しつつ読むことにもなる。）たとえば、'11年5月15日の朝日新聞書評欄では保阪正康がこの本の「心に響く金言」性を熱をこめて賞讃しているが、これは一般的なイメージとしての中井への評価の典型だろう。

「東日本大震災から12日目の3月22日の記述に、日本人は「無名の人がえらいからもっている」と外国人に答えつづけてきたとある。その意味を私たちも改めて知る必要がある。とくに著者は、戦地で東北人の部隊が略奪行為をしなかったとの中根千枝の書をあげ、「勇敢で規律正しいのが東北兵」と評しつつ、日本人を代表する性格は東北人であるとの私見を明確にする。」と書いている。その真偽は知らないが、大災害に見舞われると人は、歴史をひきあいに出して被災者を賞讃するものらしい。そうやってはげましているつもりなのかもしれない。

中井は『災害がほんとうに襲った時』に、エリアス・カネッティの『群衆と権力』の書名を出し、人間集団がある臨界点を越えると突然「液状化」して「群集《ママ》」と化し、個人では全く考えられないような掠奪、暴行、放火などを行うという論点を引用する。「米国」と違って「神戸ではそれがみられなかった」ということは日露戦争以後はじめて日本が世界からほめられた事態であったと、書いているが、レベッカ・ソルニットの『災害ユートピア』には、日本にかぎらず、アメリカやほぼすべての被災地で見られるのは一時的なものであるにせよ、無数の利他的な暖かい思いやりに充ちた行為であることが示されているのだ。

中井が眼にした神戸の被災者たちの優しいふるまいは、東日本大震災の被災者が外国のメディアから受けた日本人の秩序と礼儀正しさと我慢強さという評価と同じように、日本人に特有のものというわけではあるまい。

中井は、自分が神戸の住人たちの反カネッティ的秩序正しさについてわざわざ書くのは、何年か後に、ユダヤ人絶滅計画や南京虐殺が存在しなかったという類いのリビジョニストのような者が「神戸の平静は神話だった」と書き出すかもしれず、「そのタイトルの文字が私にはもう目に見えるような気がする」からなのだが、何年か後どころか、当時すでに、焼け跡の商店で和気あいあいと身を寄せあうように焚火を囲んで住民やボランティアの助けあいについて語る人々を映し出すテレビの中継画面の中で、取材に現地を訪れていた映画監督大島渚は、焚火の反映を顔に受けて、というより、怒りで顔を紅潮させて、一歩この道の裏に入れば強姦された女性たちが何人もいるんですよ、盗みだっていくらだってありますよ、私は神戸の人たちから話をききました、なんでそういうことを隠すんだ、と叫んでいたのだったが、そうした発言は「御法度」とばかり東京からやって来て震災にショックを受けて頭が一時的におかしくなった、性交場面が売りのポルノ映画の監督の言動とでもいったように無視されたのだった。

中井の名著から文章を引用すると「もとより神戸の人間は絵に描いたような優等生ではない。

「中国にはハエが一匹もいなかった」と文化大革命のころに宣伝されたような意味では、多分絶無とは言えないだろう」という珍妙で唐突なことわり（中国のハエ云々は、親中国共産党のメディア関係者の広めた滑稽なプロパガンダという意味なのだろう）をわざわざ書いてから、「毛を吹いて疵を求めるならばいくらかの事例はあるだろう。いや神戸の犯罪率は仙台の十倍といわれてきた（もっともこの種の統計は過信できない）。放火も暴行も多いほうではなかったろうか。しかし、ふだんより格段に少なくなったという印象はぜひ記しておきたい。」ということになる。

しかし、メディアはその後、オウムのサリン事件と、まさに神戸でおきた酒鬼薔薇事件を震災後のある荒廃として結びつけて語ることになるのだが、それはまた別のはなしだ。

中井の強引にさえ見える人々の秩序正しさの賛美は『見上げてごらん夜の星を』や『上を向いて歩こう』という、史上最大の死者数になった日航機の事故で死んだ坂本九の歌っていた流行歌を何人もの、歌手を含めた有名人がワンフレーズずつを歌うという、震災地に流されたサントリーのコマーシャルの一つの目的を何人もの声によって遂行するというスタイルと重なっているように思えたものだった。現在はNHKで、何人かの有名人が手に手に一輪のガーベラを持って『花は咲く』という新しく作られた絆ソングを歌って、そのセンチメンタルなきずなスタイルを踏襲しているのだが、いわば、それには、デモのような、あるいは国歌のような斉唱ではなく、むろん、ハーモニィーとして成立するコーラスでもなく、個々の人間が集って同じ歌の部分を歌って一曲を完成させるという、休日のボランティアといったおもむきもあり、湾岸戦争下、日本の文学者たちの「私たち」ではなく「私」を主語とした反戦声明（「水撒く人々」の項、註・二を参照）も連想させる。

そして、手に持った一輪だけの花は、被災地の避難所を訪れた皇后に水仙を渡した被災者の婦人の印象的な仕草を思い出させもするのだし、そもそも、「水仙と一輪の花と皇后陛下と福井県の一精神科医」のもたらした花の力については中井久夫が『災害がほんとうに襲った時』で印象的に語っている。

様々な別の歌い方の別の声（性別も年齢も立場も様々ではあるけれど、テレビでおなじみの有名人というところで同じで、東北出身で同じで日本人というところでも同じ）が、美しく単純な花のかたちをしたガーベラを一輪手に持って、結局は同じ歌を歌う心地良い個人主義的で民主主義的な感傷的な歌声を、私たちはどんな時でも必要としているのだ。

ことにあたって、感傷的であることや多少の調査不足を少しも恐れない、とでも言ったスタンスで書かれた斎藤環の緊急評論とも呼ぶべき『原発依存の精神構造』には、「日本人はなぜ原子力が「好き」なのか」というサブタイトルが附されていて、文学、映画、美術、サブカルチャーに登場する「核」と「原子力」に触れ、村上隆のドーハでの大展覧会にくらべて、はるかに原発問題に密接でより「現在美術」である、若い芸術家集団Chim《チン》↑Pom《ポム》が渋谷駅構内の岡本太郎の壁画「明日の神話」（第五福竜丸の死の灰被曝がモチーフとして描かれている）に福島原発事故のイメージを付け加えた「あまりにも有名な事件」を、斎藤は「このうえなく見事なパフォーマンスたりえている」と高く評価する。

Chim↑Pomが文句なく尊敬しているという、反核の壁画の作者である岡本太郎については、「人類の進歩と調和」のスローガンと関西電力による「万博に原子の灯を」のキャッチフレーズのもとで開催された'70年の大阪万博のシンボル的存在、巨大で滑稽で幼稚な（そして図々しい自己愛の）「太陽の塔」を、万博会場全体のコンセプトを作った（万博の前にはオリンピック競技場、後には東京都庁とフジテレビ本社のデザインをした国民的で国際的な建築家）丹下健三への反骨的芸術家の抵抗的反論と見る無邪気きわまりない視点もあるらしいが（去年、NHKで放映した岡本の伝記ドラマ――というか再現ドラマ――ではそうした安っぽいロマン主義的な太郎神話の立場を採用していた）、絓秀実は「太陽の塔」について次のように書く。

「「明日への神話」が反核絵画だとして、しかし、「太陽の塔」は原発翼賛・推進のモニュメントなのである。岡本太郎は、少なくとも私見の範囲では、『黒い太陽』（一九五九年）や『私の現代芸術』（一九六三年）以来、原爆の悲惨さを告発する一方、原子力の「猛烈なエネルギーの爆発。夢幻のような美しさ」を賞讃していた。（中略）岡本太郎は、当時の過半の「進歩的」芸術家と同様に、反核であり、原子力（もちろん、原発を意味する）の平和利用派だったというに過ぎない。大江健三郎でさえ、一九七〇年刊の『核時代の想像力』では原子力の平和利用に積極的に賛意を表しているのである。文学者や芸術家の認識とは、その程度のものだ。その程度のものであることを、彼らは隠蔽してはならないはずである。／岡﨑乾二郎も別のコンテクストから導出しているように、「太陽の塔」が「太陽＝核エネルギーを体現していた」ことは間違いないだろう（岡﨑「芸術の条件」第一回、『美術手帖』二〇一一年二月号）。事実、大阪万博以降は、政府・電力会社・学界による、原子力の平和利用がいかに正しいかのプロパガンダの歴史だった。／Chim↑Pomの介入は、まったく的外れだったわけである。彼らがやるべきことは「太陽の塔」が批判のターゲットだと分からせるよう介入することであった。ところが、Chim↑Pomがやったことは、岡本が反原発の思想の持ち主だったという偽の「神話」（まさに、「明日の神話」である）を流布することに貢献しただけである。そして、そのことは岡本が「国民的」な芸術家であるとするジャーナリズム、アカデミズムのプロパガンダと一体となって、かつての「国民的」なコンセンサスであった「原子力の平和利用」という思想の歴史性を隠蔽する。「国民」は昔から――潜在的には――反原発だった、なぜなら「国民的」芸術家・岡本太郎がそうだったからだ、というわけである。」（「「太陽の塔」を廃炉せよ」『脱原発「異論」』）

「非常時にはことばが失われる。」

二〇一二年十一月

高橋源一郎の『日本文学盛衰史』は伊藤整文学賞を受賞した作品だが、伊藤整といえばジョイスやロレンスの翻訳家としても知られ、戦後昭和二十七年に書きはじめられた大著『日本文壇史』や『我が文学生活』、『小説の方法』などでも有名で小説家でもあった。

私は、この三種の書物を読んでいない（今後も、読むことがあるかどうかと言えば、まず読むとは思えない）から知らないのだが、伊藤整の二種類の書物（いわば「公」の文壇史と、私的な文学生活について書かれた）の中で、山田風太郎の『同日同刻——太平洋戦争開戦の一日と終戦の十五日』に引用されている伊藤自身の「十二月八日の記録」のような体験と文章はどのように扱われているのであろうか。

後に日本文壇史を著わそうと考えるだけあって、高商時代の上級生小林多喜二をはじめ様々な文学者と交流をもち、世界の現代文学の潮流にも深く関心のあった才能あふれる三十七歳の知的作家は、昭和十六年十二月八日、速達を出すために家を出て電車道へ出る途中、宣戦布告とつづいてハワイ空襲のラジオニュースが人家から流れて来るのを耳にする。「急激な感動の中で、妙に静かに、ああこれでいい、これで大丈夫だ、もう決まったのだ、と安堵の念の湧く」のと同時に「米英相手の戦争に、予想のような重っ苦しさはちっとも感じ」ず「方向をはっきりと与えられた喜びと、弾むような身の軽さ」を感じ、「この記念すべき日の帝都を見ておかねば」と売り出し中の知的な作家(英米の知的潮流に深く通じていたはずの)は町を歩いて人々を観察する。『同日同刻』にその文章が引用されている何人もの高名な文学者たちのほとんどが、この日、伊藤整と同じように、世界が変ったという気持ち(あたかも、「3・11」に少なくない文学者やメディアの書き手が感じたように)と同時に「身体の奥底から一挙に自分が新しいものになったような感動」を持ったことを語っているのだが、中には例外もあった。

東京帝国大学医学部の学生だった加藤周一は、自分の他に四、五人の男しか入場していない新橋演舞場で、中止されることもなく上演されていたのが不思議な、古靱太夫《こうつぼだゆう》が「遠い江戸時代の町家の女となり、たったひとり、全身をよじり、声をふりしぼり、歎き、訴え、泣いてい」るのを聴き、三十歳の野口冨士男は新宿「昭和館」に、もうこの日を境に見ることが出来なくなるだろうアメリカ映画(その日のプログラムは、グロテスクなくらいに楽天主義なあまり、ニヒルにさえ見えるフランク・キャプラの議会制民主主義の讃歌、『スミス都へ行く』）を見に出かける。右隣りのカフェから「まことに傍若無人な感じで、日本の緒戦を告げるラジオ放送と軍艦マーチ」の音が鳴りひびいてくる間から「なんとかジーン・アーサーの声を聞き取ろう」として（註・二）「彼女の顔だけを食い入るようにみつめ」るのだし（「暗い夜の私」）、谷崎潤一郎にいたっては上野の蛇の目寿司でこっそり店に出している「鮪《まぐろ》の凄い奴を大きな切り身にしてビフテキ風に焼い」たマグテキと灘の生一本を食通の友人と一緒に味わい「而《しか》もその晩は開戦当日のことなので、私は必ずフィリピンかハワイ辺から時を移さず爆撃機が襲来することと思い、ビクビクしながら食べていたが、そのスリルの故に一層その夜のマグテキは美味に感ぜられた」（「高血圧症の思い出」）という馬鹿ぶりである。

今年、『さよならクリストファー・ロビン』で谷崎の名の冠された文学賞を受賞した高橋源一郎は、こんな時期だからこそ戦時中非国民と呼ばれた作家の名の文学賞をもらえてうれしい、とツイートしたのだそうだが（朝日新聞夕刊'12年9月25日の塩倉裕記者によるインタヴュー）、「非国民」はとりあえずさておき、では、「こんな時期」とはどんな状況を意味しているのか。

インタヴュー記事のタイトルは「3・11後続く表現の「戒厳令」高橋源一郎の新刊「非常時のことば」」で、ここでは〈東日本大震災〉という政府の名付けた正式名称ではなく、福島ではなくフクシマと表記された事態と似ているグローバリズム的思考によってメディアで盛んに使用され、今でも使用されている〈3・11〉が使われている。
〈3・11〉という中黒《なかぐろ》の入った数字によって表記され、音として口にされる時には、サン、テン、イチ、イチと発音される言葉＝数字、イチイチが重なっているというので並べられることがかなりあったのが、なぜか自然災害とは関係のないテロによる自爆のビル破壊の9・11（キューテンイチイチ）であったが、高橋に「非常時」や「ことばの戒厳令状態」という言葉を選ばせたのは、二つの数字の間のナカグロをテンと発音し、二桁の数字をジューイチと読まずに二つの数字を並べて読む歴史的日付として、最も名高い〈2・26〉という言葉の響きのせいであったかもしれない。現行の憲法で戒厳令は認められていないが、明治憲法によって定められた唯一の布告資格保持者である昭和天皇がそれを布告したのがニーテンニーロクであり、言葉の持つ意味よりも音感に鋭敏な詩的感性の高橋（たしか、萩原朔太郎賞の選考委員でもあったかもしれない）の連想は、そう呼ばれる日付けの持つ不穏な響きに素早い反応を示したのだろう。

さて、山田風太郎の文庫本にしてわずか二六四ページの小著『同日同刻』（文春文庫）をもとに、十二月八日対米宣戦の奉読と真珠湾攻撃のラジオ報道を耳にした、主に文学者の記した文章を、いくつか引用してきたのだったが、この日付けがナカグロのイチニーテンハチと呼ばれないのは（ハッテンイチゴーと、終戦の日が呼ばれることがあるのに反して）、もちろん、音感がよくないせいであろう。そして、この日は、ジョン・フォードの、パールハーバーを扱ったドキュメンタリーの『ディセンバー・セブンス』というタイトルが示すように、現地のハワイでは七日なのだ。9・11が、日本では十二日であったように。

ところで、3・11以後、言葉がどう変り、どのような言葉が求められているのか「時代や分野を超えて思索をめぐら」す高橋は、インタビューで、「非常時」とは「ことばの戒厳令状態」だと語る。「こんな時期にそんなことばを発してはいけないという『自粛』が始まって、自由にモノを言いにくい空気が広がった。それは今も解除されていない。対立的で狂信的なことばが多くて、ゆるくて楽しいことばは見かけにくくなっているよね」と、記事は、あえてこの意味のよくわからない文脈に、「よね」というゆるいというか、少し甘ったれて同意を求める時に使用されるいかにも高橋的な親しみやすい話し言葉の語尾を付け加えるのだが、「こんな時期にそんなことばを発してはいけない」という「自粛」が、どのように行われているのかということは、「対立的で狂信的なことば」同様具体的には一向にわからない。

そのせいで、言葉を使用して何事かを書いている者として、これは「自分の胸に訊いてみな」と高橋に言われているということなのか、と、耳というか眼を疑いたくなるのだった。続けて高橋は、苦渋に満ちた表情で、とまではいかないものの、ひたむきに現実の物事と言葉に取り組む作家として語るのである。

「非常時にはことばが失われる。でも作家はことばを失っちゃいけない。戦争中や直後に坂口安吾や太宰治がしたように、一人だけでもしゃべらないと……。みんながことばをなくして困っているときに、間違ってもいいから最初に何かを言う。それが作家の仕事なんだと思う」

嫌味のためにするのではないのだが、『同日同刻』の前半の章、十二月八日「最初の一日」に引用されている坂口安吾と太宰治の中の「私の人間は変ってしまった」と小見出しのつけられた文章を引用しよう。私も作家なのだから、何かを（間違ってもいいから）言いたいところだが、しかし、孫引きの引用でことは足りるかもしれないではないか。誰がしゃべらなかったのか。

七十九歳の徳富蘇峰は「近世日本国民史」の「征韓論」の章を書いていたのだが、ラジオを聞くや「予は筆を投じて、勇躍三百。積年の溜飲始めて下るを覚えた。皇国に幸運あれ、皇国に幸運あれ」と念じたという文章の引用に続いて、「この年「ろまん燈籠」「新ハムレット」などを発表し、十月文士徴用を受けたが胸部疾患で免除された三十三歳の作家太宰治は、一主婦の記録に託してこう書いている。」と、山田風太郎は引用する。

「しめ切った雨戸のすきまから、まっくらな私の部屋に、光のさし込むように強くあざやかに聞えた。二度、朗々と繰返した。それを、じっと聞いているうちに、私の人間は変ってしまった。強い光線を受けて、からだが透明になるような感じ、あるいは、聖霊の息吹きを受けて、つめたい花びらを胸の中に宿したような気持。日本も、けさから、ちがう日本になったのだ」

恋する開戦というか、太宰の書く主婦は戦争を、まさしく新しい何かとして受胎するのである。また太宰はこの日の午前中の「ラジオの放送ぶり」についても書いている。

「けさから軍歌の連続だ。一生懸命だ。つぎからつぎと、いろんな軍歌を放送して、とうとう種切れになったか、敵は幾万ありとても、などいう古い古い軍歌まで飛び出して来る始末なので、ひとりで噴き出した。放送局の無邪気さに好感を持った」（傍点は金井）

もちろん、決定的な非常時である戦時下でも、こうしたゆるくて楽しい調子のことばを、いつの時代でも作家は書けるのである。

次に書きうつすのは坂口安吾の場合である。

翌年の三月に『日本文化私観』を発表することになる三十六歳の作家は小田原の知人宅で大酒を飲み、翌朝戦争のニュースを聞くが、タイ国境の小競合いくらいなものだろうと考えて、魚を買いに目抜きの商店街なのに人通りの少ない町へ出る。

「街は軒並みに国旗がひらめいている。街角の電柱に新聞社の速報がはられ、明るい陽差しをいっぱいに受けて之も風にはたはたと鳴り、米英に宣戦す、あたりには人影もなく、読む者は僕のみであった。／僕はラジオのある床屋を探した。やがて、ニュースが有る筈である。客は僕ひとり、頬ひげをあたっていると、大詔の奉読、つづいて、東条首相の謹話があった。涙が流れた。言葉のいらない時が来た。必要ならば、僕の命も捧げねばならぬ。一兵たりとも、

敵をわが国土に入れてはならぬ」（「真珠」　傍点は金井）

当時四十歳だった病妻物で知られた私小説家の上林暁はニュースを聞いて「今朝来たばかりの新聞だけれど、もう古臭くて読む気がし」なくなって、「我々の住む世界は、それほどまでに新しい世界へ急転回したことを、私ははっきりと感じた」のであり、いつもぐずって仕方のない五つの女の子を抱きあげて「この際活《かつ》を入れておこう」と「アメリカと戦争がはじまったんだから、もうぐずぐず言っちゃ、駄目だよ。好い子で居さえすりゃ勝つんだから」と説教し、そういう言い方が「今朝はちっとも不自然でなかった」し、子供は素直にうなずいた（「歴史の日」）と書いている。

後に「欲シガリマセン勝ツマデハ」という小学生の作った標語が標語のコンクールの優秀作として広く知られるようになるのだが、その下地は、日本の代表的私小説家（いわゆる破滅型ではなく、幻想味と透明感にあふれた作風と称された）によるこうした家庭教育にもその下地があったわけである。そして、3・11について論じる若い社会学者はこの標語を花森安治が作ったのだと誤解して腹を立てるのだった（註・二）。安吾は戦後、税務署との闘いの顚末を「負ケラレマセン勝ツマデハ」のタイトルで記すことになる。

「非常時」に、「ことば」は本当に失われるのだろうか。むしろ、盛大に費されるのである。

「ＳＷＩＴＣＨ」の’11年5月号は五十四人のアーティストやタレントや詩人や作家や写真家

による「世界を変えた3日間、それぞれの記録2011・3・11―13」という特集を組んでいて彼等は大いに（それほど重大なことを書いているわけではないが）、しかし、「ことば」を語っているのだ。昭和十六年十二月八日の「私」について書いた作家たちは誰もが「世界が一変した」という実感を様々に持つのだったが、3・11を経験（あの大災害を東北で経験したわけではなく、ほとんどの者たちがテレビの画面を見つづけることになった）した「SWITCH」の日記の書き手たちは、特集の高揚した悲劇的調子のタイトルのように「世界を変えた3日間」とまでは考えていなかったようである。それに被災者にしてみればこの現実は「世界を一瞬にして変えられた」体験だったはずで「世界を変えた3日間」などという虚ろな言葉とはなんの関係もないのだ。「世界を変えた」という主体の意味がはっきりしている言い方から、普通はロシア革命のルポルタージュを書いたアメリカのジャーナリスト、ジョン・リードの「世界をゆるがした十日間」を連想するだろうし、仮りに日本が本当に脱原発することが出来るとしたら、後にこの震災をそう呼ぶ人々もあらわれるかもしれない。

昭和十六年当時、日本はすでにアジアでの帝国主義侵略戦争の最中にいたのだが、米英への宣戦布告によって、知識階級の人々は決定的に、「周囲の世界が、にわかに、見たこともない風景に変るのを感じた」（加藤周一『羊の歌』）のだった。

そうした非常時下、「ことばが失われる」という状態にはこういうケースもあるだろう。当時旧制広島高校の一年生だった林勉は書いている（東大十八史会編『学徒出陣の記録』）。「その朝の授業は、鬼のあだ名で文科生に最も畏怖された雑賀《さいが》教授の英語だった。廊下のマイクが臨時ニュースを伝えると、教授は廊下に飛び出して、頓狂な声で、〝万歳〟を叫んだ」というのだが、教授からは、まさに「ことばが失われ」「万歳」という職業柄の知性を超えた簡潔な短い言葉が繰り返される。戦後、この雑賀教授は広島原爆死没者慰霊碑の「安らかに眠って下さい。過ちは繰返しませぬから」というほとんど私的としか言いようのない言葉を書くのである。そして、「非常時」に「ことばを失う」のとは正反対に、輝かしく高揚する新しい言葉をつかみ取った詩人もいる。

同年『智恵子抄』を上梓した五十九歳の高村光太郎は「頭の中が透きとおるような気がした。／世界は一新せられた。時代はたった今大きく区切られた。昨日は遠い昔のようである。現在そのものは高められ確然たる軌道に乗り、純一深遠な意味を帯び、光を発し、いくらでもゆけるものとなった。」（「十二月八日の記」）

ところで、’82年、『反核――私たちは読み訴える　核戦争の危機を訴える文学者の声明』という「反核」運動のための岩波ブックレットの表紙には、’42年に作られた高村光太郎の「種蒔く人」のレリーフの写真が大きく使われている。

註・一　戦後生れの私たちの世代の者は、ジーン・アーサーを『シェーン』の開拓農民の、少年のおかあさんと思いがちだが、野口冨士男の世代の者にとっては、セクシーなハスキー・ボイスの知的な美女だった。この声は甘ったれているようにも聞えて女性には人気がなかった（たとえば、女優の高峰三枝子がそう発言していた）らしいが、この時、軍国の音にあらがって野口が聞き取ろうとした声として、絶妙な対比となっている。ハワード・ホークスの航空冒険映画『コンドル』（'39年）では、ジーン・アーサーがハスキーな声でジャズを歌う素晴しく魅力的なシーンがある。

註・二　昭和十七年に大政翼賛会と複数の新聞社の募集した「国民決意の標語」の入選作十篇に「足らぬ足らぬは工夫が足らぬ」と共に選ばれている。この標語の成り立ちをあきらかにしたのは自分の受けた戦時下教育を資料を通して徹底的に調べた「少国民シリーズ」の山中恒で、なぜか戦後ながく花森と結びつけられてきたことが伝説だったことを証明し、「欲シガリマセン」については、それを造ったのが小学五年生の少女ではなく、五十代の父親が作って娘の名で応募したものだったことも実証している。しかし、花森は大政翼賛会で宣伝部員として標語のポスター作りに才能を発揮している。（酒井寛『花森安治の仕事』、早坂隆『日本の戦時下ジョーク集――太平洋戦争篇』）

「種蒔く人」たち 1

二〇一二年十二月

『反核——私たちは読み訴える』は、その後、シリーズとして形態が定着した「岩波ブックレット」の第一号として出版されたものである。63ページ200円という、'82年に緊急出版された政治的パンフレットにふさわしい薄さ（内容とページ数において）と価格の安さと、緊急な現代的話題にタイムリーに問題提起をするスピード感（岩波書店は何事によらず、その時代時代で評価がすでに定ったことがはっきりしている物しか出版しないので、異例といえば異例な）が新鮮な企画だったのではなかっただろうか。（註・一）

この小冊子の表紙に大きく印刷されているのが高村光太郎のレリーフである。小冊子の最後のページに載っている「刊行のことば」の下段にはこのレリーフの説明が載っている。

一九三三年に岩波書店のマークとしてミレーの「種蒔く人」が採用された当時、光太郎（私たちの世代まで、高村光太郎は、智恵子と光太郎として、姓の高村を省いて光太郎と名のみで呼びならわされていたのである）は「この絵によってレリーフの原版をつくりましたが、一九四二年、創業三十年を祝う際に、改めてこのブロンズ像をつくり、岩波茂雄（岩波書店の創業者。引用者注）に贈」ったという挿話と、ミレーの「種蒔く人」を書店のマークとして選んだ理由について岩波が、「元来百姓であって労働は神聖なりという感じをとくに豊富にもっており、したがって晴耕雨読の田園生活がすきであるという関係もあり、詩聖ワーズワースの〈低く暮し、高く思う〉を店の精神としたいためです。なお文化の種を蒔くというようなことに思い及んでくれる人があればいっそうありがたい。」と言っていることが記されている。

岩波書店から出版された書物の読者は、種蒔く人が文化の種以外のものを蒔いてなどいないことを知っていたが、それはそれとして、この「核戦争の危機を訴える文学者の声明」であるブックレットに名を連ねているほとんどが戦前生れの署名者たちは、「戦争詩人」でもあった高村光太郎がミレーのあの有名な絵を元に制作したブロンズのレリーフが、ブックレットの表紙を飾っていることに対して少しも違和感を持たなかったのだろうかと、ふと気がかりになる。

「種蒔く人」は、ミレー＝高村光太郎＝岩波文化を意味するトレード・マークである以上に、大正時代小牧近江等によって発行された、インターナショナリズム、労農ロシア支持、反戦平和を標榜した雑誌であり、啓蒙的プロレタリア運動でもあったし、岩波ブックレットの『反核

――私たちは読み訴える』に詩作品を寄せている現代詩人たちは、日本の近代詩のパロディであると同時にエリオットの『荒地』の「菜園」編でもあるといった豊かで知的なひろがりを持つ西脇順三郎の「となりの家のバラの生垣には／実が赤くなっている／それにからむエビヅルの黒い実がたれている／その向うには田園の憂鬱が／海原のようによこたわっている／ただひとりミレーの百姓が／人糞をまいている」（『えてるにたす』）を思い出しはしなかったのだろうか。

「天皇あやふし。／ただこの一語が／私の一切を決定した。」「陛下をまもらう。／詩をすてて詩を書かう。／記録を書かう。」（『真珠湾の日』）と書いた詩人が、昭和二十年の空襲で全焼した本郷のアトリエから岩手の宮澤清六（賢治の弟）方へ疎開し、そこでも空襲にあい、花巻郊外の人家から孤立した雪深い山林中に三畳ほどの畳と土間のある粗末な「方丈記」を思わせる小屋を建て農耕自炊生活を七年（二十年秋から二十七年、詩人六十二歳から六十九歳までの間）も続けたのは有名であった。

戦後のニュース映画や雑誌の写真で、粗末な山小屋のイロリの前でちゃんちゃんこを着て白いヒゲを生やした、どことなくえらそうな立派な風貌の老人と、浅草のストリッパーたちに囲まれてニヤニヤと笑う前歯の欠けた、やけに顔の長い汚い感じの老人の姿を見た記憶があるが、彼らが戦時下という非常時（高橋源一郎の言う「ことばの戒厳令状態」とは、またおもむきの異る）どういう「ことば」を書いて発表し、あるいは後に発表されることになる日記を書いていたかを知るのは、ずっと後のことになる。

高橋が戦時中「非国民と呼ばれた作家」と言っている谷崎潤一郎同様、永井荷風も太平洋戦争中「時局にそはぬ」という理由で「陸軍省報道部将校の忌諱《きき》に触れ」て作品を発表出来ないという打撃を受ける。谷崎は後に当時のことを回顧して書いている。「文筆家の自由な創作活動が或る権威によつて強制的に封ぜられ、これに対して一言半句の抗議が出来ないばかりか、これを是認はしないまでも、深くあやしみもしないといふ一般の風潮が強く私を逼迫した。」と書く一方、知己朋友に頒つ私家版『細雪』を上梓したところ、「これがまた取締当局を刺激し、兵庫県警の刑事と云ふもの丶来訪を受け」るが、「その時私は折よく熱海に行つて留守だったので、家人に「今度だけは見逃すが今後の分を出版するやうなことがあつたらどうとかすると云つて脅かし」始末書を要求したり、熱海へ出張する（作家本人に事情を聞くために）と言ったりしたものの、そのようなこともなく、「その頃戦勢はます〳〵我に不利で、警察署でも人手の不足に苦しんでゐた時であるから、よほどの大事件でもないかぎり、そのやうな手数をかけることもなかつたのであらう。従つてその方の関係で当局と交渉を持つたのはそれ限りで、自分では一度も厭な應對一つするでなし、始末書一本書くこともなくて済んだのは幸運であつた。」（「「細雪」回顧」昭和二十三年十一月「谷崎潤一郎全集　第二十巻」引用文の傍点は金井）と感想を記している。

そうした意味では「幸運」だった作家を、どのような立場の者（作品を発表できないという事態を深くあやしみもしない一般の風潮の中で）が谷崎を「非国民」と呼んだのかは高橋に訊ねてみたいところである。

「非国民」はまた、昭和十七年に「シンガポール陥落に際して」という文章も書いているが、日清・日露戦争についての幼少年時のおぼろげな記憶を語る合間に、いかにも取ってつけたような紋切型のメディアの作文のような調子で、シンガポール陥落という近代日本の快報をことほぐのである。

ヴェルレーヌやボードレールの影響を受けた「近代的自我」の詩人であり、父親の光雲らによる伝統的彫刻を、ちまちました工芸品の根付けと同じと断じ、ロダンの影響を受けた日本の近代彫刻家でもあった光太郎は、その人道的な倫理精神（もちろん、「種蒔く人」であり、有名な『道程』の詩人である）によって絶大な人気があったわけだが、やけに格調高い戦争詩を書いた後、戦後はそれを反省した告白体の『暗愚小伝』や山小屋での自己流《る》謫《たく》の生活をあつかった詩を集めた『典型』（昭和二十五年）で読売文学賞を受賞し、同二十七年には、十和田湖の絵ハガキの写真で誰もが見たことのある、三人だったか二人の肉づきのよい乙女という感じの裸婦が湖畔でなぜか腕を上にかかげて手を触れあっているブロンズ像（「十和田国立公園功労者顕彰記念碑」）を青森県の依嘱によって制作した。

国立公園功労者という者たちがどういう存在でその何が顕彰されているのかは知らないが、しかしなぜ、東北の美しく澄んだ風土の国立公園の風雪の厳しい湖畔にブロンズ製の全裸の乙女たちが立って顕彰しなければならないのか、近代ヨーロッパの影響の下に、裸体（それも女性の）と自然という陳腐な主題が日本の近代彫刻に誕生したことは、それはまた別の話ということになるのだが、それはそれとして、光太郎と智恵子と言えば、私たちの世代（を最後に、と言うべきかもしれないが）の女子たちは、高校の国語か英語の教師（三十歳を過ぎていて独身の女性の場合が多かっただろう）が授業中に『智恵子抄』の一篇を朗読（というか暗誦）するのを聞かされて、なんとも居心地の悪い思いをした経験を持っているはずである。

「僕の前に道はない／僕の後ろに道は出来る」（『道程』）という口語詩は、中学の国語教科書に載っていて、賢治の「雨ニモマケズ」と同じくらいに倫理的な人生訓の詩として有名なのだが、『智恵子抄』は、知的な芸術家同士の、世間一般の男女関係とは違って知識階層の若い男女にとって理想化された純粋で崇高な愛情（お互いを認めあって尊重するばかりか、狂気になった妻を愛しぬく誠実さ！）といったものとして読まれ、何回も絶妙なキャスティングで映画化されている（註・二）。七年間の山小屋暮しという自己処罰と智恵子への愛ゆえに、滑稽でグロテスクな大言壮語の戦争詩は忘れられ、なぜか、サルトルとボーヴォワール（知的で自由なカップルの代名詞だったのだ！）の名と共に独身の女性教師によって語られたのだったし、岩波ブックレット『反核――私たちは読み訴える　核戦争の危機を訴える文学者の声明』の表紙に、光太郎の「種蒔く人」のレリーフが使われたことに、当時、誰も奇異の念など持ちはしなかったはずである。

戦争詩を書いたのはおのれの暗愚の故だったという告白的な『暗愚小伝』を山小屋で書いたことも、戦争詩を書いたことも「詩をすてて詩を書かう」という点において、そう変化しているわけではない。光太郎は、「詩」よりも重大で崇高なものがあることを信じていたからこそ、「詩」を信じたのだし捨てることが出来、それゆえに「詩」を書いたのだ。

ところで、現在ではほぼ忘れ去られているだろう「文学者の反核声明」については説明が必要だろう。

'79年のスリーマイル島の原発事故（TMI事故）後の'82年一月に「突然おおやけにされ」（絓秀実『反原発の思想史』以下の引用も）たもので、26人の呼びかけ人には「井伏鱒二、尾崎一雄、吉行淳之介、藤枝静男ら、このような政治的アクションには無縁と思われていた「大家」が名前を連ねていたこともあって、大きな話題、議論を呼」んだ、一種の事件だったと言えるかもしれない。呼びかけに応じて「当初は二〇〇人以上、後には五〇〇人以上の賛同者を集め」「最初の段階で朝日新聞（一月二十一日朝刊）が一面トップで報道するなど、マスコミも大きく取り上」げ、これに対して吉本隆明は、この運動がソ連製のソ連を利するものにすぎないという『「反核」異論』を書き、立場は吉本とは異る「鮎川信夫、中上健次、柄谷行人らの批判も相次い」だのだったが、この今なお謎の多い声明が「そもそも、なぜ、この時点で――繰り返すまでもなくTMI事故以後である――反核のみを掲げて、原発問題を括弧に入れているのか。また、なぜ、あれほどまでにジャーナリズムが沸騰してしまったのか。」「声明」賛同者のなかには「これを反原発運動につなげていこうとする左派も存在した。しかし、総体としては、原発問題を問わないことで、多数の署名を集めたにとどまり、すでに育ちつつあった反原発運動に寄与するところは、ほとんどなかったと言ってよい。」（傍点は金井）。

　中上健次は、五〇〇人以上の文学者や映画、演劇関係者、美術家などの署名したこの「声明」について、大政翼賛会的という言葉を使って、大勢の文学者が、同じ行動を一斉にとってしまうことの無気味さというか不快さを表明したのだったが、反核署名者の一人だった大岡昇平は大政翼賛会という言葉の使い方に怒りの反応を示したものだった。それは恥ずべき無知だと言うのである（『金井美恵子エッセイ・コレクション［1964―2013］3　小説を読む、ことばを書く』収録「雑多な苔」を参照)。

大政翼賛会は、昭和十五年近衛文磨らが中心となって新体制運動推進を目的として結成した官製組織であり、全政党が解散して翼賛会に参加したのをはじめとして、翼賛行動がありふれたファシズムのように広がった戦時下の、国家が作った強圧的な新体制を意味しているというわけである。それに対して、「核戦争の危機を訴える文学者の声明」は、むしろ反ファシズムの声明のはずだ、などと大岡昇平は言いたかったわけではなく、それが単なる比喩としての言葉《イメージ》ではなく、ある決定的な影響をもたらした戦時下の歴史的体制であることを忘れてなどいない人間がまだ大勢生きている時代、不用意に比喩的な言葉《イメージ》として使うなと言いたかったのだ。

もちろん、「非常時」という戦時下に使用されて、専ら国家にとって重大な危機が迫っていることを国民に強く意識させるための言葉として使われていた政治的言葉は、今や、イメージとして大災害にふさわしいのだろうし、誰が発したのかも定かではないのが特徴的な、ようするに「自粛」にしかすぎはしない「ことばの戒厳令状態」は、いつだって物を書く人間を怯えさせ抑圧し沈黙させるのではなく、抑圧を、それを内面化させ、自粛的饒舌を増殖させる。

しかし、「ことばの戒厳令状態」とはなにか? 「こんな時期にそんなことばを発してはいけないという『自粛』が始まって、自由にモノを言いにくい空気が広がった」と高橋源一郎は、それが「今も解除されていない」ことを、いわば、示唆する。言いにくい空気の広がりとは、それを読んで反応する者たちにとっては、むろん重要なことである。'11年の3・11以後の何カ月かの間、マスメディア（ツイッターを含めて）では「詩」の持つ単純な暗示性と直接性が、言ってみればコマーシャルのコピーのことばが持つ印象的な強度と同質のものとして好まれ、金子みすゞ、宮沢賢治、そして和合亮一の詩が支持された。

「大震災のさなかに、文学は可能か」というタイトルの語調が、旧世代の人間には「飢えた子供の前で文学は有効か」というサルトルの有名な問題提起の言葉を思い出させる対談（「婦人公論」'11年9月7日号）の中で、福島在住の詩人和合亮一の震災直後からツイッターで発表されつづけた詩について、川上未映子は「たとえば相田みつを的」なのだと言う。むろん、普通の言語的センスを持った読者にとって、「相田みつを的なことば」は、文句なしに最低レベルのジャンクワードと言うべきものである。

川上は、和合の「野菜が涙を流している」といった相田みつを的な言葉も、震災の当事者として書いているから「その表出は自然」なのだけれど「私が興味深く思ったのは、普段はすごく先鋭的なことをやっていて、それこそ相田みつを的なものとある意味で長く闘ってきたともいえる人たちの多くが和合さんの詩に賛同し、野菜の涙に一緒に濡れていることです」と語り、そうした状況は、「つまり、これまでの批評性が無効になってしまう」ことで「こういった非常事態では、すっと入ってくる言葉で語られるメッセージのほうが希望との親和性があって、問答無用に必要とされるんです」と、和合＝相田的な言葉が評価されてしまうことに対しての、疑問を口にする。

対談の相手の島田雅彦（震災直後、インターネットで「復興書店」を立ちあげる。初版上梓の時、版元から著者に送ってくる10冊がほとんどの作家たちのところでダブついているだろうから、それにサインをして売って、売り上げから最小限のコストを差し引いた金額――想像するだにささやかな、野菜の涙、ならぬ雀の涙というより虫の涙の額だろう――を被災地に寄付する、という行動をいち早く始めた）は、川上のもっともな素朴な疑問に対して、「災害のときって、言論自体も単純になる。また、原点回帰というか、大きな災害に際しては、リセットしてはじまりの原則に戻るということがあるんです。廃墟からもう一度生活を立て直そうとするときには、必ずライフスタイルの初期化が起きる」と、何度も大災害を実際に経験したかのように、大先輩文学者然と語り、さらに続けて「これまで先鋭的なことをやってきた人たちのハートも、思春期の少年のように初期化されたのかもしれません」と、他人事のような感想をもらす一方、3・11以後に何かが自分のなかで変わったか、という川上の問いに「ショックを受けたあとって、本質を直視せず、なるべく迂回しようとする。普段通りに考えようとしても、状況に流され、結果として創作意欲が一時的に減退した。その分、酒量が増え、文章が荒れた気がした。終戦後の焼け跡の無頼派の心境がわかる気がした。」（傍点は引用者）と、たしかに「思春期の少年」のようにナイーブというより、極端にノーテンキな、感想を語るのであった。

註・一　文学者の声明のために集った小説家の一人推理小説作家の佐野洋は「第二次大戦で私たちの先輩の大衆小説家はみな戦争協力者となったので、こんどは絶対そういう道に進まないということを、推理小説の私がやれる最低のことじゃないかと思っています。」と発言している。

註・二　'57年には、東宝で熊谷久虎監督、山村聡、原節子。'67年松竹は、中村登監督、丹波哲郎、岩下志麻。山口百恵の引退がもう少し遅かったら、友和と『智恵子抄』をやるのが、このコンビと日本映画の関係として当然だったかもしれない。

「種蒔く人」たち 2

二〇一三年一月

ところで、「相田みつを的なことば」というものは、ことばと言うよりは、かつて武者小路実篤の色紙が、大量に印刷されて庶民の家々の壁に飾られていた状況（？）を思いおこさせる物であることを指摘しておきたい。

川上未映子は和合亮一のツイッターで配信された詩の「野菜が涙を流している」といった言葉について、相田みつを的と言うのだが、武者小路の色紙は、まさしくカボチャやナスといった野菜（もちろん、涙を流しているのではなく、ゴツゴツとした素朴豊かな平常心とでもいったような）の水彩の絵に、「君は君、我は我なり　されど仲良き」とか、「この道より我を生かす道なし」とか「日々是好日」などと毛筆で書かれているのだった。それは、ある程度の高学歴層も含めた庶民の家の玄関や床の間に、色紙掛け（丸いウルシ塗りの額で下部に編房飾りが二本ぶら下っていたりする)に入ったり、カレンダーともなって、戦後のある時期まで飾られていたものである。

実篤流の、決して上手くはないけれど自由奔放で素直な小説のタイトルそのままの「お目出たき人」が描いたと思われる野菜の絵と文字は、年配者の間で人気の高い「絵手紙」のスタイルのもととなったことが容易に推測されるだろう。

それはそれとして、書家でもある(らしい)相田みつをの、「相田みつを的ことば」と言われるものも、私たちがそれを目にするのは、真筆が額装されたものか、より廉価版のカレンダーであり、私の個人的体験としては、料理はそこそこだけれど、会話に知性がまったく感じられないオーナーの経営する何軒もの飲食店のトイレット空間においてである。和風であれ欧米風であれ、ある程度洗練されたインテリアにそぐわないものだから、そこにしか飾る場所がないのだ(註・一)。元暴走族や、ヤンキー仲間が開店を祝って贈ってくれたのが額であり、焼鳥屋のカレンダーは、元ヤンキーの店主の妻が、元巨人軍の二軍選手だった義父に店に飾るようにと渡された(多分、)のである。

そうしたトイレット空間で目にした相田みつをの言葉は、人間はもともと弱くて駄目な生き物だからこそ、努力して、そこが素晴しいものなんだよなあ、といった説教と詠嘆の混った感じのもので、それが、上手とか下手とか下品といった評価とは別のところにあるらしい独特に屈折感のある親しみやすく粗野な印象の文字で書かれたものであり、誰もがどこかの明かるく清潔なトイレットで目にした言葉と言えるだろう。

自分でそれを積極的には選ばなくても、何かの機会に誰かから、親しみやすい田舎の親父的なヤンキー言葉の人生訓として贈られてしまう可能性のある言葉《もの》なのだ。

川上未映子が島田雅彦との対談で語っているのは「普段はすごく先鋭的なことをやっていて、それこそ相田みつを的なものとある意味で長く闘ってきたともいえる人たちの多く」が和合亮一の詩に「賛同」し、「これまでの批評性が無効になってしまう」といった状況がおきてしまったことについての疑問である。とはいえ、和合の詩そのものは相田みつを的であっても、震災の当事者として書いているから「その表出は自然」だと川上は言うのだ。

しかし、川上未映子自身が「すごく先鋭的なこと」に属するとも目されるタイプの小説（と詩も）を書いている若い作家であることを思い出すならば、彼女自身、震災の当事者である和合亮一の相田みつを的な詩の表出を「自然」なものと考えているように、他の「普段はすごく先鋭的なことをやっていて」「相田みつを的なものとある意味で長く闘ってきたともいえる人たちの多く」が、自分（川上未映子）と同じように思考した結果なのだ、とごく自然な流れとして考えられないものであろうか？　しかし、地金をあらわしたというのならともかく、である。相田みつを的なものにまでレベルを下げて闘うということを誰がやっていたのだろう？

問題は、震災の当事者であれば相田みつを化するのは自然、という不思議な思考である（註・二）。

島田雅彦に言わせれば、「災害のときって、言論自体も単純になる」のだし「必ずライフスタイルの初期化が起きる」のだから、先鋭的言語活動をやってきた人たちの「ハートも、思春期の少年のように初期化されたのかも」しれないということになるのだが、両者の会話の流れ上、島田の言う「思春期の少年」のような「ハート」とは、親父系ヤンキーの、洗練というものから遠い「相田みつを的なことば」ということになる。

明快な現代詩論（『詩的モダニティの舞台』）の書き手でもある絓秀実は当然『反原発の思想史』の第一章目に、「『死の灰詩集』から和合亮一へ」という項目を立てる。

和合の「南相馬市を見捨てないで下さい」という一行について絓秀実は、「実際にそうであるか否かは問わず、「見捨てる」と言うはずもない、「国民感傷」におもねっているのではないか」と書く。和合の詩は粗野な書道家相田みつをというよりは、絓の言うように「宮沢賢治という東北出身の「国民的」詩人を頻繁に参照することで適当にソフィスティケートされ」ているとはいえ、その程度は「震災直後から公共広告機構のＣＭでいやというほど流された、金子みすゞ程度のゆるいもの」であり、かつて詩人の鮎川信夫が、文学報国会編『辻詩集』（註・三）の戦後版として真っ向うから批判した、現代詩人会編の『死の灰詩集』（’54年）などよりは一見するとソフィスティケートされているように見えるが、そもそも、「詩」というもの（詩と呼ばれたり、そう自称されたりする）は『辻詩集』や『死の灰詩集』の詩人たちでさえ「その時代に見合った程度のソフィスティケーションをほどこして」いるものだろう、と絓は言う。

近代「詩」の言葉のソフィスティケーションに倫理的に敏感だった高村光太郎はだから、戦争讃美詩を書くにさいして「詩をすてて詩を書かう」と記すのだったが、震災後、絓によれば「震災直後から「バスに乗り遅れるな」（鮎川信夫）とばかりに、和合と似たりよったりの詩を多くの詩人たちが書き散らしている」のだ。詩が書き散らされる一方、私たちがメディア上で再々目にした言葉は、非常時で国難である大震災の悲惨な惨状を前に「言葉を失った」という悲痛ならめき声ともつぶやきとも聞こえる言葉だったのだが――。

あの日以来仕事（書くというタイプのである）が手につかないと書いた者は多かったし、激しい無力感には襲われるし、命とまでは言わないまでも日々精力程度のものは傾けている文学は、世の中の何の役に立つというのか、今までやってきた仕事（詩とか、高踏的で哲学的なちょっとした批評）を急に変えることなど出来ないが、だが、文学と社会が密接に関係している以上、今回の震災を境に、自分の文学の何かが確実に変わるだろう、といった意味の言葉を、震災直後から、詩人たちによって書かれ印刷された言葉として何度も読んだ記憶があるので、こうした言説は、やはり一つの典型なのだと考えざるを得ない（註・四）。

「大震災のさなかに、文学は可能か――フィクションを凌駕する現実」と、ナイーブなタイトルのついた対談の中で、川上は次のように発言する。「震災のことは、週刊誌の連載や新聞にずいぶん書」いたけれど、一個人が条件反射的に「感じたこと」を書くことに抵抗があり、「こんな状況で感受性しか持ち合わせがないのはどうしようもない気がして、できるだけ客観的なことを書くようにしました」。この「客観的」とは、自身、詩人として中原中也賞を受賞している詩人でもある川上に、和合亮一の詩（と呼ばれるもの）について、相田みつを的ではあっても「当事者としてお書きになっているから、その表出は自然なんですね」という評価に通じる自粛的発言のようなことを意味しているのだろうか？

それに対して島田は、震災直後に書かれたものは「単なるリアクションとして発信しているもの」で、ことにナイーブなリアクションの多いツイッターなどには「文字通り、腫れ物に触る感覚でのぞまないといけなかった。（しかし、この、いかにもナーヴァスに語られる腫れ物とは誰の腫れ物のことなのだろう？　引用者）物書きというのはナイーブな人の集まり（たしかに、そうかもしれないという気はする。傍点は引用者）ですが、いちばんやるべきでないのは、まさに反射で小説を書くこと」で「体験がナマすぎる状態で自分の反応を小説に描いても、未映子さんが言ったように、あとで読み返したときに恥ずかしい感覚に陥る」ことになり、体験の内面化にも、それをアウトプットするのにも時間がかかる、と答える。

それにどのくらいの時間がかかるのかと言うと、島田的には「過去を見れば、アジア太平洋戦争後にいわゆる戦争文学が始まるけれど、戦争をテーマにした作品が書かれ始めたのは1945年の終戦から2年が過ぎたあたりからです」ということになる。

細かい用語や歴史的事実については、ここでは触れないが、普通というか近代文学史的には、「いわゆる戦争文学」といった場合、明治以後の近現代の戦争をとりあげている反戦的傾向のものから、忠君愛国的通俗作品まで幅広い作品について、プロレタリア文学と転向問題などを混えて語られると断ったうえで、ここで島田が「いわゆる戦争文学」という言葉で、言おうとしているのは、多分、「戦後派文学」と呼ばれている種類のもののことだと読むべきだろう。それはその後で島田が、「3・11」以後、「終戦後の焼け跡の無頼派の心境がわかる気がした」と発言していることからも想像がつくだろう。

さて、和合亮一の相田みつを的な詩について、「これまでの批評性が無効になってしまう状況」が文壇(?)の一部に生起したことに対して川上未映子は疑問を語るのだったが、そうした疑問についての島田の反応はどういうものだったか? 「先鋭的なことをやってきた人たちのハート」が「思春期の少年」のように初期化されたのかもしれない、というのだが、しかし、思春期の少年――後に先鋭的な批評を行うことになるはずの――というものは、あのトイレット空間の言葉である相田みつを的なまでにナイーブな詩的感性で生きていた存在なのだろうか。

絆が「和合に象徴される「詩壇」の劣化」と呼ぶものは、'12年2月「朝日新聞デジタル」と「現代詩手帖」の提携による「ことのは311」という企画について語る「現代詩手帖」編集長亀岡大助の言葉からも容易に察することが出来る（朝日新聞'12年2月22日付朝日新聞デジタルのPRページ）。

「震災のあと、詩の言葉がにわかに注目を集めた」と亀岡は書いている。「評判の悪かったACのコマーシャルのなかでも金子みすゞの詩はどこかほっとさせるものがあったし、震災5日後からツイッターで詩を発信した和合亮一氏には多数の読者がついた」のは「言葉が瓦解《がかい》し、その瓦解した言葉の廃墟の中から、われわれはまず詩の言葉を探そうとした」せいであり、そのせいでこの企画が実現し、日本を代表する詩人たちの声とともに詩の言葉を発信し「難解と言われる現代詩だが、この企画は、詩の歴史をも動かす突破口になると考えている」と興奮し、詩人たちが「何を訴えたいのか、などと考える必要はまったくない」けれど、声を聞き文字を見れば「そこに新しい言葉の世界を発見するはずだ」と、さらに興奮して言いつのる。

また「極寒の地で朗読した吉増剛造氏のエネルギー（雪に覆われた、なぜか石狩川の岸辺で、死者の霊の乗りうつったイタコの老婆のようにひざまずいて朗読する詩人の写真が紙面に載っている。金井記）も動画の外側へと放射されるだろう」から「通勤電車でふと再生した人々の戸惑いや驚きを想像すると楽しい」し、なにしろ「毎朝、言葉の爆弾が電子新聞に隠されている。そんな企画である」と誇大妄想というか宣伝の文章は結ばれる。

私たちは、震災後、文章をメディアに発表する者の手の先(あるいは口の?)から、自らの苦悩を語っているかのような調子で、いく度アドルノの有名な言葉(「アウシュヴィッツ以後、詩を書くことは野蛮である」)がいとも安易に引用されるのを眼にしただろうか。それにつけても、朝日新聞デジタルによって発表された詩の言葉は、亀岡の言うように、言葉の爆弾たりえ、逆説的に野蛮たりえて(ようするに詩たりえて)いたとは考えにくい。絓秀実は、「一九八九年の湾岸戦争時に多くの詩人(だけでなく小説家も、である。)たちが、ペルシャ湾の油田の破壊によって汚染され黒い原油まみれになった海鵜の映像を「神」に見立て、それが実はCIAの情報戦略とも知らずにセンチメンタルな詩を書き散らした」(「鳩よ!」'90年5月)時には、それが『辻詩集』や『死の灰詩集』と同じだと、素朴ながらもまだ批判するという「多少のまっとうな感性」が存在していたものの、「今や、そのような素朴な感性の存在さえ許されないという、恐るべき状況が現出しているのだ」と書く。

高橋源一郎の言う「ことばの戒厳令状態」は、絓の言う「恐るべき状況」と同じものなのだろうか? 「こんな時期にそんなことばを発してはいけないという『自粛』が始まって、自由にモノを言いにくい空気が広が」り、それが「今も解除されていない」と高橋の考える状態は、あきらかに異なる。

註・一 '13年1月4日朝日新聞朝刊の、東京電力福島第一原発周辺の除染作業に、「手抜き除染」が横行している、という記事に触れながら、室井佑月は「新年から新聞を読んで、なぜか「相田みつを」さんの「にんげんだもの」という言葉を思い出している。／お正月に実家へ帰らなかったからか。実家のトイレには、相田みつをさんのカレンダーが飾られていたよなぁ。」と書く。(「しがみつく女」「週刊朝日」1月25日号)「凡夫だもの　あやまちだってある」というスタンスが、手抜き除染のいい加減なやり方と重なって見える室井は、ナイーヴに「ただ、相田さんは、そんな弱くておろかな人間だけど、反省して前を向いて行こうと、詩の中で訴えかけている。」と、いわば、全国どこにでもあるトイレット空間的結論に達する。

註・二 東北大震災直後と言っていい時期の'11年7月号で「ユリイカ―詩と批評―」は状況に即応し「宮沢賢治――東北、大地と祈り」という特集を組んでいる。この特集に和合亮一は登場してはいないが、和合がツイッターで発信した詩が、川上の言う相田みつを的なものというより、絓の言う「国民詩人」宮沢賢治的なものであることが了解されて、余計に気味が悪い。

被災者をはげますプロジェクトとして「雨ニモマケズ」を高名な俳優たちが朗読する愚鈍なプロジェクト(「マッカーサーと「雨ニモマケズ」」を参照)とは別の、繊細な感受性が鋭敏に、震災という事態を受けとめる時、賢治の言葉がいかに書き手たちにとって「啓示的」であったかを「ユリイカ」の賢治特集は強く印象づける。

震災直後、「わたしが探し求めたのは「言葉」だった」のにおびただしい情報が対立を含んであふれかえった中に「求める「言葉」はなかった。」(「鳥のさえずり――震災と宮沢賢治のbot」)と田中純(美学/表象文化論)は書く。「むしろ、祈りや鎮魂、復興への意志を語る被災者の片言隻句こそが記憶に深く残され」「そうしたなかで、驚くほど啓示的に響いたのが、ツイッターのいわゆるbot(インターネット上での自動発言システム)による」『春と修羅』を断片化した詩句で、田中はそれを「お気に入り」として登録し、リツイートする。「わたくしはなにをびくびくしてゐるのだ」「雨はけふだいぢやうぶふらない」「いつたいほんたうのことだらうか」「わたくしはいまこヽからいのる」「急に鉄砲をこつちへ向けるのか」といった断片を列記し、さすがに「いささか常軌を逸した詩の受容であることは承知している」のだが、しかし、それは「震災直後という状況下で、極端に断片化された『春と修羅』の詩句こそが、わたしの心象に強く共振する言葉であったという紛れもない事実」だったと言うのである。

註・三　反核と平和を掲げる『死の灰詩集』について鮎川は「この詩集の編集メンバーのほとんどは、かつて戦争肯定者であり、戦争讃美者であった」と指摘している。『辻詩集』('43年)は「いわゆる大東亜戦争の総力戦体制下に詩人たちが「辻々に立って詩をひさぐ」ことで報国の意をあらわそうとしたアンソロジー」であり、両詩集は執筆者も多くが重なっている。彼らは、敗戦をはさんで右から左に転向しても、「詩についての構え」に何の変化もなかったわけで、その時々の時代の、言葉を詩と称していたのである(絓秀実『反原発の思想史』)。

註・四　震災後、「微妙な変化が、ものごとの深部」に起ったと感じる詩人（小池昌代）は「不滅・永遠という概念に通じる「詩」それ自体」は不変だと信じはするものの、「わたしについて言えば、洗練という形の前進より、より原初的な詩へ、遡っていきたい」という欲求が強まると書く。「惹かれる詩は、完成を拒んでいるもの。毀れているもの。」「詩を書き、読み、選ぶなかで、沸騰する詩のマグマを素手で摑みたい。そして火傷を負いたいものです。」（傍点引用者「今月の作品選評6「ユリイカ」'11年7月号）。マグマを素手で摑みたいのはいいとして、火傷ですむと思うところがいかにも詩人である。

「だが文学は社会と密接に関係している。今回の震災を境に、自分の文学の何かが確実に変わるだろうと思う。」（鶴山裕司「夏夷」第9号'11年5月）とも、詩人は書いたのだったが、この『小さいもの、大きいこと』の連載を通して、近代史の中でいざという時、詩人たちの発した言葉や作品に多少触れることになったのだが、そうした切迫した変化への切実な願望を語るいわば「生」な言葉へのつつましい批評として、建畠晢の次の詩を引用しよう。

　私たちの淡い水。私たちは粘ったが、それでも水は淡いままだった。どこかで壊れ始めているはずの機械のように、適切な夢を見ることはできなかった。大いにうねる、そのような水は太古の逸話でしかなかった。裏庭では誰かが笑っていた。猫は無関心な目で塀の上を歩いていた。私たちの淡い水。それは不文律であったのか。淡いままの私たちの水。（中略）

激しくは揺れぬ、私たちの淡い水。どこかで壊れ始めている機械であるならば、粘ったところでそれ以上の夢は望めまい。（「私たちの淡い水」『死語のレッスン』）

八六九年「末の松山」は波に飲み込まれたのだが、百年を経ずに「彼の山に誠に浪の越ゆるにはあらず」となるのだったし、「私たちの淡い水」の中には一九八二年の反核集会で読まれた大岡信の詩（「アレクセイ・ゲルマンの死、そして…… 2」を参照）の河にはむいたキウリの皮や人間の皮膚も、言葉として浮かんでいるだろう。

「種蒔く人」たち　3

二〇一三年二月

　ところで、啓蒙する人でもある「種蒔く人」たちは、いったい、どれくらいメディアの中に存在しているのだろうか。

　「種蒔く人」の画家として有名なジャン＝フランソワ・ミレーは、高村光太郎の生れる八年前の一八七五年に死んでいるのだが、彼の意識の中では、まさしく同時代の芸術家の一人であっただろうし、私たちの世代が子供だった昭和二十年代から三十年代にかけて、ミレーはゴッホと並んで最も名前と作品の知られた画家だったが、高度成長期の公共事業による美術館建設ブームとバブル期に、日本人が高額で落札したことで、最も良く知られているのかもしれないので、白樺派の作家や光太郎が傾倒した理想主義的な倫理的側面より、むしろ芸術市場の常軌を逸した価格としての方がより知られていた時期があったものの、理想とされた農夫である

「種蒔く人」の真摯な精神は精神であり、一粒の麦死なずば、なのだから、それはやはり多くの人たちに受けつがれてはいるのだし、メディアの中で、否応なく人々はその時々にメディアに一番求められているとおぼしい「言葉の種」を蒔くという伝統がある。もちろん、その人たちが知識人と呼ばれる。

'11年の6月号（ということは、原稿は四月に書かれた）から続いているこの連載は、そうしたメディア上で種蒔く人たちの言説についての、ささやかな疑問というか違和感を書き記すことから始まったのだったが、時に不謹慎にも失笑を誘われもした文章を書きうつしながら、思い出されるのは、「終わりと始まり」というタイトルの連載コラム（朝日新聞夕刊）で「アラブの春」とも呼ばれたアラブ民主革命について、広場を埋めつくした人々が手に持っていたのは、ロシア製の自動小銃カラシニコフではなく、フェイスブックやツイッターといったソーシャルメディアによって広がる情報だったと、熱い感動を柔らかな抑え気味の文章で語っていた池澤夏樹が、'11年4月5日付け同コラムに、非常時に何かを書くということについて、自らを戒めるために書いたとも思われる文章だった。

「9・11は日本からは遠く、二〇〇三年三月二十日のイラク開戦はもっと遠かった。／だが二〇一一年三月十一日は日本で起こった。3・11は我々の日付になった。何かが完全に終わり、まったく違う日々が始まる。／正直に言えば、ぼくは今の事態に対して言うべき言葉を持たない。（中略）自分の中にいろいろな言葉が去来するけれど、その大半は敢《あ》えて発語するに及ばないものだ。それは最初の段階でわかった。ぼくは「なじらない」と「あおらない」を当面の方針とした。（中略）今の日本にはこの事態への責任の外にいる者はいない。我々は選挙で議員を選び、原発の電気を使ってきた（沖縄県と離島を除く）。反原発と言っても自家発電だけで暮らすことを実行した者はいなかった。」

ここには、あの日以来いち早く（現在でも）ほとんどの知識人が共有しているのにちがいない、いわば「強い自責に似た思いと感情」（高橋源一郎「論壇時評」朝日新聞'11年5月26日）が、きわめて率直に語られているので、この二つの、新聞紙上の文章（連載エッセイと論壇時評）は、ほとんど同一人物が書いたのではないかという気さえしてくる。それ程、書き手たちは切迫した共通の状況のただ中におかれていたのだ。「たとえば原発問題を、心の中では気にかけていたのに、結局、何もしなかった。そして、そのツケは、もっと若い誰かに回されるのだ。」

この「ツケ」が何で、それを回される「若い誰か」と言われている者が何であるのかはさておくとして、この日の論壇時評（朝日新聞の紙面では、連載小説には毎回の連載の回数が付されているが、論壇時評や池澤の連載コラムにはそれが無い）には「今回の件を受け、自分の場所ですべてを根底的に考えることを責務としたい」と考える加藤典洋の短いエッセイ（「一冊の本」'11年5月号）に触れることから書きはじめられていたのだ。加藤の「すべて自分の頭で考える。アマチュアの、下手の横好きに似たやり方だが、いわゆる正規の思想、専門家のやり方をチェックするには、こうしたアマチュアの関心、非正規の思考態度以外にはない」(「水撒く人々」の項、註・二を参照)という文章が引用されていたのだったが、そうした真摯で毅然としたアマチュアリズム的対応の重大さは、たとえば、'11年4月21日の朝日新聞オピニオン欄「3・11想定外」でインタビューに答える科学技術社会論が専門の藤垣裕子東京大教授が、「市民の科学武装」という勇ましい言葉(「3・11」は、スポーツや選挙といった「戦」としてジャーナリズムで語られる現象よりもはるかに多くの戦争や軍隊方面に関する言葉を、人々に想起させ使用させもしたのだ)を使って語ったことに通じもするだろう。またこの「市民の科学武装」によって生じた「脱出」(「様々な神話、さまざまな液状化現象」参照)が話題になったのだが、改めて藤垣の発言を引用することにしよう。

専門家の見方に幅があって言うことがまちまちだったため「放射性物質のリスクを、一般市民が自分で判断することを迫られ」たと語るのだが、実情はメディアを介して政府の発表する情報を誰も信じなかったということだろう。「ガイガーカウンターで放射線を測定して、数値をネット上で公開していた人が複数」いて「少なからぬ人が、そのデータをもとに、東京を離れるかどうかを判断していたよう(引用中の傍点は金井)」で、ネットの発達による様々な情報の流通が混乱を招いたという見方があるものの、藤垣はそうした情報をプラス評価をしていて

「受け身ではなく、自ら測定して、次の手を考え」たことが「市民の科学武装」だと語るのであった（註・一）。

「東京」の放射能汚染への怖れからの脱出ではなく、東京よりは福島に近い仙台から幼い息子を連れて具体的なあてもないまま、ただ闇雲に「西」へと向った歌人の俵万智は、「子を連れて西へ西へと逃げてゆく愚かな母と言うならば言え」と詠んだのだが（『いまこそ私は原発に反対します。』日本ペンクラブ編による51人の書き手の創作、エッセイ等を集めた内の一篇。平凡社、'12年）、福島ではない土地から放射能を怖れて逃げる（和合亮一は「私は故郷を捨てません」と書くのだし）ことについて、ある種の覚悟（愚かや自己中心的と批判されることについての）を持つ必要があったということだろう。

「なじらない」と「あおらない」という二つの言葉は、あえて漢字で表記されずに使用されることで（詰問の詰じるや煽動の煽るではなく）和語の持つ柔らか（そう）な響きを帯びて、4月5日の紙面にある種の穏やかで強靭な抒情性による詩的かつ知的な力を保障しているようにも見える。この池澤の連載エッセイのタイトルに「終わりと始まり」という言葉を借りたというポーランドの女性詩人ヴィスワヴァ・シンボルスカの「春を恨んだりはしない」（註・二）というフレーズの含まれる詩が引用され、その詩のフレーズが4月5日の回の印象的な見出しとしても使用されているせいだろう。言うまでもないことだが「春」という言葉は、人生の時間（青春）や永遠の回帰する時間（冬来たりなば春遠からじ）の最も自然でありふれた比喩として、陳腐にもあるいは技巧的（エリオットの「荒地」）にも無数に使用されてきた超詩的言葉の一つである。

かつて暴力的な共産主義独裁体制がとった文化的緩和政策が「雪どけ」と呼ばれ、「プラハの春」があり、最近では「ジャスミン革命」と「アラブの春」であり、そしてもちろん、公害による環境汚染によって、生命のたてる様々な豊かなざわめきを奪われた土地について告発する、レイチェル・カーソンの『沈黙の春』を忘れるわけにはいかないし、そもそも「種蒔く人」の活動は長く厳しい冬の間に思考や学びとして準備され、春にこそ行われるというものだろう。むろん、蒔いた種の収穫の秋《とき》を信じて――。

それに、私たちはそもそも、めぐり来る「春を恨んだりはしない」だろう。むしろ、あの春、人々は花見を含めて「自粛」をしたのではなかっただろうか。それは今でも続いているようなのだが。そして、次に思い浮かべるのは「無常」である。

「言葉よりも今は、被災地の人たちをできる限り支えたいと思い」「なぜあの人は死に、私は生きているのか」と問うた時、「無常」という言葉が浮かんでくると宗教学者の山折哲雄は語る。「先人は自然の猛威に頭《こうべ》を垂れ、耐えてきた。日本人の心のDNAとも呼べる無常の重さをかみしめています」(11年3月17日 朝日新聞 傍点は金井)という言葉の載っている同じ紙面には、原発30キロ圏の福島県川内村の全村避難の記事が載っている(十六日までに、原発は十二日に爆発した一号機にはじまり四号機までが爆発していた)ので、宗教学者のいかにもそうした専門にふさわしい「無常」という言葉は、ほぼ二年前に読んだ時、悪い冗談のように思えたものだった。

仏教の信者であるならば、この地震と津波と原子力発電所の大事故によって引きおこされた深刻な災害を「無常」という宗教的世界観の言葉で表現できるとも思わないし、まして、「日本人の心のDNAとも呼べる無常」(註・三)などと、当人には責任のとりようもない遺伝子を、疑似科学的用語として持ち出して安易な比喩に使う浅薄な自然《じねん》観には、はっきり言って嫌悪を感じずにはいられないのだが、この同じ3月17日の新聞には、ごく小さな雑報扱いの記事として、北沢防衛相が防衛省災害対策本部のあいさつで、避難者と原発という二局面に対応する自衛隊は二面作戦の中心になることを十分自覚した上で未曽有の未知との遭遇を解決していきたい、と無意識にスピルバーグの映画のタイトルを口にして語るセンスに呆れもしない記事や、16日夕菅直人首相が官邸で笹森内閣特別顧問に、原発事故をめぐり「がんばる」と述べた上で「僕はものすごく原子力(分野)には強いんだ」と語ったことが短く報じられていて、こうした非常時に権力者やメディアで発言する者が、いかに適切な「非常時のことば」を語ることがむずかしいかを知ることが出来るのだが、しかし、考えてみれば、彼等は突然、「非常時」に遭遇してしまったので、不用意にもその場になぜかそぐわないように見える言葉を発してしまったわけではないだろう。

「日本人の心のDNA」という言い方は、何もここで初めて眼にしたわけではない俗悪な紋切型の一つなのだし、この事態を「未知との遭遇」と言うのは、私たちは巨大な宇宙船が、ついに出現するのを見たわけではないのだから、防衛大臣としていかにも軽薄だと思うし、16日夕、首相が「僕はものすごく原子力（分野）には強いんだ」と言ったことも、いかにも不適切で無自覚な自惚れだったことがすぐに証明されたが、しかし、この発せられた言葉の愚かさは、非常時に発せられたからと言うより、むしろ常時彼等の発言から知ることの出来た軽薄さと自惚れと同質の愚かさというものではなかっただろうか。

そうした言葉は、むろんそれを耳にしたり眼にした者が感じたマイナスの要素（愚かな紋切型や自惚れ）を自覚などせず、むしろ、積極的に事態にコミットするために発せられた他の無数の言葉と、それほど変っているわけではないだろう。

'12年9月25日朝日新聞夕刊の短いインタヴューで『非常時のことば』（朝日新聞出版）について語る著者の高橋源一郎が「こんな時期にそんなことばを発してはいけないという『自粛』が始まって、自由にモノを言いにくい空気が広がった。それは今も解除されていない」と語った

２０１２年の９月、私はまだ、前年にある種の人々によって書かれ発表された文章に感じた違和感にこだわりつづけていたのだが、自由にモノを言いにくい空気が広がっていたのかどうか（もちろん、高橋源一郎は朝日新聞の「論壇時評」を'11年四月からはじめていて、様々な分野と多岐にわたるメディアの多数の言語活動を読みもし、眼にもしているだろうから、それは確実な実感なのだろう）は知らないし、本来なら「論壇時評」という場でこそ「そんなことばを発してはいけないという『自粛』が始まった」事態を具体的に論評してもらいたいと考える読者もいるだろう。

池澤が'11年4月5日付け「終わりと始まり」に記したように、所詮、大半は敢えて発語する必要もない去来する様々な言葉なのだから、「なじらない」と「あおらない」という池澤の「当面の方針」はたしかに正しいのかもしれない。言うまでもなく、真摯な小説家の本意は「自粛」ではなく、言葉を発して書くことを職業ともしている者の厳しい「自戒」と言うべきだろう。

「なじる」という和語は、裏切った男（女）の行為をなじるといった感じの、いわば、批評ではなく恨みや怒りの感情がこめられた言葉であり、「あおる」には、政治的・革命的な動機は含まれているだろうが、批評的動機は比較的稀薄かもしれないのだから、新聞のコラムの連載の執筆者の書く文章としては、ポピュリズム政権下の新聞の御用コラムニストの書く文章の手法であり、コラムニストではなく東京都知事であったが、石原慎太郎が好んで使用した語法なのだから、池澤がそもそもそうした、いわば品のない言葉を使用するはずがないのだ。
私たちは（と言うか、高橋源一郎は）、どのような言葉が「自粛」されたのか仄めかすだけではなく、具体的な例を示してみる、ということが出来ないものなのであろうか？　それとも、それは物を書く人間の誰もが自分の胸に問うべきことなのかもしれない？

註・一　テレビでは報道されない「本当に原発で何が起きているか」や「事実」の正確な情報を知りたいと思う人たちが急増し、「ツイッターやフェイスブックで専門的な情報を発信し、それを多くのユーザーがフォローして、瞬く間に情報が移動する現象が生まれ」、その一つに京大原子炉実験所助教小出裕章が毎回出演した「たね蒔きジャーナル」がある（『ドキュメント　テレビは原発事故をどう伝えたのか』伊藤守　平凡社新書）。
　このように、啓蒙的行動を意味する「種蒔く人」の比喩は、「春」の持つ象徴性と同じにおそらく永遠のものなのかもしれない。何かの運動を地道に続ける「草の根」たちにとっても「情報」や「知識」の「種蒔く人」は必要な存在である。

註・二　池澤の引用する、その名もシンボルスカの詩は「またやって来たからといって／春を恨んだりはしない／例年のように自分の義務を／果たしているからといって／春を責めたりはしない」「わかっている　わたしがいくら悲しくても／そのせいで緑の萌えるのが止まったりはしないと（沼野充義訳）」

言葉を失いそうになる作家は、震災について触れた文章の最後に、「十年がかりの復興の日々が始まる。」に続けて前記の詩を引用し、「そういう春だ。」という短く簡潔で印象的な一行で連載コラムをしめくくる。シンボルスカの詩のつづきのように――。

註・三　「DNA」はもちろん「日本人」に特有な遺伝子ではないのだから、たとえば、「アメリカのジャーナリズムを代表する名門紙ワシントン・ポスト」が売却され、オーナーが「80年にわたり同紙を所有してきたグラハム家」からアマゾン・コムの創業者で「世界最大級の小売業者に成長させたインターネットビジネス界きっての成功者」ジェフ・ベゾスだったことに触れる毎日新聞社説（'13年8月11日）は、ポスト紙の名声を高めたウォーターゲート事件報道などの「調査報道」や「政治の圧力に屈せず報道を貫く姿勢」という「同紙の価値の源泉」を「全力で守り抜いてきたのがグラハム家だ。」と書く。「所有がベゾス氏の手に移り、このDNAが継承されていくかが、最大の関心事である。」

この際、おなじみの紙のメディアの危機とインターネット問題はおくとして、いかにもいかがわしいのは、〝社是〟や〝伝統〟〝決意〟〝ジャーナリズムのモラル〟などと書くべきところを、不用意に「DNA」と書くことである。〝モラル〟や〝社是〟や〝決意〟は、日々新たに銘記すべきものであって、責任の取りようもなく本人のあずかり知らないところで遺伝子レベルで決定されているものではない。

「自粛」と「ことばの戒厳令」

二〇一三年三月

高橋源一郎の言う「3・11」の後の今も解除されていないという「ことばの戒厳令」は、もちろん、誰がそれを発したというわけではなく、「自粛」として始まったのだろう。「自粛」の水輪が幾つも重なりあって広がるとそれはおそらく草の根戒厳令というか自主的戒厳令とでも呼ぶべきものになるわけである。

ところで、「自粛」という、それまで聞いたことのあるようなないような、いずれにしても耳慣れない言葉を初めて眼にしたのは、昭和天皇の死が近いことを意識したメディアの言説の中でだったはずなのだが、思い出そうとしても、ほとんど思い浮かばないのが不思議である。「Xデー」とも呼ばれていたその日とその前後の自粛について、絓秀実は一九八八年「九月十九日の吐血直後から、一挙に「自粛ムード」が広が」り「いわゆる歌舞音曲をともなう派手なイベント、お笑い等のテレビ番組、CMの自粛をはじめ、公式行事から私生活にいたるまで、「自粛」の波は全国に及んだ。三・一一以降のテレビと同じである。」（『反原発の思想史——冷戦からフクシマへ』）と書いているが、その頃、私はテレビなど見なかったし新聞も読みはしなかったから、夜のニュース番組で毎日天皇の病状が報道され、うやうやしい調子で下血の分量が読みあげられた異様さは記憶しているが、その他には具体的に思い出せるものが大してないのだ。下血の量を読みあげるアナウンサーだったか放送記者が、戦前の松竹蒲田の時代から、大映、近代映協で映画を撮りつづけた大監督の子息だということを、当時私の住んでいた同じマンションに事務所を開いていたアナウンサーの同級生（建築家）から、NHKは身元の確かな有名人の息子や娘を採用するので有名だからと説明されたのはよく覚えているのだが——。

昭和天皇の死の前後のテレビが「三・一一以降のテレビと同じ」ということは、テレビの場合、何が自粛されたのかと言えば、ようするにニュースを除いて通常に放映されているほとんどすべての番組と、公共放送であるNHK以外のテレビ放送局の収入源であるCMの放送、ということになるのだろう。テレビの本質である資本主義的な商取引をイメージとして再現することが、奇妙なことに自粛されたわけである。

たかだか二十五年ほど前のことなのに、それについて書かれた文章を参照しなければ思い出すことの困難な「自粛」とは、どのようなものだったか。

『戦後再考』（朝日新聞社　一九九五年）の「昭和の終わり」の章に上野昂志は、一九八八年九月十九日の天皇の容体の悪化が、大きな見出しで報じられ、「あの長く重苦しい昭和の終わりの季節が始まる」り、テレビでは「新聞よりはるかに情緒的に語る声とともに、皇居に駆けつける皇太子をはじめとする皇族方の車を映し出す。そして、そのような状態が連日続くなかで、天皇の病気回復を祈る人々が皇居を訪れ、記帳が行われるようになるのだ」と書いている。

そう確かに、「記帳」というものに行列を作って並ぶ映像は、流行現象のようだった、と、私もやっと思い出すのだが、行列は戦後や社会主義国における食料をはじめとした生活物資の不足の貧しさの象徴としての「行列」と、昭和十六年、李香蘭（山口淑子）の日劇公演に劇場を三周もした一種「欲望」としての「行列」が出来て、警官が出動したという人気伝説タイプにわけられるわけで、私の記憶している印象では、「記帳」はあたかも降ってわいたブームであるかのようだった。それからほぼ十年後の一九九七年の八月三十一日、パリで交通事故死した元イギリス皇太子妃ダイアナのために、事故現場だけではなく、ケンジントン宮殿の門前に多数というより無数の花束が山のように積み重なって捧げられている映像を見たのだが、「記帳」はこのダイアナ死亡の花束ブームに近い印象（ダイアナと天皇の人気の差は比べようもないが）だったかもしれない。それを毎日何時間かおきのニュースの画面で見たから、人々は流行の現象に乗りおくれまいとして自分もあわてて参加したのだろう。

九月二十四日には「早くも「自粛」の動きが出て」それが新聞で伝えられ「社会面では、各地の秋の祭りを取りやめたり、規模を縮小する動きが出てきたことが報じ」られ、その日の夜のテレビ番組のうち「TBSでは、「加トちゃんケンちゃん、ごきげんテレビ」が変更、「土曜、深夜族」が中止、フジでは「所さんのただものではない！」、「オレたちひょうきん族」、「オールナイトフジ」などが中止、日テレでは、「今夜は最高！」が中止」になって「まさに、自粛の波が日本中を襲った一日であった」と、上野昂志は、「世界」（岩波書店）、鶴見俊輔・中川六平編『天皇百話』（ちくま文庫）を引用しながら書いている。

変更や中止された番組が、どのような番組に差し替えられたのかには触れられていないし、その頃テレビを見るという習慣がほとんどなかった私には、どういう番組だったのか見当もつかないし、いま一つ具体的なイメージがつかみきれないのだが、天皇の病状の回復を祈念して記帳行列を作る人々が「テレビの映像として、切れ目なく提示されること」になり「祈る人にそのつもりはなくとも、それは暗黙の強制力として、見る者に迫ってきたのである」らしい。それは新体制下の大政翼賛でもないし、その動員に広告代理店が関与していたというわけでもない。上野は平易な口調で（しかし、苛立ちつつ）「誰かが旗を振ったわけでもなければ、号令をかけたわけでもなく、あくまでも「自主的」に、彼らは祈る形を模倣したのである。「テレビを見ているうちに、わたしもじっとしていられなくなって来ました」などというのが、その経緯をきわめて正直に語ったもの」であり、そうした情動は、湾岸戦争時にはCIAによって世界にバラまかれた原油まみれの海鵜の写真を見て「いてもたってもいられなくなった」作家や詩人が反戦の詩を書いたり、「私たち」ではなしに「私は」ではじまる反戦宣言を発表したこととも似ているかもしれない。ようするに、広告代理店が関与していなくても、メディア上に繰り返し登場するイメージを見せられているうちに「わたしもじっとしていられなくなった」のだ(「水撒く人々」の項、註・二を参照)。

「記帳と自粛の波に揺れて、一種異様な熱気」に包まれた「最初の一週間の狂騒」が、重体のままの病状の安定と共にしずまり、十月七日の朝日新聞には、自民党首脳が、自粛の行きすぎがもたらすマイナスの経済効果を心配する談話を発表したという記事が載ったそうだが、東日本大震災における「自粛」にも、もちろん、マイナスの経済効果が云々され、例年大騒ぎをする花見客の無作法ぶりがテレビでニュースになる「花見」を中止すべきかどうかといった「自粛」が論評され、経済的支援の意味で、花見には東北の酒を飲もうなどと言われたものである。

震災の被害と原発事故によって引きおこされた大規模なダメージが、グローバル化された資本主義経済とどういう関係にあるのか——毎週金曜日の首相官邸周辺での政治色抜きの、国内的で市民的な反原発デモの盛り上りの一方、日立製作所は国内でストップしている原発事業の海外での拡大を図ってイギリスのホライズン・ニュークリア・パワー原発会社を買収する方針を固め、ホライズン株式の所有会社だが、自国では原子力発電を行えないドイツ電力会社大手との交渉がほぼまとまり、新興国を中心に原発建設の受注に結びつける考えだという記事（'12年10月27日朝日新聞）が載っている——と考えれば、あの時の「自粛」と今度の「自粛」は規模が異なるとはいえ、ここで取りあつかっているのは、もっとはるかにささやかな、たかだか人々が「わたしもじっとしていられなくなって」書いたり口にした「ことば」にすぎないのだ。

たかだかそれが「ことば」にすぎない、という事態は、たとえば、二人の美術家によるかなり規模の大きな個展を紹介する記事（'13年1月23日朝日新聞）にも見てとれる。「多くの人がうすうす感じているのに、周囲の空気を読んで口にしない——。同調圧力、あるいはタブー。そんな存在を扱う個展」として高嶺格《ただす》（水戸芸術館）と会田誠（森美術館）の作品を紹介する記事の書き手（編集委員・大西若人）は「高嶺格のクールジャパン」展を「原発事故後の社会が契機」となったと、作家の言葉を引用する。

「「魚の放射線量が気になり水族館に尋ねたら、危険分子のように警戒された。原発の話をしにくい場もある」。そんな空気やタブーが「なぜ生まれたのかを考えたかった」。」と、名前の下に（44）とあるので発言の内容の稚気のわりには、若いとも言えない年齢であることのわかる美術家の発言が紹介される。

高嶺の「標語の部屋」の展示は「ロダンから想を得た男性の彫像の周り」に電光掲示で「わらってね　みんながいるよ　大じょうぶ」「あいさつは　声と声との　握手だよ」といった標語が流れるというもので、記事には続けて「興味深いのは、人間の死など、多く議論されることではなく、震災時に日本人の美徳としても語られたガマンや、標語といった「好ましいこと」「良識」を扱ったこと。これで説得力も増した。「標語なんて意味のない行為が続けられていることに違和感があった」。こうした存在も、現在のタブーや慣習の背景になっている」と、書かれている。

この、何を言っているのか（というか、何が言いたいのか）よく理解できないという印象を与えずにはおかない記事の奇妙さの中心は、「魚の放射線量が気になり水族館に尋ねたら、危険分子のように警戒された。原発の話をしにくい場もある」という美術家の発言と発言についての舌足らずな編集委員の紹介の仕方だろう（註・一）。

この「魚」がどういう「魚」として現代美術の先鋭的（であるらしい）作家に意識されているのかわからないのだが、食品としての魚であれば、魚が水揚げされた港の漁業組合なり、環境省や水産省、そういった組織が信用できないと言うのであれば、自衛的に食品の放射線量を計量している市民団体のホームページを見るのがいいだろうが、しかし、美術家は、水族館の

「魚」の放射線量が気になったのかもしれない。たとえば、「魚」たちは、汚染された海域の「魚」をエサに与えられていないか、とか、巨大な水槽に展示されている回遊魚の群れは、どこで捕獲されたのか、放射線の許容量を超えたものではないのか、とか、そういう類いのことである。

しかし、そういったことを尋ねたからといって、「危険分子のように警戒され」、尋ねた者が「原発の話をしにくい場もある」という感想を持つものだろうか。

この記事を読んで、私が思い出したのは、三月十一日の震災の何日か後、近所のスーパー・マーケットの売場で、ひどく派手な山吹色の作務衣にサムソン・ヘアでカストロひげという中年後期の男が、八十歳は超えていそうに見える女性を見つけては、見当外れのお説教をしていた姿である。

あなた方は、こんなところで買物（や、買い溜め）などしていないで、関東大震災や空襲の経験を踏まえて（空襲はともかく、関東大震災時には生れてもいなかった年齢である）、いざという時、どうやって生きのびるか、老人の知恵を若者に教えなければいけない、と言っているのだ。女性たちは魚のような沈黙でするりと男の横を無視かつ避けて歩み去り、スーパーの男の店員たちが「危険分子」というほどではないにしても「警戒」しながら近づいて、店の外へと誘導していたのだった。

水族館の職員が、魚の放射線量についての質問をする人物に対してある種の警戒感を示したのは、どこか場違いの「ことば」を耳にしているという印象を持ったからではあるまいか。

それに、現代美術のインスタレーションとして、ロダンから想を得た男の彫像（「カレーの市民」のことか?）と共に展示されたという「標語」だが、「3・11以後」の「自粛」するテレビに、公共広告機構の提供として繰り返し繰り返し流された、金子みすゞの、まさしく「標語」的な「おさな心」の「詩」や、誰が作者なのかは知らないが「アイサツ」が気持ちを明るくするという歌が、すぐにパロディ化され、当時朝日新聞の文芸時評の執筆者だった斎藤美奈子が、そのパロディ精神を一服の清涼剤であるかのように取りあげるほど一般的《カジュアル》に共有されたものであることを思い出せば、「標語」が水戸芸術館という特別な現代アートの空間に特別仕立ての「アート」として展示されるということなど、陳腐な駄目押し以外の何ものでもあるまい。現代アートの美術家に教えてもらうほどのことでもなく、誰だってそれが一種ユーモアにまで高められた俗悪な言葉として「非常時」にも平常時にも、専ら七五調のリズムで語りつがれていることを知っている。

しかし、私たちは、「標語」という紋切型が大好きなのと同じくらいに、こうした、いわば「わたしもじっとしていられなくなった」系というか状況に便乗する表現行為の陳腐な駄目押しアートを、わかりやすいという理由で愛しているのかもしれない。水族館に魚の放射線量を尋ねると危険分子のように警戒され、「原発の話をしにくい場もある」という、そんな空気やタブーが「なぜ生まれたのかを考えたかった」と美術家は語り、それを記事にする編集委員は、もう一つの個展「会田誠展　天才でごめんなさい」が、同じテーマを扱っていると書く。「お年寄りのゲートボールや「一日一善」といった「好ましいこと」の裏側を探る作品」を作る芸術家の会田は「偽善的かなと思うことが一般の人より多いのかもしれない」（傍点は引用者）と慎ましいカマトトぶりを発揮して行儀よく発言しているのだが、こうした発言は、「ごめんなさい」と謝りの言葉を「天才」の下につける、ゆるく才気走ってひねった調子の個展タイトルと同じに、見る者を白けさせる陳腐な駄目押しというものだろう。

真摯に物を考えようと努力する四十代の美術家が水族館（美術館はどうだったのか？）にさえもそれを感じとるほどの「原発の話がしにくい場」という空気やタブー？（註・二）

たしかに、論壇時評を’11年4月から続けている高橋源一郎も、「こんな時期にそんなことばを発してはいけないという『自粛』が始まって、自由にモノを言いにくい空気が広がった」と実感してもいるのだし、「原子力」に関してなら、そもそも「ムラ」と、その特殊性を強調して呼ばれることがあの事故以後常識化された場所でこそ、語ることが一番のタブーだったのではないのか。’12年に大阪市の橋下市長から特別顧問に任命された飯田哲也（NPO法人環境エネルギー政策研究所所長）は、「ムラ」の中では、「原子力に懐疑的、批判的な意見など出せず、技術的な疑問であっても口にできなかった」と述懐し「そうした体質が、日本の原子力を暴走させたと断言する」(「現代の肖像　飯田哲也」「アエラ」'12年10月15日号)のだ。

円地文子はかつて『私も燃えている』の中で、核融合の実験グループを、科学的探究心ゆえに上下関係といったヒエラルキーのない自由な学問の追究の場として書いていたものだったが——。同じ号の「アエラ」は、それについて語ることがタブー視されて水族館からは危険分子扱いまでされかねない原発問題だが、「脱原発」の立場を明確にして語る「著名人も、数多い」ことを示すために「多彩な著名人200人「脱原発人名辞典」決定版」を載せている。

様々なメディア(いわば、現在の日本の代表的な雑誌や新聞、ブログ、デモやアクションでのメッセージ)を通して発言された脱原発への熱い思いや、あるいは冷静に見える理論や、透きとおるほど明るい意見(池澤夏樹は『脱原発社会を創る30人の提言』の中で「進む方向を変えよう。『昔、原発というものがあった』と笑って言える時代のほうへ舵を向けよう」と書いている)が語られているのを見れば、もちろん、その中には、元皇族の血を引く竹田恒泰の「皇室をいただき、次の千年も輝き続ける日本に原発はふさわしくない」という特殊で奇抜な意見や、それと良く似ているドナルド・キーンの「日本人は何としても先祖代々受け継いだ美しい土地、国土を守っていかねばなりません」といったほとんどメルヘン調の農本天皇主義の反原発も含まれているし、違うタイプのメルヘン調で、原発があったと笑っていえる時代を夢想する者もいれば、建築と都市計画を結びつけた建築家の磯崎新のように、原発を止めることが「どんな手続きでこれが完了するのか、誰もその見とおしを示せ」ないし「原爆を禁止できなかったのに原発をどうやって止めるのだろうかと、私はひたすらおろおろしている」と、知的に記す者もいる。この時期「おろおろ」という副詞から誰もが想起するのは、「雨ニモマケズ」の「サムサノナツハオロオロアルキ」であり、同時に「おろおろ」の「うろたえる」という意味が、対応出来かねる重大事に対して無能であることを正直に表わしているようで好感が持てるという感じではあるまいか？　そして、柄谷行人は、朝日新聞’11年5月15日の書評欄で『ジェイコブズ対モーゼス――ニューヨーク都市計画をめぐる闘い』（アンソニー・フリント）を書評する。モダニズム建築理論による輝く都市計画のプロジェクトの仕上げ、ワシントンスクエア公園に高速道路を通す計画を住民運動によって阻止した主婦という「事件」をあつかった本の書評の末尾に「しかし、本書を読みながら、私が考えていたのは、日本においてなぜ原発建設を止めることができなかったのか、止めるにはどうしたらいいのかということである」と書く。

ちなみに、同じ日付けの書評欄で斎藤環は中原昌也の語り下し自伝『死んでも何も残さない』をあつかっていて、「本書のタイトルが、〝3・11後の世界〟にあっては、あたかも一つの宣言に読めてしまうのは決して偶然ではない。」と書いていたのだが、中原昌也の語り下し自伝の内容とはまったく無関係に、斎藤の〝3・11以後の世界〟という言葉から私が思い出したのは、それ以前の世界でベストセラーだったし、その実践も大流行していた〝断捨離〟であり、〝断捨離〟流行を用意させたというべき物のあふれかえった〝ゴミ屋敷〟現象である。

たとえば、〝3・11以前〟について、陣野俊史は「なにしろ大学の入試会場から携帯電話を介して書き込まれた入試問題にさえ、解答が即座に寄せられる時代なのだ。思えば二〇一一年三月十一日以前の私たちは、カンニング事件を思い切り誇張した報道に毎日ゲンナリしていなかっただろうか。」(「空白と新幹線」文庫版『目白雑録3』解説)と書いているが、この入試の不正に使用されたケータイの話題は、すぐさま、アラブ革命で果した役割を思い切り誇張した「あっという間に数百万人に伝わる」「この先、ケータイはカラシニコフ以上の武器になるだろう」('11年3月1日朝日新聞　池澤夏樹「終わりと始まり」)というホットな興奮にとって変わられていたはずである。

私たちは、何に「自粛」をし、どのような「ことばの戒厳令状態」下にいるのか。

註・一　「魚の放射線量」の調査については、朝日新聞'13年2月13日〜3月5日の「プロメテウスの罠」第25シリーズで扱った原発事故による海の汚染と魚の記事に、原発事故後の、千葉、神奈川、福島の水産試験場や漁業関係者等がどのように、取り組んだかが書かれている。'11年3月下旬「福島の魚の放射能調査」はなかなか進まず、千葉、神奈川、茨城などが続くが調査の足並みはそろわず、福島水産試験場長は全国場長会で「国が責任を持って調べるべきだ」と訴えるが、「だが「国」のどこがやるのか。」と記事は続く。「水産庁？ 食品衛生法に基づいて厚生労働省？ 海水担当の支部科学者？ それとも海上保安？」（'13年2月24日「プロメテウスの罠――海鷹丸が来た」と疑問が出るくらいだから、いくら社会意識が強いとはいえ、専門外の美術家が、「魚の放射線量が気になり水族館に尋ね」るというのは、極端にピントがずれているということにはならないのか？ しかし、もちろん「プロメテウスの罠」では、水族館が、魚の放射能汚染にどう取り組んだかは触れられていない。

註・二 もちろん、美術館や文学館という公共施設は歴史的に、自粛はもとより、ある種の作品の展示を拒否するのは、むしろ常態である。たとえば、本書25ページの目黒区美術館の例を参照。

アレクセイ・ゲルマンの死、そして……　1

二〇一三年四月

アレクセイ・ゲルマンの死をつたえる短い死亡記事が載っていたのは2月25日の朝日新聞朝刊だった。

わずか十六行の短い記事は、ゴチック体で組まれた名前の右側に黒い線を引いて、その名前がすでにこの世のものではなくなったことを告げているのだった。

「アレクセイ・ゲルマンさん（ロシアの映画監督）　ノーボスチ通信によると、21日、腎不全のため故郷サンクトペテルブルク（旧レニングラード）の病院で死去、74歳。24日に映画撮影所「レンフィルム」で告別式が営まれた。／代表作『フルスタリョフ、車を！』（1998年）は日本でも上映され、鬼才作品として話題を呼んだ。71年に撮影された初作品は検閲を通らず、ペレストロイカ期の86年に『道中の点検』の題で解禁された。」

'92年、日本で初めてレンフィルムで撮られた映画がまとまって紹介された映画祭では、ゲルマンの撮った数少ない映画の、当時では全作品だった四本が上映され、鬼才作品として話題を呼んだと死亡記事に書かれている『フルスタリョフ、車を!』は、『わが友イワン・ラプシン』以来、十五年ぶりに撮った映画であり、同時に遺作となってしまった。

日本を含めて国際的に名の知れたソ連、ロシアの映画作家は、映画祭のあった'92年当時、もちろん、タルコフスキー、ニキータ・ミハルコフ、その兄弟のコンチャロフスキー、そして、タルコフスキー以後、最もタルコフスキーに近いタイプの「巨匠」と目されたソクーロフだったし、そうした監督たちの名前は、現在でもそう変ってはいないだろう。レンフィルム祭で紹介されたセミョーン・アラノヴィッチは'95年に死に、『動くな、死ね、甦れ!』、『ぼくら、20世紀の子供たち』のカネフスキーも二十一世紀に入って日本では一本も新作(があるとしてだが)は紹介されてはいない。

八〇年代の末から九〇年代の初めにかけてのわずかな期間だが、旧ソ連・ロシア映画が集中的に日本で紹介される機会があったのは、むろん、ペレストロイカとその後のソ連崩壊という歴史的時代を背景に、旧ソ連の抑圧的検閲体制で公開禁止されていた作品が公開され、国際映画祭での上映によって高く評価され新鮮な衝撃を与えたからだったが(『フルスタリョフ、車を!』は、マーティン・スコセッシが審査委員長だった年のカンヌ映画祭に出品され、どのカテゴリーの賞も受賞していない）、当時から二十年が過ぎ、アラノヴィッチはすでに死に、ゲルマンも五本の映画を残して死んだ現在、「映画」におけるゲルマンやアラノヴィッチ的な立場とも言える「言葉」を書くことの切実な狂気で、詩と小説を書きつづけるロシアの作家（一九七七年に三十四歳でカナダ国籍を取得している）サーシャ・ソコロフの独特な小説（『馬鹿たちの学校』『犬と狼のはざまで』東海晃久訳　河出書房新社）を読むことで、映画を見ることと、言葉を読むこととの間の親密な（犬と狼のような？）かかわりに、あらためて感動するのだが、ゲルマンの死亡記事を眼にして、手許にあるロシア映画関連の上映当時のパンフレットやカタログを開いてみると、レンフィルム祭のカタログ（'92年）に収録されている蓮實重彥による撮影所所長やゲルマン等六人の監督へのインタビューが、圧倒的なスリリングな新鮮さで、今でも私たちを未知の映画へと誘い込む力を発揮しつづけている。

インタビュアーの細やかな質問と、答えて語る作家たちの言葉が、自由な映画的空間を共有する〝場〟として成立しているのだ。

ドキュメンタリー映画の作家でもあるアラノヴィッチが、スイスの映画祭で、ほとんど英語がわからないにもかかわらず、六時間もの上映時間があるボストンの病院を舞台にしたフレデリック・ワイズマンの『臨死』を見て、次第に映画に没頭した経験や、『ヴィオラソナタ・ショスタコーヴィチ』を共同監督したソクーロフよりも、自分はゲルマンに近く、過去の細部に関するこだわり方は共通しているし、映画の中で試みるのは、微妙な官能的な部分や様々なニュアンスを見つけ出すことだ、といった言葉（まさしくそれこそがゲルマンとアラノヴィッチの映画の中に、私たちが見るものだ）を語らせるインタビューこそが映画的な喜びを共有する場なのだ。

ところで、'89年に日本でも公開されたゲルマンの『わが友イワン・ラプシン』のパンフレット（「日本海」編集・発行）を改めて開いてみると、田中小実昌と白石かずこがエッセイを書いている。小説家と詩人は、はじめて見るゲルマンの映画の、様々な意味での独特で奇妙なわからなさを、映画の画面そのものを見ることで、正直にまごつきながら、言葉のわからないアラノヴィッチがワイズマンの『臨死』に没頭したのと同じ映画を見ることを通して、「詩的などという表現を拒否する詩人の資質」（白石かずこ）を感じとり、「はじめはなんだかわからず、あれこれ考え、推察し、わからないことをたのしみながら、だんだんわかっていくたのしみを味わえた」（田中小実昌）ことを、驚きと喜びと共に語る。一方、映画評論家の佐藤忠男と映画の専門家であり、今や日本を代表する監督でもあるらしい山田洋次も、驚くべきことには『わが友イワン・ラプシン』について書いていたのだった。

ゲルマンの映画について書くのに、これほどふさわしくない書き手も考えられない気もするが、たとえば、タルコフスキーについて山田洋次や佐藤忠男が書くことの方が、当時は（今でも、だが）もっと奇異に思われたのかもしれない。

それはそれとして、たとえば、あの寅さんの義弟の未組織労働者の熟練印刷工（シリーズを通して、この工場が何を印刷しているのか、結局は不明であった）が、妻とその叔母が夕食のしたくをしているかたわらで、ちゃぶ台に向って、岩波書店の「世界」を読んでいる、といった程度の描写は画面から見えるが、とらやの隣りの印刷工場の道路に面しての位置関係が何度見ても決してわからない（あの工場（人はどうやって出入りするのだろう？）セットしか、山田の属している映画会社が作れないのはともかくとして、最新作『東京家族』が、ルーティン・ワーク化した、驚きというものの極度に少い描写によって好評であるらしい監督は、『わが友イワン・ラプシン』について次のように書いていたのだった。「幼い日の追憶は、ピンボケの写真のようにおぼろげであるか、あるいはコマ切れのフィルムのようにはかなく断片的」なものであるからこそ、「木下恵介の名作『野菊の如き君なりき』の、ぼくたちが〝卵スコープ〟と呼んだ楕円の形のマットは、少年の日の感傷的な想い出を美しく表現していた」ものだが、同じ少年の日の想い出を題材にしながら抒情性とは無縁で「まるで記録映画を見るような、なまなましい迫力と、精密な描写でぼくを驚かせる」と書いていたのだった。

一九三〇年代のソ連の地方都市を細部にいたるまで精密に再現する監督の「偏執的」なエネルギーと、それを支えて技術的に可能にするレンフィルム撮影所の「底力」に「つくづくと感じ入る」のは、松竹撮影所というシステムの中で、そうした偏執的贅沢の許されないドル箱映画を撮ってきた者として、あたりまえの感慨であろうし、当時、贅沢と言えば寅さんのマドンナ役を選ぶことくらいしか出来なかったのかもしれない山田洋次が、黒澤明が『七人の侍』を撮った五〇年代ならともかく、今日の日本映画の中で、こうした映画を撮るのは「どのような才能のある監督の手によっても、まず不可能であろう」と考えるのも無理のないことだ。

しかし、たとえば、戦前を舞台にしたテレビ・ドラマのように安価な印象であるばかりか、吉永小百合が幼い子供のいる母でもある左翼インテリの妻を演じる、というだけでも、細部がゆるがしだということがわかる『母べえ』を見てもそうしたセットや小道具をそろえられる「底力」というより記憶力が、今の日本映画にあるとは、とても思えないのだが、山田がそうしたことに対して、偏執的どころか大して特別な思い入れを持っていないことは証明ずみということだろう。

二十四年前、まだ『母べえ』を撮ってもいない山田洋次は、いくらか舌足らずな、もって回った口調でと言うか、四本しか映画を撮っていない一九三八年生れのゲルマンの重厚で官能的な才能に嫉妬を感じていることを無意識に語ったということだろうか。

「まるでテレビドキュメンタリイのような、客観に徹した手法が、作品にある種の冷たい、時としては白けた虚しさのようなものを漂わせるのは当然であって、それがゲルマン監督の思想にあるかどうかは御本人に尋ねなければならないにしても、この作品が三〇年代のソビエトの地方都市がいかにみじめな暮しであったか、を描こうとした、と考えるのは正しくはないだろう。」と書くのだが、もちろん、正しくはない。

そして山田洋次は、もしも日本の監督に、ゲルマンのような「過去の生活を精密に描く力があったなら、三〇年代の日本の農村や都市労働者の生活、そして戦中戦後の我々の貧しい暮しぶりなど、くらべようもないすさまじい映像となって観客を驚かすに違いないはずだ。／仮にそんな仕事が自分にできたらどんなに満足だろうか、ということを、この映画を見ながら思わずにはいられない。」（傍点は引用者による）と短い感想文を終える。

山田洋次はゲルマンの映画を「テレビドキュメンタリイのような、客観に徹した手法」で撮られていると書いているのだが、テレビというメディアについて、徹底して勘違いをしているようだ。

これが書かれたのと同じ年（'89年のカンヌ映画祭のゴダールの記者会見の発言などをわざわざ引用するのはふさわしくないようにも思えるが）、『リア王』のような映画を撮るかわりに一週間に一度、ニュース番組のプロデュースをしてみたらどうか、という質問に対して、ゴダールは、現在行われている映画製作の方式とは異なる方式があるはずだという希望からテレビに興味があるだけで、「まだまだ映画を撮る方法は残されているはずだが、テレビにはそうした可能性」

はなく、世界中どこにいってもニュース番組は同じで、本当は違ったやり方があるべきであるにもかかわらず「違ったものであるべきだという思考すらそこにはない」と答えている。そうした「思考すらない」ところに、「ドキュメンタリイ」や「客観に徹した手法」が存在するはずもない。山田洋次は、ゴダール流の「思考すらない」と否定的な罵倒の意味を「客観に徹した手法」と、極度に緩和して（自粛とも言うべき？）言っているわけではないだろう。六百字に足らない短いエッセイの最後の部分は、日本の映画会社にレンフィルム撮影所のような「底力」があったら、日本の監督は「過去の生活を精密に描く力」を発揮できるのだし、そういう映画を撮れたら、『わが友イワン・ラプシン』で撮られているものよりも、「すさまじい映像となって観客を驚かすに違いないはず」だと書く。だがそれは「まず不可能」なのだ。しかし、山田洋次の映画は現在を撮っていてさえ、とりたてて精密に撮られてなどいないではないか。

ところで個人的に思い出すのは、一九九八年の東京国際映画祭で十五年ぶりに発表された新作『フルスタリョフ、車を！』が上映され監督の講演が同時にあった渋谷の映画館のエレベーターでゲルマンと乗りあわせたことだ。エレベーターは姉と私と二、三人の他にはゲルマンとロシア人の女性の通訳しか乗っていなくて、三階だか四階の劇場にはすぐついてしまった。背はそれほど高くはないのだが、がっしりした大きな肩と胸のゲルマンは、暗い顔をしていて連れの女性たちと小声で何かを話していて（一九九二年のレンフィルム映画祭に来日したセミョーン・アラノヴィッチもまた、陰鬱な表情で、ソ連での映画製作がどのようなものであるかを語ったのだったが）、エレベーターには、ゲルマンの新作を見ようとしている観客しか乗っていないはずなのに、そうは思ってもいないという表情だった。

長く生きていると後悔することはいろいろあるけれど、その一つが、あの時、私たちはあなたの映画が大好きです、今日のお話と新作をとても楽しみにしている、と伝えなかったことかもしれない。映画館はかなりの混み方で、知人たちも何人も見に来ていたし、講演の後には、監督への敬意に充ちた的確な質問をした若い女性もいて嬉しかったが、レンフィルム映画祭で紹介された作家たちの多くは、ペレストロイカ以後ようやく国内でその作品が上映されることになった映画を撮っていた作家たちだけに、映画を撮ることの困難さが語られるのだった。

もちろん、「3・11」以後「ことばの戒厳令」下で「こんな時期にそんなことばを発してはいけないという『自粛』の空気が広がってそれは今も解除されていない、とも語られる現在の日本で、検閲される者に検閲そのものが内面化されてしまうことこそが、検閲の最大の問題だと語ったゲルマンの存在はどう映じるだろうか。「かつて映画とは旧ソ連の巨大な会社」だったと語るゲルマンは、ロシア人が好きだという小話風に、かつてKGBのベリヤが才能ある映画監督ドヴジェンコに語った言葉「撮りたいものを撮りたまえ。だが、ここは修正し、ここには星を入れて、ここにはハンマーを入れたまえ。我が国の国旗のように」を紹介し、二〇〇〇年の現在（『ロシアでいま、映画はどうなっているのか？』）、「何か非常にチープ」な、金を稼げそうな映画とテレビ・ドラマが全盛で、映画プロデューサーがテレビの番組の中で「今タルコフスキーが私のところにやってきても決して資金援助はしない」と平然と口にする時代であり、陰気なところのあるユーモア——それは彼の映画の魅力的な特質でもあるが——を混えて「ロシアは資本主義の最悪の部分を選び取ったのです。社会主義時代も同様に社会主義の悪いところだけを選び出しましたが」と語る。

アレクセイ・ゲルマンの死、そして……2

二〇一三年五月

ゲルマンと同世代のレンフィルムの監督セミョーン・アラノヴィッチ（一九三四年生れだが、'92年のレンフィルム祭に来日し、'95年に、六十一歳の若さで死亡）は、秀れたドキュメンタリー映画の監督でもあったが、ゲルマンの父親の作家ユーリー・ゲルマンの短篇が原作の『トルペド航空隊』（'83年）のような劇映画も撮っている。

小さな会場でおこなわれた監督の記者会見で、アラノヴィッチと彼の映画の女性プロデューサーは当局の検閲について語り、シナリオを提出する段階での「ウサギを放つ」という姑息なやり方で検閲をパスする方法を語った。それは、絶対にパスしないのがわかっている物を幾つかわざと出しておいて、それを通過させようと当局とやりあっているふりをしながら、その間に本当に撮りたいものをこっそり混ぜて検閲をごまかす、というやり方なのだ。

そのようにして撮られた映画である『トルペド航空隊』は、第二次大戦中の北極圏海軍基地のトルペド航空隊の人々（突撃機に乗り込むパイロットや隊員、その妻や妹、基地の食堂で働く女性、彼女に恋をしている中年の兵士）の死と接した生活を、細やかでいきいきとユーモアを混えたドキュメンタリーのように自然なショットで積み重ねながら、北極圏の海と空での戦闘が、自身も航空隊に所属していた経験のあるアラノヴィッチならではのリアルさで描かれ、映画の中で個人的なドキュメンタリーとして撮られたかのようでさえあった登場人物たちの声や仕草や怒りや苦悩は、最後の戦闘ですべて海中に消え去る。

大破した突撃機が空中を回転しながら海へ落下する画面に海の巨大な波紋が重なり、墜落した突撃機を探査する飛行艇がゆっくり旋回し、そこに死んだ戦士たちのポートレートが次々と映される。戦いが語られる映画のラストに、死んだ者たちの顔を次々と映すというやり方は、常套的であるだけに、人物たちがリアルで繊細なショットの注意深い積み重ねの中で撮られていない場合には、ある種の日本の戦争映画のように無残な映画の出来具合の悲惨な駄目押しにしかならないのだが、アラノヴィッチの『トルペド航空隊』は、真の傑作なのだ。そして、この映画はソ連の国家賞を受賞している。

にもかかわらず、記者会見の会場にいたジャーナリスト（多分、新聞社の映画欄を担当しているジャーナリストだろう）から発せられたアラノヴィッチへの質問では『トルペド航空隊』が反戦映画だとされてしまうのだった。反戦映画に旧ソ連が国家賞を与えるわけがないのに、登場人物の航空隊員のみならず、隊員の妻の乗った船も敵の爆撃で沈められて死ぬ、という映画が、どういうわけか、ソ連に「反戦映画」など存在するはずがないのにもかかわらず、ストレートに反戦と信じてしまう単純さと、この連載で触れた、ソ連が主導したと言われもした謎の多い「反核」を結びつけるつもりはないが、しかし、私たちは、戦後の占領軍の検閲にも抵抗しはしなかったし、そうした素直さにつながるものとして、『反核——私たちは読み訴える』に、掲載されている詩（ほぼ三十年前に書かれた）を思い出さないわけにはいかない。

大岡信、井上靖、松永伍一、山本太郎（3・11以後、脱原発発言が再々報道されたタレントではなく、戦中派世代の詩人）の四人の詩が載っているのだが、生前、どういうわけか、遠藤周作と並んで、毎年ノーベル賞受賞者発表の季節になるとマスコミ各社の記者がどちらかの受賞の報を待ったという伝説の伝えられる井上靖は、今（一九八二年三月三日）から十三年前に書いた「新しき年の初めに」という詩を朗読する。おそらく元日の新聞用に注文されて書いたと思われる内容の詩を「これは、平和を願い、核を否定する私の心」であると同時に「また、日本人全体の心でも、世界の人々の心でもあると思います」と語り（わざわざ英訳したものまで）集会の場で読みあげられたらしいのだが、「文学者反核運動の初集会」で「皆さんに、是非聞いてほしいのです。」という（ちなみにこの時、井上は七十五歳）詩を次に引用しよう。

「去年は地球上で実にたくさんの人が／生れ、たくさんの人が死んだ。生れ／方は同じだが、死に方はみな異って／いる。今年もたくさんの人が生れ、／たくさんの人が死ぬだろう。（中略）新しい年は、生も死も、その間に横／たわる人生も、天山の湖に影を落す／ような、そんな年でありたい。争い／ごとのない平和な地球！　今はその／ほかには何も願わない。」

この詩が「反核運動の初集会」で日本語と英訳で読みあげられたことを、愚劣と言うのも馬鹿気ているし、他の三人の詩人たちの詩が井上の詩より秀れているとも言えないし、二人の詩が戦前の『辻詩集』（「「種蒔く人」たち2」の註・三を参照）や、その後一九八九年の湾岸戦争時、「鳩よ！」の特集に詩人たちが書いた詩や和合亮一の詩に比べて劣っているとは言いがたい。

国民的現代詩人の一人である大岡信の「「遊星号」の憂愁」も、同じ集会で朗読され、ブックレットにはその一部が引用されている。「アジアの河／ヨーロッパの湖水／アメリカの運河／アフリカの滝を／人間の皮膚が流れる／むいたキウリの皮のように（一行アキ）顔のないいくつもの国で／顔のないいくつもの手が／血に濡れた金銭《ぜに》を／かぞえている」というのがそれである。集会に集った人々はどんな顔をしてこういった詩の朗読を聞いていたのだろうか？

（註・一）

「核戦争の危機を訴える文学者の声明」の大規模な運動の四年後、チェルノブイリ原子力発電所が爆発するが、むろん、文学者たちは、反核集会のような規模の行動はおこしはしなかったし、三年前のスリーマイル島原発のメルトダウン事故についても触れられてはいない。人々（もちろん、言葉を使って発言することが、職業であったり、主要な関心事であったりする）には、何かがあった時、ようするに、いざという時、発言することが半ば義務のように求められ、発言する者たちは、そうすることが、もちろん、やむにやまれぬ（あるいは、いてもたってもいられない、といった切迫感としても語られるような）自主的な行動なのだろうし、そうした自主的な発言行為こそが（しかし、実のところは不要不急なのかもしれない）「非常時のことば」と呼ばれる類いのものだろう。

一九八二年当時、前年にレーガン大統領は核戦力強化計画を発表していたし、「核戦争の危機を訴える文学者」は確かに多数（同年一月二十日の文学者の「声明」と署名者名が新聞紙上に発表された時で、二八七名、三月十八日現在で五二三名——岩波ブックレット『反核』）存在したが、核戦争の危機が高まったというよりは、レーガンのNATOにおける核戦略強化のせいで西ドイツを中心にヨーロッパで反核運動が高まったというべきだろう。それはそれとして、岩波ブックレット『反核』に載っている発言集の中で推理作家の佐野洋は、あっさりと率直に、「第二次大戦で私たちの先輩の大衆小説家はみな戦争協力者となったので、こんどは絶対そういう道に進まないということを、推理小説の私がやれる最低のことじゃないかと思っています」と語っているのだが（傍点は金井）、ありふれたファシズムとは、どこにも過激なところなどなしに、最も大衆的なメディアと一体化したプロパガンダとして、あふれかえる言説として広がるものだろう。

さて、本書の205ページのタイトルに「ありふれたファシズム」という言葉をカギカッコに入れて使用したのは、『野獣たちのバラード』という邦題で一九六五年に公開されたミハイル・ロンムのドキュメンタリー映画の原題が『ありふれたファシズム』だったからで、私としてはこのタイトルを介して、ロンムの『一年の九日』（'61年）について語る方へ筆を進めるつもりだったのが、ごく限られた日常的なメディア体験の範囲の中で眼にする、いわば善意の「非常時のことば」への違和感について性急に書いているうちに、連載が二十三回目を迎え、突然、アレクセイ・ゲルマンの死亡記事を発見したのだった。

「様々なる意匠、あるいは女であること」で触れた円地文子の『私も燃えている』は主要な登場人物で女主人公とその姪と三角関係になる原子物理学者（自分ではニヒルに電気屋と称しているが、作者にとっては、現代の知と性の文化的英雄でもある）が、実験中に放射能を浴びて死ぬ、という一点だけがロンムの『一年の九日』と共通しているとは言え、もちろん言うまでもないことなのだが、それ以外の全ては、まったく異質とは言え、ロンムの映画について後で触れるつもりだったのだ。

ミハイル・ロンム（一九〇一―七一）は、モスクワ国立映画大学の演出科の教授として、五

○年代末から六○年代にかけてのソ連の「雪解け」の時代に国際的に注目されたタルコフスキー（『僕の村は戦場だった』'62年）、グリゴーリー・チュフライ（『誓いの休暇』'59年）、コンチャロフスキー（『最初の教師』'64年）といった逸材たちを世に送り出してもいるのだが、『一年の九日』は、そうした教え子たちの映画よりもはるかに瑞々しく刺激的で若々しい。

　ところで、むろん大した意味があるわけではないのだが、ロンムの映画についていよいよ書こうと決めた'12年の九月、'93年に作られたパンフレット『ロシア映画の全貌』（日本海）に蓮實重彦が、『恋の映画誌』（'02年）の中に山田宏一が『一年の九日』について書いているのを確かめた後、池袋の中華料理屋で知人たちと食事をし、ふと、灰皿（何年か前までは生活上の必需品だった道具だ！）を兼ねた古めかしい星座占いおみくじ器（星座別の投入口に百円入れると、桃色の小さな細長い巻紙状の占いが出てくる）を引いてみると中吉で、「今日の格言」という囲みには「女の行動に理由なんかないわ。男は理由を求めて恋を失うのよ。by. 映画「天使」」と印刷されていたのだった。なぜ、こういう脂《やに》くさいジェラルミン製の灰皿付き占い器から出てきた紙に、エルンスト・ルビッチの『天使』の、二人の男と一人の女をめぐるマレーネ・ディートリッヒの台詞が書いてあるのか、これはまさしく、『一年の九日』についてこの連載で触れよ、というおつげなのだと、つい信じてしまいそうになったのだが、それはそれとして、山田宏一はこの映画が『突然炎のごとく』と同じ年に撮られ、当時三十歳になったばかりのトリュフォーに対して、ロンムが六十歳だったという「おどろくべき若々しさ」に触れ、文章のタイトルも「原子物理学研究所のジュールとジム」とつけられている。主役の女優は「「美人の物理学者」という程度の美人」にすぎないのだが（蓮實はルビッチの『生活の設計』の女優の名を挙げて「もちろんミリアム・ホプキンスのような瀟洒なあでやかさはない」と書く）、しかし「愛と幸福に向うときには女らしく大胆で決断力があり、突発的ですらある」一方、共通の知的友情で結びついた三人の男女の関係の中で、二人の男たちは、彼女に対しても、彼女を間にした自分たちの関係についても「いかにも男らしい優柔不断さ」で（傍点は引用者）戸惑うばかりであると山田宏一は楽し気に続ける。

三人の男女の微妙な恋愛感情のやりとりと言うのであれば、ロンムより一つ年下で'65年には自殺をしてしまうボリス・バルネットの『青い青い海』（'33年　ゴダールの『映画史』にも、その、映画史上最も美しいスローモーション撮影が引用されていた）をはじめ、映画や小説の質としての出来不出来に関係なく、もっともありふれたストーリーの一つなのだが、ロンムの『一年の九日』について語る時、山田と蓮實が当然のように口にする名は、もちろんエルンスト・ルビッチの洗練の極をいく艶笑コメディである。

三角関係にある男女の一人の原子核理論の研究者が、核融合の実験中に放射能を浴びて死ぬという筋立ては、円地文子の通俗メロドラマ小説にも採用される程度のものにすぎないのだが、しかし、一九九三年に発行されたパンフレット『ロシア映画の全貌』の作品紹介のページの『一年の九日』の「あらすじ」は、「愛と友情と仕事で結ばれた」「研究一途のグーセフ、シニカルだが機知にとむクリコフ、二人を前にして心の動揺を隠せぬリョーリャ」が「生活の危険を省みず、研究に励むグーセフの力になろう」と結婚し、「しかし、家庭を顧みず自らの命を賭してまで挑む核開発とは一体、何なのか、彼らに課せられた課題は大きい。」と、映画の中では語られることなどない、核開発への疑問が、いたたまれず（この映画の三人が原子物理学者であることが、居心地が悪いとでもいう調子で）言及されるのである。それはセミョーン・アラノヴィッチの『トルペド航空隊』を自動的に反戦映画と思い込む感性と共通しているものなのかもしれない。

悲劇的な「死」を用意した年月が一年のうちの九日を選んで語られているにもかかわらず、それは『突然炎のごとく』のジュールとジムとカトリーヌの関係どころか、「まるでハリウッドのロマンチック・コメディー、それもエルンスト・ルビッチの洒落た艶笑喜劇の三角関係にも匹敵するおもしろさなのだと言ったら、不謹慎だろうか」（山田宏一）と私たちは思うのだし、一方の男との結婚を決めた女性が、それをもう一方との「決定的な別離になるとは信じていそうもない彼女の堂々とした楽天性」と「原子核理論を研究する男女が、特権的な「知」を扱うことの倫理を語ってもいっこうに教訓的にならら」ずに「愛の物語として成就」し「文学ならあっさり悲劇的な三角関係に陥りかねぬ題材を、映画は、矛盾なく複数の男を同時に愛しうる女性の物語として描きうるもの」（蓮實重彥）だということを確認したいのだ。

ここで「文学」と呼ばれているものを、何も円地文子に代表させるつもりはないものの、核融合の実験中に放射能を浴びて死ぬ登場人物の美男で大変モテる孤児という設定が、後に自ら現代語訳をすることになる、言ってみれば泣く子も黙るといった日本文学の正統的古典『源氏物語』を意識していることは確かで、もちろん、当然のことのように悲劇として書かれていたのだが、テレビ・ドラマ化された時には、原子物理学理論の持つ円地的にロマンチックでニヒルな物質哲学さえもがエコロジストに脱色されることになる。

『一年の九日』のモダニズム的なSF映画のセットめいた原子力研究所で研究されているのは、ロンムがこの映画と『野獣たちのバラード』のカメラマンに選んだゲルマン・ラヴロフの無垢な視覚を発見する大胆でねばり強い仕事ぶりと才能を比べている、水爆の父と言われ、後に（一九八〇年）反体制的人権運動を展開して国内流刑になったアンドレイ・サハロフのことが念頭にあったのかもしれないことを、忘れるわけにはいかないのだが——。

そして、『フルスタリョフ、車を！』を最後に、ついに新作を撮ることの出来なかったゲルマンの死を報じる小さな記事を見てから、ほぼ一カ月半がたち、新聞で、トム・ハンクスとレオナルド・ディカプリオが製作するゴルバチョフの伝記映画の企画が進行しているという記事を眼にしたのだった。メリル・ストリープがサッチャーを演じた映画のように当然ゴルバチョフを讃美するのだろう。監督も主演もまだ決ってはいないらしい。

註・一　反核集会で読まれたのだから、「人間の皮膚が流れる／むいたキウリの皮のように」という詩句から、たいていの者は、数々の証言の語る原爆投下による悲惨な火傷（ズルズルとむけた皮膚を下着のように手でかきあげている姿）を思い浮かべ、「むいたキウリの皮のように」という、唐突に使われる涼し気な比喩にこのうえなく違和感を持つ、むいたキウリの皮は水に漬かった状態ではパリパリになることも、この詩に別の種類の違和感をもたらすことになるだろう。丸谷才一は「近代日本の詩人のなかで、大岡というのは例外的な存在……挫折感とか不幸せとか孤独とか、そういうマイナス方向のものを表に立てることによってではなく、幸福感を歌う」、と語っていた（「丸谷才一最後の対談」白石明彦　朝日新聞'12年12月2日）というのも、うなずけると言うものである。

あとがきにかえて 1

「芸術は爆発だ!」なので、わが塔はそこにたつ

二〇一三年九月

二〇一一年の六月号から二〇一三年五月号までの二年間の連載を単行本にまとめるためかなりの量の加筆をする必要を感じてその作業を続けているうちに、八月になってしまいました。五月号の、二十四回目の末尾には、連載をまとめた単行本が八月に上梓され、連載も再開されるという予告が載っていたのですが、大幅な加筆に思わぬ時間がかかってしまったのは、加筆するために参照する本を調べてページをめくっているうちに、読みひたり、つい、別の興味のおもむくままあれこれと横道にそれてたどりつつ、当初とはまったく別の思いもしなかった本の世界に迷い込んだりしたせいかもしれません。

二〇一一年が岡本太郎の生誕百年だったことと原発の「バクハツ」が結びついてしまったこ

とを一回目に書いて二年がたち、安倍首相は憲法改正と原発を外国に売る商売にやっきとなっていて、二十四回目の連載を終えていた六月六日の「天声人語」には、成長戦略第3弾スピーチの中で、首相が岡本太郎のテレビCMでのコピー「芸術は爆発だ!」を引用したという記述が載っていたのでした。

「芸術は爆発だ!」について「天声人語」は「岡本太郎の懐かしい叫び」と書いています。そして、その叫びを太郎自身、それこそが自分の芸術哲学と思想であると信じていたことに、もちろん疑いは毛頭ないのですが、しかし、この流行語だったのに違いない(その年の流行語大賞に選ばれたのだとしても不思議はありません)「芸術は爆発だ!」が有名になったのは、それが一日のうちに何度も何度もテレビの画面に流されるCM(ビデオカセットの)として放映されていたからです。岡本太郎がコマーシャル・タレントとしての豊かな才能を持っていたことは、すでに、ウイスキーにグラスのおまけが付くというCMの「グラスに顔があったっていいじゃないか!」で証明されていたのです。その才能と人気は、印象的な特徴のある、普通の状態ではないように見える凍結し固定化した顔と、一発芸的キャッチフレーズの単純さで、まず、幼稚で野蛮な小学生の男の子たちに受けたのであり、指圧の浪越徳治郎(押せば命の泉わく)や、禁煙パイポの、小指をたてて中年男が語る「私はこれで会社をやめました」、あるいはブッシュマンのニカウさんと同質の、あるいは「気合だ! 気合だ!」と叫ぶ元プロレスラーのアニマル浜口と似てもいる、いわばバブリーで異形なものとして、バクハツ的人気だったと言えるでしょう。繰りかえしますが、小学生の男子に人気があったのです。安倍首相は幾つの時だったのでしょうか。

連載の第一回目に岡本太郎の「叫び」を引用しながら、それがテレビのCMだったことは忘れてはいなかったものの、一体何のコマーシャルとして叫ばれたのかまるで記憶になく、改めて調べてみなければなりませんでした。むろん、今やビデオカセットという物自体、懐かしい昭和の遺物の一つなのですが——。

しかし、安倍首相（と言うか、スピーチの起草者）は、更新が必要なインフラを官民のパートナーシップを積極的に活用することで成長させる戦略を語るにあたって、意表を突いてというか非常識というか、岡本太郎を引用するのでした。

「芸術は爆発だ！」／大阪万博の『太陽の塔』で世界の度肝を抜いた、岡本太郎さんの有名な言葉です。／岡本さんは、日本が焼け野原から再び立ち上がろうとしていた昭和29年、著書「今日の芸術」の中で、こう述べました。／「すべての人が現在、瞬間瞬間の生きがい、自信を持たなければいけない、そのよろこびが芸術であり、表現されたものが芸術作品なのです。」と。／一人ひとりが、その生き方に誇りを持ち、それぞれの持ち場で、全身全霊をぶつける。岡本さんの、日本人に向けた強烈なメッセージだと思います。／岡本さんの言葉は、芸術論のように見えて、実は、人生論であり、成長論でもあると、私は思います。／今こそ、日本人も、日本企業も、あらん限りの力で「爆発」すべき時です。／「民間活力の爆発」。これが、私の成長戦略の最後のキーワードです。

（安倍総理「成長戦略第3弾スピーチ」平成25年6月5日）

翌日の朝日新聞には、5日の東京株式市場がこのスピーチの「最中に下落に転じ」たのは「中身が乏しい」ための失望売りが急速に広がったためで、日経平均株価の終値は「前日比で518円安と急落し、今年3番目の下げ幅となった」と報じています。

岡本太郎が万博から十一年後、今からは三十二年前のテレビのCMの中で叫んでいた時でさえ、「芸術家」としてはいかがわしいズレたトリックスターであったことを、第3弾スピーチの書き手は意識していたのかどうか。

ところで、この原稿を書いている最中、夕方からのテレビ・ニュースを見ると、広島の68回目の平和祈念式典の様子を放映していて、名高い原爆ドームのような象徴性を持つにいたってはいないものの、その前で式典の行われる丹下健三設計による原爆慰霊碑が映り、少なくとも毎年の記念式典を伝えるメディアの映像としての他にはあまり眼にすることもないこの建造物を見ながら、今年は丹下健三生誕百年だったことを思い出しました。

八〇年代のはじめ「建築のケの字も知らな」い大学生が名画座でアラン・レネの「メロ・ドラマ」『二十四時間の情事』(’59年)に登場する丹下の建物を見て、それまで思いもしなかった「建築というものについての深い学習をする」ことになった、と書いていました(中谷礼仁『国学・明治・建築家――近代「日本国」建築の系譜をめぐって』)。

マルグリット・デュラスのシナリオも、アレン・レネの演出も、主演の岡田英次の役の設定が建築技師だったこともさておき、映像の中で戦後十四年目の「広島の風景は未だ焼け野原のままといったような状況で、そのほこりっぽい風景はあたかも地平線まで続いていて、ポツポツと簡易住宅」が建てられているだけなのだが、ホテルのバルコニーに立っている岡田英次を映していた「カメラがパンして、彼らのホテルを俯瞰しながら後方に見える、巨大な広場に屹立している一つの建築を映しだし」「荒々しい太い柱によって保たれたその意志の塊は、焼け野原の中で一際日の光にうたれているかのよう」であり「乱暴なまでにシンプルなコンクリートの打ち放しは、荒土と化している大地の上でその何もかもが必然であるよう」にさえ見え(残念なことに若い中谷は、戦後の広島と言えば当然その名を出さないわけにはいかない『仁義なき闘い』シリーズを見ていないらしいのです)、「黒沢明の戦後の映画に出てくるような泥沼の中で豪放に生きぬ」く人間像というありきたりのイメージと重なった「戦後の精神」をかいま見たような気がするのですが、要は、次の、これまたありふれた戦後史的な結論でしょう。

「つまりこのシーンの強烈な印象は、忽然と廃墟に現れた闇屋の主人と建築とが、向いた方向は全然逆であったけれども、その初源において同じ大地に立っていたことを暗喩していたからのような気がする。」

丹下健三の設計による広島平和会館原爆記念陳列館は、言うまでもなく、若い中谷（まだ建築のケの字も知らない）が八〇年代のはじめに『二十四時間の情事』を見て感知した〝復興〟と〝発展〟の巨大なシンボルとしての建築なのです。

ところでその映画の中で、若い建築技師を演じた岡田英次は、木村功と並んで戦後のある種のインテリ女性に絶大な人気のあった俳優で、久我美子との接吻シーン（ただしガラス窓ごしの）が有名な『また逢う日まで』（'50年）の主役をはじめ、社会派映画に多数出演し、'64年には勅使河原宏の『砂の女』に出演し——まったくの余談ですが、安部公房の原作で、前衛生花の勅使河原蒼風の息子宏の撮った一連の映画について当時、詩人の岡田隆彦が、草月流シネマとまことに的確な評言をもちいて批評したのを思い出しました——長いキャリアの中で、闇屋とも土建方面とも関係のありそうなヤクザの親分も演じましたが、考えてみれば、中谷礼仁が引用する青年を映していたカメラがパンして、一つの建築を映し出すというシーンと、青年が建築技師であるという設定とを結びつければ、いわば建築家の未来は、オリンピック、万博を含めて絢爛たるものでした。青年建築技師がフランス人女優に、広島に残らないかと言うのも、マルグリット・デュラスやアラン・レネの思わくとはまるで異って、高度成長期の豊かさを約束しているかのようにも見えかねませんし、この青年建築技師は国際的な場で活躍することになるかもしれません。なにしろ、「メロ・ドラマ」なのですから。

レネの映画とは逆構図で、その日（'55年8月6日）竣工したばかりの広島平和記念資料館バルコニーから広場を見下ろしている丹下の後姿の映っている実に印象的な見開きの写真が、生誕百年記念特集の「芸術新潮」（'13年8月号）に載っています。広場に集った群衆の大きさとの比較で、この建物のバルコニーの広さとコンクリートの柱の大きさがわかり、群衆の波の中に丹下設計の鞍形（と言うのか、埴輪の家の屋根の形にも似ている）の原爆慰霊碑（毎年、その前で記念日の式典が行われる映像をテレビで眼にします）と、その後方の原爆ドームが見え、「乱暴なまでにシンプル」なコンクリート打ち放しのバルコニーの柱の大きさが目立ちます。ふと、映画の中のローマ帝国の建物や競技場の皇帝席（？）と広場に集った市民と支配者を同時に上方の視点で撮るシーンを思い浮べてしまうのですが、『二十四時間の情事』の日仏二人のカメラマン（高橋通夫、サッシャ・ヴィエルニ）は、この写真を見たことがあるのかもしれないし、そもそも、この巨大な原爆を記念する建造物こそが、アラン・レネとデュラスに、ヒロシマを舞台にした映画を撮る発想をもたらしたのかもしれないという気さえするほどです。長崎の平和公園の折り鶴と人物をモチーフにした彫刻を見ても、アラン・レネとデュラスは、絶対に視覚的な触発を受けはしなかったと思います。丹下健三の建築理念とはなんの関係もなく、周囲の風景の中であの当時、一種、超現実的な帝国的といってもいい建造物の出現のように見える異様さが表現者の気持ちに何かを与えないわけがないでしょうし、長崎の記念碑を見て前衛的な映画作家が映像レベルで触発されることは皆無でしょう。

NHKが放映した岡本太郎生誕百年記念の伝記ドラマ『「TAROの塔」』では、太郎と丹下は、強烈な芸術家的自我、知的に全体を見とおすプロジェクトの責任者というステロタイプ化された劇画的な（今時の言葉でいえばクール・ジャパンな）対立の中で万博の「太陽の塔」を創造・建設するのでしたが、もちろん、この「塔」は関西電力の最初の原子力発電所から送電される電力によって輝き、また原子力発電が人工の太陽エネルギーであることを、おおらかな自己肯定の無邪気さで宣言したものでした。

ところで、二〇〇七年の夏、安倍首相（第一次内閣）は潰瘍性大腸炎という病気のせいで青ぐろい不健康そうな顔をしていて、それからすぐに首相を辞任することになったのでしたが、総理大臣の重責に耐え得ず押し潰されそうになっている、とでもいった印象で、丁度その頃網膜剝離の二度目の手術で入院していた私と同室の女性は母性的で、ベッドの上でテレビを見ながら、皆にせめられてあんなに痩せちゃって、安倍さんかあいそうに、と日に何度も言うのでしたが、私が連想したのは、スティーヴン・キング原作の「ランゴリアーズ」というテレビ・ドラマでした。

ロサンゼルスの飛行場から数人の客を乗せてボストンに向って飛び立った旅客機が、空港も眼下に見えるはずの都市も失われて何もない異次元の世界に入ってしまうのですが、その原因というのが、乗客の一人の無能な大会社三代目経営者のせいなのです。大成功をおさめた事業の創始者の祖父とそれをさらに発展させた父親のもとで、失敗は決して許されないという帝王教育を受けた三代目は、自分が中心となった初めてのビジネスに失敗して、尊大で支配的な権力者である父と祖父から子供の頃、年中聞かされていた、成績が悪かったり、失敗したり、自分たちの言いつけを守らなかったりすると、ランゴリアーズというおそろしい貪欲な怪物がやって来てお前を食べてしまう、というおどしを思い出し、会社のあるボストンだかニューヨークに戻って祖父と父に失敗を報告するのが恐ろしいあまり、架空の脳内の怪物ランゴリアーズを出現させてしまい、周囲を巻きこみながらランゴリアーズたちが時間と空間をバリバリと貪欲に侵食してしまって世界が空虚な空白と化すという、父権型社会のエリート男子の幼稚な悪夢の物語です。

もちろん、安倍首相の「ランゴリアーズ」は、祖父と大伯父の時代から追従してきたアメリカの意向との矛盾をそのまま受けつぎながらの日本主義なのですから、「改憲」ということになります。

そして、それはさておき、安倍首相は日本に活力を取り戻すための「成長戦略第3弾スピーチ」で、つい二年前の原発爆発事故とその生誕百年が重なったことで思い出す者もいた岡本太郎のテレビコマーシャルの「芸術は爆発だ！」を引用することになったのですが、それはもちろん、美術批評家の椹木野衣とも共通する肯定的な岡本太郎観によってのことでしょう。

椹木は「太郎の存在自体がメッセージであり作品性を持っている。晩年の不遇をひき起こした『芸術は爆発だ』のCMすら、作家のイメージを今に伝える重要な役割を果たしている。いわば存在そのものが最高傑作ともとれるのです」と'11年4月6日の朝日新聞文化面にコメントを寄せていたのでしたが、安倍晋三（のスピーチ起草者）も、まったく椹木と同じように考えていたのに違いありません。

晩年にひきおこされた不遇というものについて、両者の考え方は少しニュアンスは違うかもしれませんが、力強い存在としての、時ならぬ太郎の再登場がそこでは語られています。

中谷礼仁は、昭和二十七年に東京都庁舎の計画時丹下健三と共同戦線を張った岡本太郎の「法隆寺焼失に関してのコメント」を自著に引用しています。太郎は「……だが嘆いたって、始まらないのです。今更焼けてしまったことを嘆いたり、それをみんなが嘆かないってことをまた嘆いたりするよりも、もっと緊急で、本質的な問題があるはずです。……自分が法隆寺になればいいのです。」と語るのですが、こうした颯爽とした復興期の精神は、革命的であるというより新しい（そして自己愛的な）伝統主義と称すべきものであり、太郎の法隆寺は「太陽の塔」だったとも言えるでしょうが、それよりは端的に「爆発だ！」が赤瀬川原平が予言したように「原発」において実現してしまったことだったかもしれません。

椹木の言うように「芸術は爆発だ！」というCMが晩年の不遇をひき起こしたのかどうかはともかく、また「太陽の塔」が安倍の言うように「世界の度肝を抜いた」とは到底思えないのですが（そう言えば、'70年の万博会場で行われたマレーネ・ディートリッヒのコンサートを見に行ったことがあったのですが、コンサート以外のものは見もしなかったし、度肝を抜かれるもなにも「太陽の塔」の記憶など何もないのです）、確かなことは、安倍晋三首相のインフラにおける民間資金投資を求めるスピーチに引用されたことによって「太陽の塔」が「原発翼賛・推進のモニュメント」（絓秀実）であったことが、駄目押しさながら歴然としたことです。

六月六日付け「天声人語」は、首相のスピーチについて、「「爆発」というキーワードにいさか驚かされた。」と書きはじめます。

赤瀬川原平が岡本太郎の叫びを、予言的なパロディにした「原発はバクハツだ！」を知る者はそう多いとは思いませんが、しかし、この二年と三ヵ月間、日本で「爆発」と言えば福島第一原発の一連の爆発以外のことではあり得ないのですから、私たちは首相のスピーチに引用された岡本太郎の言葉が倒錯的に赤瀬川の「原発はバクハツだ！」のパロディのように聞こえもするのでした。私たちは原発の最初の爆発からテレビの「30キロ以上離れて撮影」という放射能の危険度を暗に示しているかのような距離を明示した福島第一原発をぼうっとした望遠レンズでとらえた映像で見つづけたのでした。30キロ圏内の取材自主規制という制約を作り、30キロ離れた距離に居つづける報道のカメラは何を撮影しているつもりだったのでしょうか。もちろん、何かを放棄した事実です。

あとがきにかえて 2

なので、「非常時のことば」

二〇一三年九月

幅広い分野と範囲を網羅するタイプの読書とは無縁ですし、この二年間の連載を通して私が眼にした対象は、ごく日常的なメディアとしての新聞や雑誌書籍のほんの一部にすぎません。

本文中に、中井久夫が神戸の震災に触れながら使用していた、毛を吹いて疵《きず》を求める、という言語を記しましたが、この出自がいかにも中国の古典にありそうな言葉の意味を、新聞論説委員なども使用するのかもしれない『中国故事成語辞典』（角川小辞典）でたしかめると「皮膚をおおい隠している毛を吹き分けて、下の傷まで捜し出す。わずかな他人の欠点や後ろ暗いことを無理にあばきたてて追及すること」や「人の過ちをあばこうとしてかえって自分の悪事を暴露し自ら災いを招くこと」などをいう、と解説がありましたが、私が思い浮かべたというより、手が感触としてまざまざと記憶していたのは（と書いたほうが正確なのですが）、派手なケンカの後、身体のどこかを相手の猫に噛まれたか爪で深くひっかかれたのが確実な、疲れきった様子で戻ってきて押入れの中で丸くなっている猫《トラー》をそっと抱きあげて部屋に出し、毛を吹くようにして傷を捜し出す時の、あたたかくてしなやかでかたい、みっしりと柔らかな毛に幾重にもおおわれた皮膚を持つ存在（今日が七回忌）のことなのですが、それはそれとして、辞典の前項に「毛を謹《つつし》んで貌《かたち》を失う」という言葉があります。解説には「絵を描くときに、一本一本の毛をていねいに描きすぎて、かえって全体の形が似ていないものになる意」とあり、この成語の意味は「小さなもの（末）にかかわって、大きなもの（根本）を忘れるたとえ。」とあるのでした。このたまたま発見した言葉は、まさしく、私の文章の本質を衝く言葉ではないかと思えたのでした。

さて、連載中にも、また単行本のために加筆をしていた時にも書く機会を逸した「小さいこと」というか、「小さすぎること」を、ここに幾つか書いておくことにしましょう。

節電がメディアを通して声高に言いたてられていた頃、テレビに登場する女子アナたちが、それまで着用していた、三月だというのに夏服のようなペラペラというかヒラヒラした薄手の半袖や袖無しやミニスカートを自粛した（一時的にですが）のもその一つでした。その理由は、被災地の東北はまだ寒く、火の気もないような避難所で人々が寒さと絶望に震えているのに、福島の原発から豊富な電気が供給されていた時のように、ぬくぬくと暖かいテレビ・スタジオでヒラヒラした薄物を身にまとって腕や脚をむき出しにしているのは不謹慎だ、というものだったようです。リーマン・ショック以後、女子アナはおしゃれなファッション・リーダーであることが出来なくなり、テレビを見る一般的な家庭の家計上の、服飾費が消費傾向になるように配慮されたマネキン的役割はそれなりに荷っているから、その後、自粛は解除されたようですが、「3・11以後」何かを変えなくてはならないという思考や言説をかなり眼にしたように思います。

　こうして単行本のための「あとがき」を書いている今、そうそう、と思い出したのが、5月16日朝日新聞夕刊の、ほとんどロマンチックと言っていい「本」への「思い」を語る連載コラム「紙の本をたどって」に、「原発が当たり前のように生活に組み込まれていた」ことに対して「当たり前を疑うことをしていかないと、社会も変わらないんじゃないかと思って」書籍の「帯」をとった小出版社の小さな決意と、4月16日の朝日新聞夕刊に載っていたチェーホフの『桜の園』を『さくらんぼ畑』と言うタイトルの新訳で出版した群像社の記事でした。

　チェーホフにかぎらずロシアの小説には果樹園がよく出て来ますし、果樹の「畑」というい方は、「リンゴ畑」をはじめ、私たちはマーティン・ピピンや、それに三橋美智也の歌を通してなじみがありますから、「さくらんぼ畑」自体にはそう違和感はありません。

しかし、群像社の社長は「震災後の言葉は震災以前と同じではありえないはずだ、同じ言葉を使うことは以前と同じことを続けることになる」と語っています。もちろん、「転機は3・11」で「津波と原発事故の映像を見るうちに内面に変化が起きた」のがキッカケで『桜の園』という優雅なタイトルを変えなければと考えたようです。

また、精神科医の斎藤環は平田オリザの『わかりあえないことから』を4月21日の朝日新聞の「売れてる本」欄で紹介し、「震災以降、ばらばらになってしまった私たちの心」と、ほとんど衝動的に口走って書くのですが、「私たち」があんなに「日本はひとつ」や「大丈夫、みんながついている」「つながろう」や「絆」と言っていたのは、いつの事だったでしょう。

ある者は「高度経済成長時代から何十年と続いた「終わりなき日常」が突然断ち切られる「暴力的な瞬間に私たちは遭遇してしまった」やら「普通のことが普通にできる暮らしは、3・11を境にその根底が音をたてて崩れた」や「災害時に電話は使えない。ソーシャルメディアの利用経験の有無は、被災者の生活の質に大きな差異を生んでいる」やら、あるいは、'11年の4月新聞連載中の詩のページに書いたものの、被災者が読んだら傷つくのではという編集部の意見で載せなかったという、「大地の叱責《しっせき》か／海の諫言《かんげん》か／（中略）文明は濁流と化し／もつれあう生と死／浮遊する言葉／もがく感情」（谷川俊太郎）という詩も、私たちの生活を覆った、あまりにも見なれた言葉でできている「非常時のことば」ではなかったでしょうか。谷川俊太郎も石原慎太郎も同じようなイメージを大津波の災害に対して持ちました。

それから私は「非常時のことば」でも「戒厳令下のことば」でもない、『詩と、人間の同意』（稲川方人　思潮社）のページをめくります。苛立った経験が思い出されはするのですが、共感することとの出来る言葉の書き手でもある稲川の「著者20年余の思考の軌跡」と帯にある本の最後に収められている震災後に書かれた「郷里が避難区域になったら、俺はそこに戻って被曝しながら抵抗するよと、オーストラリアン・リトルホースに耳打ちした」は、48字19行の組みで十三頁とほぼ半頁、最後に打たれた小さな空白の「。」と呼びたいような句点を持つ散文詩と言ってよいかもしれません。

「福島第一原発から七十数キロの地に位置する、福島中通りにある小さな町で生れ育ち、いまは無産者のひとりでしかない私」が一万二千百九十二字の言葉を句点を打たずに書くためには、何度も何度も書かれた文章を前に戻り、さらに書きつつある言葉を頭の中で反芻し読みかえしながら言葉を選ぶという、一種苦渋に満ちた作業を行うということです。そうした書き方を詩人に選ばせたのは、二〇一一年の「三月十一日からいまこの原稿を書いている五月四日まで」の時間の中で「変動のどれもが得体の知れないものとして、つまりは非言語的なものとしてわれわれを襲っている過程」だったからでしょう。ですから、稲川がこの長い長い文の一行

（しかし、あるはじまりがあって〈。〉という記号で終わりになる、文とは？）の中で、あらわにする怒りに接する時、私たちは、ほっとします。妙な言い方かもしれませんが、三月十一日以後の紙に印刷されたメディアの中で、私たちが一番出あうことが少なかったのが、不思議なことに怒りを語った言葉だったからです。

引用するのがそもそも困難な一行の中で稲川方人は、「震災後、すぐ「3・11」だとか「フクシマ」だとかいう二十世紀的な概括的記号に還元してしまう、あるいは既に還元してしまったもの書きや知識人は生涯馬鹿にされてしかるべきだろう」と思うのですし、「三月十一日を「将来のいつの日にか思い返すことがやってくるのなら」などと平然と書く、既に事態を忘れてしまったらしい某詩人がいるようなこの国の「文化」は腐っている」と書くのですが、もちろん長い一行の中でそれらは読まれるべきでしょう。そう書いてから二年の時間を経て、それ以前の二十年間に書いた批評と合わせた『詩と、人間の同意』は出版されたのですが、この「非常時」にメディアで何がどのような言葉で書かれたかについて、私の狭く限られた読書生活の中で読み得たもの（「現代詩手帖」を長いこと読んでいないので、連載時に眼にしていなかったわけです）について書いてきた連載をまとめるにあたって、最後に稲川方人の言葉を引用できたのは幸いでした。

この文章のタイトルにある「なので、」という説明的接続詞を独立した言葉のように使う例を耳にするようになったのは、いつの頃からだったか。今でも大嫌いなこの接続詞を、あえてタイトルに使いたかったのです。

絵・金井久美子

平成は終わる　うやうやしく——令和に寄せて

明治・大正・昭和と続いた個人の死による元号の変化が、近現代史を語る時に使用されはするものの、今日ほとんどの者は、日常的にも歴史を考える時にも元号を使うことはないはずである。

この原稿が掲載されている紙面の上方を見れば、太ゴチック体の西暦の年数の後のカッコ内に、とりあえず、一応といった目だたなさで元号が記されていることからも、使用頻度がわかるというものだろう。元号を使用した時間的感覚のわかりづらいニュースを伝えるのは、NHKと産経新聞のニュースだけではないだろうか。

天皇の生前退位と即位による「慶祝」ムードは、十連休を政府が作ったせいで、あらゆるメディア（町の看板から広告、チラシ、テレビ、新聞、SNS）に子供っぽい、誰はばかることのないはしゃぎぶりが広がって、「平成最後の※※」という、すべりっぱなしのギャグのような言い方が蔓延している。

もちろん、「文化人」や「知識人」の間にはギャグではなしに、「平成」という時代を知的に分析し総括しなければならないという「義務」があるのだから、あらゆる文芸雑誌や総合誌や新聞では特集が組まれ、そういった「歴史的」場面のたびに登場して何事かを語る学者や小説家や批評家が、このいかにも「不安定」で「不透明」な時代の「時代精神」を語っている。

三十年前の改元時はどうだったのかと、手もとにある数少い資料の『新潮社一〇〇年』（二〇〇五年）という社史の年表を見ると、一九八九年（昭和六四年、平成元年）の文芸誌「新潮」は二月に「この一冊でわかる昭和の文学」という、身も蓋もなく軽薄な臨時増刊号を組み（井上ひさし、高橋源一郎、島田雅彦の座談会を掲載）、三月号では「文学者の証言　昭和を送る」という特集を編んでいる。

しかし、「昭和」は簡単に「送れる」ものなのだろうか。戦前と戦後に不自然な形で二分されている昭和天皇の「天皇の生まれてはじめての記者会見というテレビ番組」（昭和五十年）を見た小説家の藤枝静男は「文芸時評」に「実に形容しようもない天皇個人への怒りを感じた。」と書き、それは、戦争責任について質問された昭和天皇が、そういった文学的問題はわからない、という意味のことを答えたことに対する戦争体験者であり文学者でもある者の怒りだった。

長い戦争の後、人間宣言をして途中から「象徴天皇」になったのとは違って、「象徴天皇」というものを「国民の安寧と幸せを祈る」だけではなく「人々の傍らに立ち、その声に耳を傾け、思いに寄り添」う存在として行動した「平成」の天皇は、平成最後というか在位中最後の誕生日会見に、「平成が戦争のない時代として終わろうとしていることに、心から安堵しています」と語ったのだが、もちろん「平成」という日本だけの元号で歴史の年代を数える「国」の内部だけのことである。

一九五八年の婚約、翌年の成婚馬車パレード以後、天皇・皇后は、普及しはじめた白黒テレビと創刊されたばかりの女性週刊誌によって国民に超スター的存在として親しまれ愛されてきたのだった。「平成」は世界最悪規模の原発事故をはじめ様々な大災害を何度も経験した時代だったが、その度に被災地を訪れる天皇夫妻の映像をテレビで見る機会が驚くほど多かったし、今年の四月に入ってからはさらに回顧的な映像が流され、訪問地の沿道では日の丸の小旗を振って迎える女性が、皇后について「拝むといったらなんだけど、やっぱり、拝みたい気持」と感きわまって語り、「有難い」、「ただただ感謝です」と口々に言う。感謝？

小旗を持った女性たちだけではなく、「天皇陛下御即位三十年奉祝感謝の集い」では、北野武もお二人からお声をかけていただいた感激と感謝を語り、日本を代表する現代詩人は、美智子皇后の美しさと知性について、心底からの感嘆の言葉を書く。（「文藝春秋」五月号）「私たち日本国民はなんという優雅で深切な国母を持ち、皇室を持っていることか、と幸福な思いに満たされ」（高橋睦郎）、もう一人の詩人は、女たちが蚕のそばで暮らしてきた何千年もの歴史をふまえて「蚕の命にまで耳を澄ませ」「万物の立てる響きにお心をお寄せになる皇后陛下の詩心はとても深い」（吉増剛造）と讃美する。それは詩人の言語的批評意識をこえた存在なのだろう。

そして、こうした心底からの讃美は生前退位で終わった「平成」が二度、いや三度、うやうやしい言葉の大群と共に終わることを暗示しているのだろう。

（二〇一九年五月二日、朝日新聞掲載）

平凡社ライブラリー版　あとがき

決して古びない言葉たちによせて

金井美恵子

十年という時間は高齢者にとってあっという間に流れるものです。若い時と違って、先のことを考えるよりも、当然のことですがすぎさった過去のことを考える時間が長くなります。といっても、自分の生きてきた物語について思いめぐらしたりするわけではなく、過去に書かれた小説やら批評（むろん、様々な作者の書いた）を、おおむね唯楽しむことのために読むのですが、年齢を重ねたことの良さは、読書経験の分量はあるので、それを下地に様々な新しい発見や、忘れていたことの再発見（ささいなことが多いのですが）があるという利点に恵まれます。

むろん、どうでもいいようなことが大部分ですし、それでも胸が躍り、思わず立ち上がってステップを踏みたいような気のする、その発見をわざわざ小説やエッセイに書くほどのことでもなく、実のところ、いつの間にか忘れてしまう程度のものである場合が多いような気がします。

東日本大震災と福島原発事故にから十年目という節目に、『目白雑録5 小さいもの、大きいこと』（平凡社ライブラリー版刊行にあたって、『〈3・11〉はどう語られたか』と改題）をもう一度刊行したいという気持は考えてみれば、かなり以前からあったような気がします。

自分の書いた本ですから、手もとにあって（版元から著者分としての十冊、装丁者である姉の分が二冊）読みかえすことはいつでも可能なのですが、私が当時の文章メディアから引用した言葉たち（という子供っぽい詩的な言い方をする者たちがいます）が、決して古びたりはしない、ということにあらためて気がつく経験をしました。まだたったの十年しか過ぎてはいない未曾有の経験の後で、私たちは新型コロナ・ウィルスによるパンデミックという未経験の出来事の最中にいます。

十年前、未曾有の体験を通して（というかメディアに大量に流された映像でそれを見た者たちのほうが、当然多かったのですが）何かが（ことに言葉だったのですが）変わらざるを得ない、という言説をよく眼にしたのですが、二度の緊急事態宣言が出されたコロナ禍、物を書く人たちのテーマになったのは、限られた私の実感でしかありませんが、街の散歩がその一つだったような気がします。

そうしたことについては現在連載中のエッセイ「重箱の隅から」（「ちくま」）にささやかな思索を書いているのですが、私たちは言うまでもないことに、言説の既視感の中で生きているのだと実感します。自分自身の言葉がそうであるように、十年前に比べて変化や進歩があったわけではないのですから、相変らずのことを書いたり言ったりする文化人言説をみだりに軽蔑する資格などないのですが、そうした言説の既視感は、メディアそのものが支えているからこそ存在するものでしょう。

これを書いている今は1月31日ですが、間もなく十年目の東日本大震災日の3月11日をむかえます。八年前、私は「あとがきにかえて 2」に、稲川方人の文章を引用していました。彼が「あらわにする怒りに接する時、私たちは、ほっとします。(略)三月十一日以後の紙に印刷されたメディアの中で、私たちが一番出あうことが少なかったのが、不思議なことに怒りを語った言葉だったからです。」

また十年前の当時をふりかえる言葉が、人類や地球の未来を踏まえた憂い顔で語られ、去年から続く「コロナ禍」という世界的規模の厄災とからめて、あふれることでしょう。

ところで、そういうものがあることを今年初めて知ったのですが、全国文学館協議会共同展示「3・11 文学館からのメッセージ」というものがあり、この企画は今年九回目を迎えるのだそうです。パンフレットには「震災にまつわる多彩な表現を収集・展示・保存するこの試みは、震災から時を経てもなお、今そこにある問題として震災を考え、その記憶を風化させないために、文学館にできることとして継続してきました」と書いてあります。

言ってみれば、私もある意味、文学者で、今、あとがきを記している本は東日本大震災について語られた多くのあふれていたありふれた言葉を収集＝引用したものです。自戒をこめて、言葉と記憶の風化というより、言葉による体験を風化させたくないと思うのです。

日本近代文学館で行われている「震災を書く」展（'21年1月16日―3月27日）に展示されている文学者たち（「三七名のご揮毫作品」）と私が引用させていただいた方々は、当然のことですが、ある一定数が重なりますし、新聞関係者たちは、また同じ言説を繰りかえします。

たとえば、朝日新聞の読者欄には、大阪編集局長補佐が、二冊の震災関連本を紹介しながら、それがごく自然で当然のことのように「新型コロナで再び緊急事態宣言が出ている。しかし、初回ほどの緊迫感はない。この既視感」が十年前の東電の「原発事故から時を経るにつれて緊張感が薄れた情景と重なる」と書きはじめ、書評というより紹介記事文体でとりあげている一冊の本の著者の「思い」が「当時を思い出させ」、「あの頃、多くの人々が互いに思いやり、節電も真剣に心がけていた。」と書いています。

今年の1月21日、東京高裁は、福島第一原発事故で群馬県内に避難した住民達が国と東電に損害賠償を求めた訴訟で、あきれることに、原発事故における国の責任を否定しました。原発は国策だったはずです。

ところで、東京新聞には、1月26日から「ふくしまの10年　詩から生まれるとき」というコラムで、詩人の和合亮一が震災と原発事故の直後から、どのように詩を生みだしたかというルポルタージュ風の記事を連載しています。私はライブラリー版のためのゲラ校正を終えた後でしたから、その記事に書かれた文章を読んで、別の詩人のことをすぐに思いうかべました。記事には、「この絶望感を誰かに伝えたい、何とかして言葉に残したい、という衝動に突き動かされる。体の中から、詩を書く自分がマグマのように現れてきた。パソコンを開き、ふとずっと使っていなかったツイッターを思い出す。「行き着くところは涙しかありません。私は作品を修羅のように書きたいと思います」。つぶやきが始まった。」と書かれているのですが、いわば新聞記者にも、和合の魂がのり移ったという按配で、マグマ云々が詩人の言葉なのかどうかはっきりとわかりませんが、私がすぐに思いうかべたのは、本書249ページに引用してある別の詩人の言葉です。

マグマだよなあ、と感嘆しつつ詩的言語について考えていると、テレビの画面でプロレスラーなのかその真似をしているコメディアンなのかが、劇画調の燃え上がる炎をバックに片手に何かを握りしめ、激熱マグマ！　と叫んでいるのでした。あたたかさが並のものよりもめっちゃ熱く、しかも長持ちするらしい、外で仕事をする労働者向けジャンパーの裏などに取りつける使い捨てのカイロのコマーシャルなのでした。

詩の言葉はいつも思わぬ障害にさらされてピンチを経験するらしいのですが、そんなものにたじろいでいたら、詩の生まれるときはないでしょうから、マグマが内部にあることや素手でつかむことを信じて、素直に切望すべきなのでしょう。とは言え、火山の爆発で噴出して流れ出したマグマは、たとえば浅間山の北斜面で凝固して、観光名所の鬼押出しのような奇観を作りもしますし、火山ガスが噴出して急冷されると多孔質の軽い、水に浮く石――軽石――になります（本書249ページの建畠晢「私たちの淡い水」を参照）。天然の軽石はもっぱらお風呂で踵《かかと》の角質をこすり取るのに使われたものですが、小津安二郎の『お早う』（'59）では、なぜか子供たちが競いあうオナラを自在に出すための秘薬として軽石を削って飲む、というシーンがあったのを思い出しました。詩の言葉の原質として素手でつかむ熱いマグマから、妙な横道へ外《そ》れてしまったようです。

いずれにせよ、言葉に対する妄信から生み出されるのは、すでに何度も眼にし耳にもしている言葉と物なのであり、心地良く響くのは当然です。

そして、そのような一見古びない言葉以外で物を考え、文章を書きたいものですし、読みたいと願うのですが、本書で私の引用した言葉や事象は、古びないものの方が多かったようです。

二〇二一年二月二日、あとがきを書き終えて。

著者

解説——金井美恵子のあそび方

鈴木了二

文学者としての金井美恵子の活動は創作と批評とに分けられる。作家ならみんなそうだろうと思うかもしれないが、金井にとっての批評は小説を書いている合間にときどき気まぐれに書くといったものではない。小説と批評はそれぞれ同等のエネルギー、というか、全身の力を込めて、しかし正反対の方向に、できる限り遠くまで投げ飛ばそうとしているように見える。両極に引き裂かれる負荷がどのくらい本人にかかっているものなのか、想像すると恐ろしい。最近のある長めのインタヴューで金井は小説について次のように述べる。

「現実とまったくかけ離れたものを自分で作っているわけだし、言葉だけで強度に濃密な空間を自分で作り出しちゃうわけだから、一種の狂気の世界みたいなものに近づくんじゃないのかなっていう恐れはあります。そんなに大それたものではないんですよ（笑）。ささやかではあるけれどささやかなりに狂気は狂気でね（笑）。ただ、常識的なところも十分持ち合わせているつもりなので、だからこそ、例えば「目白雑録」なんていうのをずっと書いてたわけなんですけども、これはこれで、書きはじめるといくらでも題材があってね(笑)。小説だけ書いていると、突っ走っちゃうんじゃないのかな。そういう恐れを少し感じていないと、書いていてスリリングじゃないですよね。そういう秘密の空間を自分の頭の中のどこかにもっていないと。」(「早稲田文学」2018年春 特集「金井美恵子なんかこわくない」)

金井にとって小説とは、言葉だけで強度に濃密な空間を自分で作り出すことなのだ。その場所、建築、空気、光、匂い、等々を言葉だけで精密に出現させることがいかに狂気じみたことなのかは、建築だけを設計する場合ですら図面やドローイングや模型、最近は3DのCADまで複合的に動員しなければならないことを考えればすぐ分かる。言葉による創作に対するカウンターバランスとしての批評。突っ走る「狂気」に釣り合うという水準での「常識」。金井美恵子にとってそれが、たとえば「目白雑録」なのである。

辛辣とも辛口とも言われる金井美恵子の批評だが、それを読んだ後に私がいつも感じるのは、それまでざわざわとしていた気持ちが不思議なほど落ち着くことである。それは興奮を鎮める冷却効果というのではないし、雑然としていた頭脳のなかが理路整然と配置され直したというのとも違う。それはもっと親しみ深いもので、もっと大きなものなのだ。うまく表現できないがハワード・フォークスの映画に出てくるジョン・ウェインが笑ってこちらを見てくれているという感じ。困ったときに頼りになる大きなひとがそこにいる、というか。日本でもかつては吉田健一や大岡昇平のような巨大な教養をもつそういうタイプの人物が、ときどき文豪と呼ばれながらも存在していた。

とくにそれを強く感じさせてくれたのが今から8年前、震災直後の本やメディアに言説が溢れかえるなかで『目白雑録5　小さいもの、大きいこと』(２０１３年)を手にすることができたときであったのだ。こういう本がやっと出たという安堵感と、それがもたらしてくれる重心の極めて低い落ち着き。

いまや世界はすべてレディーメイドからできているという現実を、文字の世界でこれでもかと見せつけてくれるこの本は、いままで以上に多くの引用でできている。じつは全部が引用で、ただ、引用の断片のそれぞれを最小限の言葉で接続しているだけなのかもしれない。ということは、引用の選び方と切り取り方と配置の仕方が勝負を決めているということである。が、しかしそのまえに、現代のメディアが垂れ流す情報の濁流のなかで、どうやってそこから使うに値するほんのわずかの断片をすばやく拾い上げるのだろうか。採集した夥しい断片をいったいどこに収納しているのかも気にかかる。「秘密の空間」の部屋のどこかに、採集された断片を次から次へと放りこんでおきさえすれば、あとは眠っているあいだに分類し選別してくれる魔法の引き出しでもあるのだろうか。あるいは意外にもあっけなく、日付順にただ重ねてあるだけなのだろうか。

しかも、教養の大きさを保証する金井美恵子の好奇心が向かうジャンルは多方面にわたるから、読んでいるほうは、雑誌や単行本や新聞や展覧会や映画の引用の断片をきっかけに、その文脈から途中で飛び出して引用元の書物や映画や画集などをつい読んだり見たりしはじめて、さらにはそこからも外れていってなかなか最後まで読み切れない。本文からどんどん遠く離れてしまいそのまま戻れず、なかほどで途切れっぱなしのままほったらかしになっていることもある。その代わり、不勉強にもいままで読んだことがなかったのであわてて買い求めた本や文献が、それが批判の対象かどうかは関係なく、身の周りにうずたかく積み上がる結果になるのである。私は食わず嫌いが性分なのでこの機会にいろいろと発見することもあり、そこがまた楽しいのであるが。

先ほどあげた『目白雑録5　小さいもの、大きいこと』を元にして、巻頭と巻末に1本ずつ新たな文章が加えられ、タイトルもズバリ『〈3・11〉はどう語られたか』となることで、より先鋭さを増したかに見えるこの本を今回改めて読み直し、そういえばこれがあったなと急に思い出したのは24項目の最後に取り上げられた映画『一年の九日』だ。今から60年前の1961年に、まだ当時はソ連だったロシアで撮られていたこの映画を私は迂闊にも今まで見ていなかったのだ。それどころか、映画の存在すら知らなかった。前に読んだときにも気になりあちこち探しているうちにそれきりになっていたのが今回やっとDVDを手に入れることができ、映画館ではなかったとはいえ、そして、あまりにも鮮やかな映像なのでぜひともスクリーンで観たかったとはいえ、やっとモニター上で見ることができたことでにわかに『〈3・11〉はどう語られたか』のパースペクティヴが深まったような気がする。

「目白雑録」シリーズの中でも5冊目のこの本がとくに際立っているように思われるのは、全体のかなりの部分がいうまでもなく「3・11」に関する話題で占められていることであるが、それと同時に、言葉の世界とは異なる幾つかの映像が——それはかつて見た映画であったり自分の目で現場を見て記憶に残っていた映像であったりするのだが——いままでになく大きな比重をもって働きかけてくることではないだろうか。赤瀬川原平（この本を読みそれに導かれて『科学と抒情』を読むまでは、なぜかこのひとも私の食わず嫌いのひとりであった）の引用、それも「引用」と呼ぶにはあまりに短いセンテンスの「原発はバクハツだ！」からはじまる圧倒的な言葉の対決、格闘、奪還、救出、駄目押し、ユーモア、パロディー等々の渦巻くような、いわば「時間」的な流れとはまたべつに、言葉によって明らかに喚起された映像が、陽炎のように、あるいは亡霊のように言葉の前面に浮かびあがり、この本に立体的な、すなわち「空間」的な広がりを与えているのである。言葉のエクリチュールと映像のエクリチュールが混ざりあっているというような感じだろうか。

24項目にわたって書かれているこの本は、それぞれの項にタイトルは付けられているものの、それらはむしろメディアの言説の液状化現象を立証するかのように、間違いなく意識的にそれぞれの項目をまたぐように言葉が越境し、発言する人物は代わっても繰り返し同じような言葉が出てくるのであって、本全体の骨格はなかなか捉まえ難いのだ。

「さて、今さら言うまでのことでもないのだが、私たちが日々接しているメディアにあふれている言葉や感性といったものは、そうした作品や言葉の作者が独特の資質や個性を持っている、ということとは、多分、正反対のものなのだ。私たちの読む言葉と書く言葉は、文学と呼ばれるものを含めてそのほとんどが書き手は違っても驚くほどそっくりである。」（「様々なる意匠、あるいは男であること」）

「たとえば、映画や美術や小説（ようするに、作者が何かを表現したとされるもの）について、作り手に属している者たちの口から、それを見たり読んだりする者が百人いたら百人の感想（思いとも言われる）がある、という、もっともらしい主張が語られることがよくあるけれど、むろん、そんなことはない。百人いれば百人の感想が、小説や美術や映画といった表徴に対してあるのならば、小説家にカメレオン並みのサイズやタイプの差がある、という考え方も成立するだろうが、良く似た圧倒的に大多数の同じ感想（思い）と、それとあきらかに異なる、きわめて少数の言葉が存在しているだけだ。」(「様々なる意匠、男たち、少女たち、1」)
だからこそ、それを証明するためになおさら、出所もまちまちなレディーメイドによる多くの言葉群がスクラップのように切れ切れにぶち込まれることになったこの書物を、言説とパラレルに現れる、具体的でしかも曖昧でもある映像が、言葉の24項目とはまた別の、世界全体をまるで空からゆったりと俯瞰するような視点を生み出すことで、より把握しやすくしていることは間違いないだろう。そのためか、これらの映像とほとんど同じ時代を生き、それらを自分の目で目撃することによって関心をもってきた私には、この書物が原爆と原発をめぐる貴重な一本のドキュメンタリー・フィルムのようにも感じられる。

文字の24項目に対して映像のブロックは私にとっては5つか6つくらいだが、そのうちの2、3を少しだけなぞってみると、こちらもまだ駆け出しの建築家だったころ、少しはなにか参考にできるものがあるかもしれないと思い1日だけ新幹線で出掛けた1970年大阪万博は、まるで建て売りの住宅展示場さながらの埃っぽい会場に雑踏が押し寄せる記憶しかなく、岡本太郎による「自己愛的なズレ方」と張りぼて感が丸出しの「太陽の塔」は、見るのも恥ずかしいのでなるべく目を伏せて通り抜け、大学生時代にほんの数日だけ模型のバイトで手伝ったことのある丹下健三設計のお祭り広場を確認したが、空疎な理屈は問わなくても、トラスのボール・ジョイントひとつとってもありきたりで技術的な工夫は感じられず、前回の1967年モントリオール万博に出現していたバックミンスター・フラーによる巨大ドームのトラスの迫力とは較べようもない情けなさで、後で感想を述べあったゼネコン設計部の当時の同僚たちでさえ誰ひとり関心を示さなかった。原子力の平和利用で浮かれていた「太陽の塔」の作者岡本太郎を、いま頃になって、じつは潜在的には反原発の人であったのだと、生誕百年をチャンスに震災以後の時代の風潮に便乗して歴史に位置付け直そうとするキャンペーンがメディアで取り上げられはじめられていることは本文に詳しいが、しかしそれはそれとして、いまは映像の話で、70年万博で見た映像はそのまま、岡本太郎の「芸術はバクハツだ!」の息の根を止めるほどの強烈なパロディーであった赤瀬川原平の「原発はバクハツだ!」が「3・11」でもう一度ひっくり返され、「言葉の神話」が開き直ってほんとうの現実となり、いったいどちらがパロディーだったのか判然としなくなった2011年の福島第一原発の映像に自然に繋がる。爆発の現場から30キロ離れた規制線の位置に固定された「ぼうっとした望遠レンズ」でとらえられた事故現場の、建築の範疇から差別的に除外されているらしくあまり聞いたことのない「建屋」と呼ばれる建物の残骸の、ひたすら退屈な何も起こらない光景を送り続けるTV映像は誰もが見続けていたのだし、大阪万博開催の前年である1969年11月に「モホーク族出身の大学生リチャード・オークスをリーダーとする「全部族のインディアン」とUCLAからの参加者を含む約百人が、インディアンの持つ島の権利を主張し、'71年六月まで約一年と七ヶ月、島を占拠しつづけた運動」の事実について中谷礼仁の論考を引用しつつ紹介し、'34年に孤島全体を使って建設され、'63年には経費膨張のために廃止された脱獄不可能な刑務所の映像がドン・シーゲル監督、クリント・イーストウッド主演の『アルカトラズからの脱出』によって呼び出され、それと同時に、アパッチ族の伝説的英雄の個人名であった「ジェロニモ」が、ついには「中身のない記号」と化してビンラディン殺害計画のコード名にされるまで、疾走するように書き続ける彼女のボールペンの先が行き着くのは、小学校低学年の金井美恵子が画面いっぱいに描いた大きな馬とインディアンの水彩画で、やっとそこで一息入れるように書き加える。

「侵略や戦争ではなく文化的に、私たちは様々なメディアの中でインディアンという魅力的な記号を消費してきたのは確かで、頭の皮を剝ぐことにこだわる『モンキー・ビジネス』（ハワード・ホークス）の子供のような遊びはしないまでも、このタイトルの下の小さなカットは、私が小学校低学年（三年生の頃）に西部劇を見て、何枚も何枚も馬に乗って疾駆するインディアンの絵を描いたものだった。主にジョン・フォードの騎兵隊三部作の記憶によって描かれたはずで、私はマッチョな小学生だったのだろうか？　フープの入ったドレスを着た娘たちの登場するダンス・パーティーの絵を描いたってよかったたではないか？」

　これについては小学校低学年のマッチョな少女もなにも、西部劇はまずなによりも馬なのではなかっただろうか。もしも彼女が「フープの入ったドレスを着た娘たちの登場するダンス・パーティー」のほうを描いていたら、馬や海賊船が出てこないと直ぐに退屈する小学校当時の幼稚だった私は「なにを気取りやがって」ともちろん思ったに違いない。ついでにさらにどうでもいいことを付け加えると、私は練馬育ちだったので小学校の低学年のころは各駅停車のがら空きの西武池袋線に乗って日中暇だった絵描きの父と一緒に東長崎にあった平和シネマという映画館でジョン・フォードやそのほかの西部劇を何本も見た。だから私にとってはそこで見た『アパッチ砦』や『リオ・グランデの砦』などの映像も『〈3・11〉はどう語られたか』というドキュメンタリーの一部をなすことになる。

原爆と放射能の映画『二十四時間の情事』を、私が「建築のケの字も知らない」中学生のときになぜか封切館まで行って見たときの印象と建築家になってから何度か見直したときの印象の違いへと書き続けてもいいのだが、いちいち文字にするのも面倒くさくなってきたので割愛し、とはいえ、このドキュメンタリーの最終章としてどうしても書いておきたかったのが、2021年の今年になってはじめて見て驚くことになる、前のほうで少し触れておいた1961年制作のミハイル・ロンム監督によるロシア映画『一年の九日』だった。

金井美恵子はこの本の最後にあたる24項目の「アレクセイ・ゲルマンの死、そして……」を、誌面の残りが気になっていくらか急ぐかのように「ところで、むろん大した意味があるわけではないのだが、ロンムの映画についていよいよ書こうと決めた'12年の9月」と書き始める。ところが実際はロンムの映画について金井が書いた日付は、書くことを決めた日付からなんと8ヶ月も経過した2013年の5月なのである。書くと決めたときは、連載の真ん中のまだ少し後あたりであったはずだ。書きたいことが多すぎて最後になったという、彼女にしてはいろいろ理由を付けて珍しく長くなった言い訳を——また、この部分が嘘みたいに偶然が重なって楽しいのだが——いちおうは納得するものの、しかしいまこの映画を見れば『〈3・11〉はどう語られたか』の最後に『一年の九日』が来ることはこれ以上は考えられないほどふさわしく、そのためにこの切り札を最後になるまで自覚的に粘って残していたとしても少しも不思議ではなく、それどころか、新型コロナウイルスの感染拡大の真っ最中である2021年のいまを、まるでそのときから狙い澄まして書かれていたようにさえ感じられる。

原子物理学研究所に勤務する「知的友情で結びついた三人の男女の関係」（山田宏一）の中で繰り広げられる恋愛と日常が、しかし同時に、それは研究所での被曝線量がもたらす「悲劇的な「死」を用意した年月が一年のうちの九日を選んで語られている」（金井）のだが、その素晴らしさが山田宏一や蓮實重彦の引用をも駆使しながら生き生きと記述されていることはいうまでもない。山田、蓮實、金井、それぞれの言葉が精巧に組み合わさり、もはやどの言葉を誰が言ったのか分からないほどの至福さだ。そしてそこでも全員が指摘しているように、とにかく撮影監督ゲルマン・ラヴロフによるモノクロ映像が圧倒的に美しいのだ。しかも、ちょっと信じられないような映像の透明さのためだろうか、身体を致命的に透過してしまいそうなサスペンスが感じられた。

放射能汚染とウィルス感染拡大は身体におよぶ危険の目に見えないところがよく似ている。世界中が現在経験している真っ最中の新型コロナウィルス感染がわれわれに気付かせたのは、放射線量が限界を超えるのと同じように、いつもと変わらないはずの日常のなかでいきなり異様なことが起こることだろう。その恐怖は当然のように仲良しの3人の男女と共にあり、たとえば飛行機に乗り込もうとしてタラップを昇っている途中でいきなり意識を失って一本の棒のように身体が硬直化し、空中に倒れかかるのをあわててまわりが手を高く伸ばして支えようとするような、あるいは興奮してしゃべり続けている最中に急に言葉が出なくなり、なにも見えていない正面を凝視したまま石のように凝固するような。

人物描写については本文に書かれているだけで素晴らしさは十分に伝わるのでここに書き加えることはしないが、ただ私があえて指摘しておきたいのはロンムとラヴロフが建築を撮ることにおいても傑出しているということである。この映画の舞台の大部分を占める原子物理学研究所の撮影が素晴らしい。奇妙なテクスチャアの森からはじまって研究所の全景を俯瞰でとらえるまでの空撮も、ときどき使われる45度近く傾斜する斜めのアングルも、いきなりぐいと動く移動撮影も、これほど力強く建築が撮られたことは私の知るかぎりめったにない。そもそも当時の全体主義下のソ連でとうぜん極秘であったはずの原子物理学研究所の空間をどうやって撮ったのか不思議だ。どこかのあたりさわりのない工場を使ったとしても、手押しのトロッコのレールがうねるような地下通路や、積み重なる何十本もの太いパイプの集積や、事故発生で大急ぎで閉じられる巨大で分厚い鉄扉の見下ろしのショットを見ていると、ハリウッドのSFで出てくるようなモニターだらけのインテリア空間ではとうてい把握できない「研究所」という建築固有の魅力が伝わってくるのである。次作には、その名も『ありふれたファシズム』（邦題『野獣たちのバラード』）というタイトルのドキュメンタリー・フィルムを残したミハエル・ロンムを「かくし味」の名匠と言ったのは山田宏一だが、私もその傍らに世界映画史上屈指の「建築映画」の名匠と書き加えたいところだ。

そしてこの映画でもっとも印象的なのは空である。飛行場や並木道や鉄道線路の上にはいつもスクリーンいっぱいに広々とした空がとらえられている。しかし映画の主題はつねに放射線被曝の恐怖に晒されているために、その空の透明さはいままでのわれわれの感じ方とは違った様相を帯びているかのようだ。痛いような透明さとでもいうべきだろうか。その、痛いような空気の中で微妙な恋愛感情のやりとりは続き、仲のよい3人の男女は死の直前まで遊び続ける。

「ロンムの『一年の九日』について語る時、山田と蓮實が当然のように口にする名は、もちろんエルンスト・ルビッチの洗練の極をいく艶笑コメディである」と金井は書く。
『〈3・11〉はどう語られたか』を読んで最後に気付かされるのは、「一年と九日」的な生き方、あるいは死に方？ ではなかろうか。

（すずき・りょうじ／建築家）

[著者]
金井美恵子（かない・みえこ）
1947年、高崎市生まれ。小説家。67年、「愛の生活」で太宰治賞次席に入り作家デビュー。翌年、現代詩手帖賞受賞。小説に、『プラトン的恋愛』（泉鏡花文学賞受賞）、『タマや』（女流文学賞受賞）、『兎』、『岸辺のない海』、『恋愛太平記』、『噂の娘』、『ピース・オブ・ケーキとトゥワイス・トールド・テールズ』、『お勝手太平記』、『カストロの尻』（芸術選奨文部科学大臣賞受賞）、『『スタア誕生』』ほか多数。エッセイに、『金井美恵子エッセイ・コレクション［1964-2013］』（全4巻）、『目白雑録』（第1-5巻）ほか多数。

平凡社ライブラリー 914
〈3・11〉はどう語《かた》られたか
目白雑録《めじろざつろく》 小《ちい》さいもの、大《おお》きいこと

発行日…………2021年3月10日　初版第1刷

著者……………金井美恵子
発行者…………下中美都
発行所…………株式会社平凡社
〒101-0051　東京都千代田区神田神保町3-29
電話　東京(03)3230-6579［編集］
東京(03)3230-6573［営業］
振替　00180-0-29639

印刷・製本……中央精版印刷株式会社
ＤＴＰ…………平凡社制作
装幀……………中垣信夫

ISBN978-4-582-76914-2
NDC分類番号914.6　B6変型判(16.0cm)　総ページ344

平凡社ホームページ　https://www.heibonsha.co.jp/